FUSION FANTASTIC STORY

마스터
대전

최영채 퓨전 판타지 소설

마스터대전 5

최영채 퓨전 판타지 소설

초판 1쇄 찍은 날 § 2009년 9월. 15일
초판 1쇄 펴낸 날 § 2009년 9월 21일

지은이 § 최영채
펴낸이 § 서경석

편집장 § 문혜영
편집 § 주소영

펴낸곳 § 도서출판 청어람
등록번호 § 제1081-1-89호
등록일자 § 1999. 5. 31
어람번호 § 제1-1073호

주소 § 경기도 부천시 원미구 심곡동 2동 163-2 서경B/D 3F (우) 420-822
전화 § 032-656-4452 팩스 § 032-656-4453
http://www.chungeoram.com
E-mail § eoram99@chollian.net

ISBN 978-89-251-1927-4 04810
ISBN 978-89-251-1233-6 (세트)

The Duel of Master

[완결]

5

마스터 대전

최영채 퓨전 판타지 소설

FUSION FANTASTIC STORY

청어람

CONTENTS

Chapter 1
마스터들의 방문

The Duel of Master
마스터 대전

①

간단하게 아침 식사를 마치고 전투 아카데미로 발걸음을 옮겼다.

아카데미에 도착하고 보니 역시 예상대로 각국의 마스터들과 귀족들이 삼삼오오 모여 이야기를 나누고 있었다.

제우비스와 트렉슨도 귀족들에게 붙들려서 대화를 나누고 있었는데, 상대가 귀족들이라 어려워하는 표정이 역력했다.

지금 대화를 나누고 있는 귀족들 가운데 가장 강한 이는 단연 헤일리 사르트·후작이었다. 하지만 그도 여타의 소드 마스터들처럼 지속적으로 검술 훈련을 하다가 우연하게 소드 마스터가 된 것이 분명해 보였다.

달리 말하면 검술에 마나를 활용하는 면에서는 제법일지 모르지만 훨씬 더 다양하게 사용하는 방법이 있다는 것을 전혀 모르고 있다는 말과 마찬가지였다.

어차피 저들이 이곳까지 오는 것을 막지 않은 것에는 이 세계 사람들이 모르고 있는 마나 활용에 대해 가르쳐 줄 생각이 있었기 때문이다. 마법사들이 마나를 활용해 갖가지 마법을 발현시키는 것처럼 조금만 더 생각을 한다면 얼마든지 다양하게 활용할 수 있는데, 관심이 없는 것인지, 아니면 검을 쓰는 자는 검을 사용할 때를 제외하곤 마나를 활용할 수 없다는 고정관념을 가지고 있는 것인지 마나의 활용도가 마법사들에 비해 너무나 떨어졌다.

만약 전생에 무림인들이 이들을 봤다면 어린아이만도 못하다고 우습게 여길 것이다.

슬쩍 매망으로 은신을 한 채 마나마저 최대한 단속하고는 은밀하게 소드 마스터들에게 접근해 봤다.

먼저 사르트 후작에게 접근했는데 내 은신이 훌륭했기 때문인지, 아니면 그가 기감에 둔감한 사람이기 때문인지 나의 접근을 전혀 눈치채지 못하고 있었다. 아니, 다른 소드 마스터들도 내 존재를 느끼지 못하는 것은 마찬가지였다.

오히려 멀리 떨어진 제우비스와 트렉슨이 움찔거리는 것을 보면 비록 거리가 떨어지긴 했지만 분명하게 내 기운을 느낀 것 같았다. 경험 때문인지 아니면 녀석들도 소드 마스터가 되면서 기감이 넓어진 것인지는 알 수 없지만 즉시 경계 태세에 들어간 것을 보면 확실히 내 기운을 느낀 것이 분명했다.

두 녀석이 잔뜩 긴장을 하자 영문을 모르는 사람들은 주위를 돌아봤지만 은신을 한 나를 그들이 발견할 수 있을 리 만무했다.

　슬쩍 사르트 후작의 어깨를 두드려 주고는 계속 은신한 채 주위에 있던 마스터들의 어깨를 두드리며 이동을 했는데, 그때마다 깜짝 놀라는 소드 마스터들의 반응이 나로 하여금 실소를 짓게 만들었다. 소스라치게 놀라던 소드 마스터들은 황급히 주위를 돌아보곤 아무것도 발견할 수 없자 황당해하면서도 긴장을 풀지 못하고 있었다.

　슬쩍 은신을 푼 난 강철봉으로 녀석들을 공격했고, 긴장을 풀지 않고 있던 녀석들은 적절한 시점에 내 공격을 막아냈다.

　2대 1의 대결.

　기를 쓰고 달려드는 녀석들과 철봉으로 공방을 주고받는 나.

　녀석들도 그동안 꾸준히 수련을 해왔는지 기가 상당히 안정적인 상태였다.

　승패를 보려고 시작한 대결도 아니었기에 강한 공격으로 녀석들을 물러서게 하고는 대결을 마쳤다.

　내 은신을 눈치챈 것과 기습을 훌륭하게 막아냈다는 것, 그 두 가지만으로 난 충분히 만족할 수 있었다. 소드 마스터가 되는 것도 어려운 일이지만, 명상과 수련을 잊지 않고 계속한다면 소드 마스터가 된 후에도 꾸준히 발전할 수 있다는 것을 녀석들이 훌륭하게 증명해 보였기에 흡족한 마음이 들었다.

　우리가 대결을 멈추자마자 상황을 지켜보던 소드 마스터들과 귀족들이 몰려왔다.

　"개인적인 볼일 때문에 어제 자리를 비워야 했습니다. 양해해 주시기 바랍니다. 궁벽한 곳이라 불편한 것이 많았을 텐데 편히 쉬셨는지 모르겠군요."

"후작 각하의 제자들이 잘 대해주어 편히 쉴 수 있었습니다."

예의상 하는 답변이라는 것을 모르는 것은 아니었지만 나 역시 체면은 차렸으니 이제 본론으로 들어갈 생각이다.

"일단 절 따라오시지요."

난 사람들을 훈련생들의 휴식 장소로 데리고 갔다. 휴식 장소라고 해봐야 나무 그늘 아래 통나무로 대충 만든 벤치밖에 없었지만 땅바닥에 앉지 않는 것만으로도 충분했다.

"여러분들이 이곳까지 찾아주신 보답을 해드려야 할 것 같은데… 여러분들도 보셨으니 아시겠지만 이곳은 워낙 궁벽한 곳이라 여러분들께 대접해 드릴 만한 것이 아무것도 없군요. 해서 제가 마나에 대해 깨달은 여러 가지 것을 여러분들께 알려 드리려고 합니다."

내 말에 각 왕국에서 온 소드 마스터들은 물론 귀족들도 일제히 눈빛을 반짝였다.

"물론 이 자리에 계신 여러분들 모두 마나가 몸속에서 어떤 작용을 하는 것인지 깨달으셨기에 소드 마스터가 되셨을 거라고 생각합니다. 제가 마나에 대해 약간의 깨달음을 얻은 후 가장 놀란 것은 마법사들에 비해 기사들의 마나에 대한 이해나 활용도가 너무나 떨어진다는 것이었습니다. 물론 마법사들은 마나를 촉매로 대자연의 마나를 재배열해서 마법을 발현시킴으로써 엄청난 파괴력을 가진 마법을 사용합니다. 바로 그 파괴력 때문에 각 제국이나 왕국에서도 귀한 대접을 받는 것이 사실입니다. 하지만 마법사보다 검을 사용하는 사람들이 세상에 먼저 등장을 했고, 엄밀하게 따진다면 더 먼저, 그리고 더 오랜 시간 동안 마나를 사용해 왔던 사람들은 마법사들이 아닌 바로 검술을 익힌 사람들이었습니다."

귀족들이나 소드 마스터들 가운데 일부는 고개를 끄덕였지만 대부분의 시선에는 불신의 기색이 완연했다. 그들이 무슨 생각을 하는지 뻔히 보이기에 부연설명을 덧붙였다.

"제 말을 믿기 힘드신 모양이군요. 세상에 알려지기로는 마법은 드래곤으로부터 전해졌다고 하는데, 마법은 제가 잘 모르는 분야이니 뭐라고 할 수는 없지만 세상 사람들 모두가 그렇게 알고 있으니 아마 제 말이 맞을 겁니다. 그렇다면 이 땅에 마법사들이 등장하기 전에는 검술을 익힌 사람들이 한 사람도 없었을까요? 그건 절대 아닐 겁니다. 하지만 검술을 익힌 사람들과 마법사들을 비교하면 체계적으로 마나의 활용법을 익히고 그것을 발전시킨 사람들은 바로 마법사들입니다. 이런 상황에 이르게 된 것에는 검술을 익힌 사람들이 소드 마스터가 검술의 끝이라고 생각하는 데 반해 마법사들은 자신들에게 마법을 가르쳐준 드래곤만큼 강해지기 위해 끝없이 노력했기 때문이 아니겠습니까? 이 자리에서 여러분께 분명하게 말씀드리지만 소드 마스터는 절대 검술의 끝이 아닙니다."

내 설명에 그 자리에 있던 소드 마스터 가운데 한 사람이 물었다.

"그, 그렇다면 검술의 끝은 대체 뭡니까?"

"이야기를 원점부터 다시 시작해야겠군요. 물론 저와 생각이 다른 분들도 계시겠지만 오늘은 일단 저의 생각부터 들어주십시오. 저는 인간들이 검술을 만든 이유가 다른 동물들이나 몬스터들에 비해 강하지 못하기 때문이라고 생각합니다. 약한 자신을 지키기 위해, 또한 가족들을 지키기 위해, 맹수나 몬스터에게 대항하기 위해서 무기를 만들 수밖에 없었을 테고 여러 가지 무기를 만들어 사용하는 과정에서 가장 효과적인 무기가 양쪽에 날이 달린 검이란 것을 알아냈을 겁니다. 그리고 그 검을 가장 효과적으로 사용하는 방법을 정리하고 체계화시킨 것이 바로 검술이란 겁니다. 체격에 따라, 재능에 따라 여러 가지 검술이 생겨나긴 했지만 처음 만들어진 의도는 분명 남을 공격하기에 앞서 우선 자신과 가족들을 보호하기 위해서라고 생각합니다."

난 일단 그들이 알아듣든 그렇지 못하든 상관없이 말을 이어 갔다.

"다만 문제가 있는 것은 아까도 이야기한 것처럼 검술을 익힌 사람들은 마나를 이용하는 소드 마스터가 검술의 마지막이라고 생각하는 데 있습니다. 일반적으로 검술을 익힌 사람들이 마법사들을 두려워하는 것 중에 가장 큰 이유로 그들이 장거리 공격이 가능하다는 것을 듭니다. 그럼 검술을 익힌 사람들은 장거리 공격이 불가능할까요? 결과부터 말씀드리면… 아닙니다. 제가 간단하게 시험해 보이겠습니다."

그냥도 만들 수 있지만 이해를 돕기 위해 일부러 대거를 뽑아 들어 오러 블레이드를 만들었다. 그 모습에 깜짝 놀라는 사람들의 모습을 보면서 텅 빈 연병장을 향해 대거를 날렸다.

쾅!

50미터 밖에서 요란한 폭음과 함께 자욱하게 흙먼지가 일었다.

흙먼지가 가라앉은 후 연병장에는 커다랗게 구덩이가 파였다.

"검술을 익힌 사람들도 얼마든지 장거리 공격이 가능합니다. 다만 오러 샷이라고 부르는 이 단계에 이르려면 오러 블레이드를 만들 수 있는 것은 물론 그것을 자유자재로 다룰 수 있어야 합니다. 일반적인 상식으로는 말하자면 소드 마스터 상급 정도가 되어야만 오러 샷을 사용할 수 있습니다. 그럼 이 이상의 단계는 없는 것일까요? 아닙니다. 오러 샷을 마음대로 사용할 수 있는 단계가 되면 무기에 대한 통제력은 한계에 도달합니다. 당연히 자신의 주변에 대한 마나 역시 마음대로 끌어당겨 쓸 수 있는 통제력과 의지력 또한 늘어나게 됩니다. 이번에도 간단히 시범을 보여 드리지요."

제우비스에게서 건네받은 대거를 연병장을 향해 슬쩍 던졌다.

그 정도 힘으로 던졌다면 3, 4미터 밖에 떨어져야 당연한 일이었지만 대거는 떨어지지 않고 곧장 날아갔다. 그 모습을 사람들은 계속 지켜보고 있었고, 난 대거에 내 의지를 살짝 실었다.

곧장 날아가던 대거는 천공을 향해 치솟았고, 마치 한 마리의 날짐승처럼 허공을 몇 바퀴나 선회하며 이리저리 날아다녔다. 그리고는 조금 전 만들어졌던 웅덩이의 중앙을 향해 내리꽂히며 다시 한 번 폭발을 일으켰다.

"그럼 이게 끝일까요? 아닙니다. 제우비스, 오러 블레이드를 만들어봐라."

"예, 마스터."

내 지시에 한 걸음 앞으로 나선 제우비스는 롱 소드를 뽑아 오러 블레이드를 만들었다.

1미터 길이의 눈부시게 푸른 오러 블레이드가 만들어지는 모습을 보고 사람들은 감탄성을 터뜨렸다. 하지만 사람들의 감탄이 끝나기도 전에 제우비스는 내 전음대로 롱 소드를 회수했다.

"와~"

"어떻게 저럴 수가?"

"저게 현실적으로 가능하단 말인가?"

귀족들은 물론 각국의 소드 마스터들도 깜짝 놀랐다.

이미 롱 소드를 회수했음에도 불구하고 여전히 오러 블레이드가 허공에 떠 있었기 때문이다. 시간은 겨우 20여 초에 불과했지만 그것만으로도 충분했다. 이제 오러 블레이드는 사라지고 없었지만 사람들은 여전히 오러 블레이드가 있었던 공간을 쳐다보고 있었다.

"방금 제 제자가 보여 드린 것이 진정한 오러 블레이드입니다. 그리고 그 오러 블레이드로 공격하는 것이……."

차앙~

휘익!

내가 만들어낸 오러 블레이드 역시 조금 전 날아다녔던 대거의 움직임을 그대로 보여주고는 다시 웅덩이 속으로 빨려들었다.

쾅!

"방금 제가 보여 드린 이것이야말로 진정한 오러 샷이라고 부를 수 있는 겁니다. 다시 설명을 드리자면 제가 대거로 오러 블레이드를 원하는 곳으로 날린 것이 오러 샷, 그리고 대거를 조종해 상대를 공격한 것은 마인드 소드, 마지막으로 보여 드린 것이 바로 마인드 오러 샷입니다. 오러만으로 원거리에 있는 적들을 공격할 수 있는 방법은 이렇게나 많습니다. 결코 여러분이 알고 있는 소드 마스터가 검술의 끝이 아닌 겁니다."

내 시범을 보던 사람들은 하나같이 한숨 같은 긴 숨을 내쉬었다.

"그렇다면 마나를 이용하는 방법은 이게 끝일까요? 아닙니다."

근처에 있던 나무 밑을 향해 손을 뻗자마자 몇 장의 나뭇잎이 내 손에 딸려 들어왔다. 그 모습에 깜짝 놀란 사람들을 보면서 이 사람들이 얼마나 마나를 이용하는 방법에 대해 무지한지 다시 한 번 깨달았다.

"지금부터 이 두 장의 나뭇잎을 잘 보시기 바랍니다."

오른 손바닥 위에 놓인 나뭇잎은 연기를 피우더니 곧 불이 붙어버렸고, 왼 손바닥 위에 놓인 나뭇잎은 하얗게 성에가 끼더니 금세 산산조각이 났다.

"가지고 있는 마나를 마찰시키면 열기를, 가속시키면 냉기를, 그리고 압축시키면 폭발을 일으킬 수 있습니다. 마나의 활용은 그뿐만이 아닙니다. 때에 따라서는 방금 제가 나뭇잎을 잡았던 것처럼 멀리 떨어진 무기를 집을 수도 있고, 이용하는 방법에 따라 내 무기의 절삭력을 높이거나 관통력을 높일 수도 있고,

때론 파괴력을 높일 수도 있습니다. 마나를 사용해 육체의 능력을 한계까지 높이는 것은 마나를 이용할 수 있는 방법 가운데 초급 단계에 불과합니다. 따라서 아까 제가 말한 것처럼 소드 마스터라는 단계가 마나를 이용해 검술을 익히는 여러 가지 단계에서도 초입에 불과하다는 것을 아셔야 합니다."

대부분의 사람들은 믿을 수 없다는 표정이 역력했다.

당연한 일이다.

내가 한 말을 한 번 듣고 모든 것을 이해할 수 있다면 그들이 지금까지 소드 마스터에 만족해 왔을 리 만무했다.

"그렇다면 조금 전 질문하셨던 것에 대한 대답을 해드리겠습니다. 한 달 전에 왕국에서 말씀드렸던 것처럼 검술을 익히는 것은 지금보다는 좀 더 나은 존재가 되기 위해섭니다. 더 나은 존재가 되기 위한 수련에 끝이 있을까요? 끊임없이 수련하고 수련해 인간의 한계를 벗어나는 것. 그것이 수련의 목적이라고 할 수 있습니다. 참고적으로 말씀드리자면 저 역시도 아직 검술의 끝에 무엇이 있는지는 모릅니다. 저도 아직까지 수련의 필요성을 느끼고 있으니까요. 그리고 마지막으로 여러분들께 도움이 될지 안 될지는 모르겠지만 제가 알게 된 것을 말씀드리겠습니다."

그들에게 단전의 중요성과 호흡을 통해 대자연의 마나를 임의의 장소에 모아두는 방법에 대해 상세하게 알려주었다.

내 말에서 무엇을 얻을지는 이제 그들에게 달렸다.

그래도 이미 마나에 대해 많은 생각을 해오고 있었던 듯 소드 마스터들은 내 말에서 무엇인가를 깨달았는지 하나같이 깊은 생각에 잠겨 있었다. 그런 반면 귀족들은 아직까지 뭐가 뭔지 모르겠다는 표정을 짓고 있었다.

제우비스와 트렉슨에게 눈짓을 보내 자리를 피해주라고 신호를 보냈다.

두 사람이 조용히 물러난 후 나 역시 자리를 비켰다. 그런 내게 트렉슨이 다가왔다.

"마스터, 드릴 말씀이 있습니다."

"말해봐라."

"폴츠머 영지에 사는 아이들 가운데 검술에 소질이 있어 보이는 아이들이 제법 있는 것 같습니다. 마스터께서 허락을 하신다면 그 아이들을 데리고 와서 아카데미에서 가르쳐 보고 싶습니다."

"그래? 입학금과 등록금을 낼 수 있는 형편의 아이들이냐?"

"제가 봤을 때는… 그럴 수 있는 형편의 아이들은 아닌 것 같습니다."

"데리고 와서 뭔가를 가르치는 것에는 반대하지 않겠다. 하지만 절대 공짜로 가르쳐 주는 것이 아님을 확실히 교육시키도록 해라."

내 말에 비록 노골적인 불만을 드러내지는 않았지만 트렉슨 녀석의 표정을 보면 내켜하지 않는다는 것만은 확실히 알 수 있었다. 자신의 속마음을 감출 수 있는 녀석이 아니었기에 더욱 쉽게 알아볼 수 있었다.

"왜, 내 결정에 불만이냐?"

"그런 것은 아니지만 그렇지 않아도 가진 것 없는 집안의 아

이들인데… 자라나는 아이들의 기를 죽이지나 않을까 걱정이
됩니다."

"멍청한 놈."

물론 트렉슨의 말이 틀리지 않다는 것은 나도 안다. 하지만
녀석의 말에는 중요한 것이 빠져 있었다.

"네가 아이들을 가르친다면 당장은 그 아이들이 널 고맙게
여기겠지. 그리고 개중에는 나중에 네게서 받은 도움을 갚으려
고 하는 녀석들도 있을 것이다. 하지만 내가 지적하고 싶은 것
은 그런 것이 아니야. 인간이 뭔가를 이루려고 노력할 때는 본
인의 의욕이 가장 중요하지. 하지만 모든 사람들이 다 그런 의
욕을 가진 것은 아니야. 때로는 무거운 의무감이나 책임감이,
혹은 절박한 사연이 인간을 더욱 노력하게 만든다는 것을 기억
해 두어라."

"명심하겠습니다, 마스터."

녀석의 음성이 한결 가벼워진 것을 보면 내 말에 수긍을 하는
것 같았다.

트렉슨이 물러난 후 난 앞으로의 일에 대해 생각했다.

황궁에서의 일이나 이곳에서의 일이 소문나면 새로운 입학생
들이 생길 것은 분명한데, 그들을 어떻게 처리할 것인가 하는
것도 문제였다.

트렉슨이 말한 대로 어린아이들은 받아들여서 어렸을 때부터
체계적으로 훈련시키고, 기초 훈련이 제대로 된 기사나 용병들
에게는 삼재심법을 가르쳐 체내의 마나를 운기하는 것에 대한
중요성을 가르칠 생각이다. 마지막으로 소드 마스터들에게는

그 이상의 경지가 있음을 알고 계속 노력하도록 지속적으로 충고해 주어야 한다.

지금 당장은 아니더라도 지역에 따라, 사람에 따라, 성격에 따라 각기 다른 무공과 검술을 개발시켜 좀 더 다양하고 많은 유형의 소드 마스터들이 탄생하기를 진심으로 기대한다. 그래서 가능할지는 모르겠지만 소드 마스터들이 세상에 가득 차기를.

아마 당장 그렇게 되기는 힘들겠지만 소드 마스터들의 수가 점차 늘면 반대로 마법사들의 수가 더욱 줄어들 것은 뻔한 일이었다. 훈련을 통해서 검술을 익히는 검사들에 비해 마법사는 마나를 느낀 후에야 비로소 마법을 익힐 수 있으니, 검사보다 마법사가 되기 힘든 것이 엄연한 현실이기 때문이다.

검사 천 명에 마법사 한 명이 나타날까 말까 하다는 것은 모두가 알고 있는 사실이었다.

그렇지만 방법을 몰라서 그렇지, 만약 마나를 임의적으로 익힐 수 있는 방법을 알게 되면 모든 것이 변하리라는 것이 내 생각이었다.

마나를 느낀 후에야 마법을 익힐 수 있는 마법사보다는 수련을 통해 검술을 익히면서 기를 축적할 수 있는 검사가 훨씬 유리했고, 강해질 수 있는 요건도 더 많았다. 그럼에도 불구하고 마법사들을 더 우대해 온 것은 아마도 마법사들의 희귀성과 마법을 익히는 것이 지극히 힘들기 때문이 아닌가 생각되었다.

"제우비스."

"말씀하십시오, 마스터."

"저들의 이야기가 끝나는 대로 삼재심법의 개요만 가르쳐 주어라."

"예? 원래는 심법의 구결 전체를 가르쳐 주기로 결정하신 것 아닙니까?"

"원래는 그랬었지. 하지만 아무 노력도 하지 않는 상대에게 거저 가르쳐 주기는 싫구나. 게다가 너희가 말해주는 것만으로도 저들은 몇 년이나 몇십 년, 혹은 몇백 년의 노력을 줄일 수 있을 거다. 그것만 해도 저들에겐 갚을 수 없는 은혜를 베푸는 것이다. 그들이 삼재심법의 개요에서 무엇을 얻고, 또 얼마나 성장할 수 있을지는 그들의 운과 노력에 달렸다고 봐야겠지."

"노력하는 자만이 운을 잡을 수 있다는 말씀이십니까?"

"맞다, 트렉슨. 노력하는 자만이 행운을 잡을 수 있는 자격이 있는 것 아니냐?"

"알겠습니다, 마스터."

"내일 아침에 다시 오겠다."

제자 녀석들에게 지시를 한 나는 곧장 산적들을 토벌하고 있을 티본과 어쎄신 녀석들을 찾아갔다.

벌써 여러 달 동안 고생하고 있을 녀석들도 위로할 겸 한동안 만나지 못했던 발레리아도 만나보고 싶었다. 그토록 간절하게 원했던 복수는 과연 했는지, 그리고 티본과 어쎄신 녀석은 왜 아직까지 복귀를 하지 않은 것인지 궁금했다.

그들에게 줄 음식과 갈아입을 옷들을 준비하고 보니 짐이 제법 많아졌지만 문제가 될 것은 없었다. 산적 산맥 남쪽으로 향하면서 가장 강한 발레리아의 기부터 찾았다.

마왕 플로네이서스의 기운은 이미 알고 있어 찾는 것은 어렵지 않을 줄 알았는데, 지역이 너무 광활한 탓인지 좀처럼 찾을 수가 없었다.

그렇게 발레리아의 기운을 찾아 이동한 지 1시간 가까이 지났을 때 드디어 발레리아의 기운을 발견할 수 있었는데, 그녀 혼자 있는 것이 아니었다. 적어도 몇만 명에 해당되는 기운들이 근처에 몰려 있었다.

좀 더 기운을 살펴보니 팽팽한 긴장감은 느껴져도 살기는 느껴지지 않아 조금은 안심할 수 있었다. 마음은 놓였지만 너무 많이 느껴지는 생명의 기운에 이상한 생각이 들지 않을 수 없었다. 발레리아의 근처에 티본을 비롯한 어쎄신 녀석들도 있었는데, 그들 말고도 제법 많은 수가 근처에 몰려 있었다.

막상 도착했을 때 날 마중한 것은 마법 공격이었다.

소리도 없이 날아오는 뭔가를 감지하는 순간 저절로 호신강기가 운용되었고, 제법 강렬한 마법 공격이 호신강기와 부딪치는 것을 확인할 수 있었다. 평소 같았으면 당연히 뒤따라야 할 폭음이 들리지 않는 것이 특이하다면 상당히 특이한 상황이었다.

"멈춰!"

날카로운 여성의 외침이 들렸다.

음성이 들린 곳으로 고개를 돌리자 한동안 보지 못했던 발레리아가 손을 들고 있는 모습과 티본을 비롯한 어쎄신 녀석들이 보였다.

서둘러 지상에 내려선 난 우선 사람들부터 살펴봤다.

"마스터, 오셨습니까?"

"주인님, 어서 오세요."

티본과 발레리아의 인사에 고개를 끄덕인 후 조금 전 나를 향해 마법 공격을 날린 인물들을 찾았다.

40대 초반부터 60대 중반까지 연령층이 다양한 남녀노소 일곱 명이 불안한 표정으로 나와 발레리아를 번갈아 쳐다보고 있었다.

"뭐 하고 있는 거냐? 공격을 날린 놈들은 어서 주인님께 사죄를 드리지 못하겠느냐?"

발레리아의 조금은 신경질적인 말에 세 명의 남녀가 나서더니 그 자리에서 털썩 무릎을 꿇고 앉아서는 고개를 조아렸다.

"죄송합니다, 주인님."

"죽을죄를 저질렀습니다, 큰 주인님."

"부디 저희들의 죄를 용서해 주십시오, 큰 주인님."

"레이디 발레리아, 이게 어떻게 된 일입니까?"

"마왕님을 따라 세상을 여행하다 만난 흑마법사들이에요. 마왕님의 명에 의해 어쩔 수 없이 부하로 만들었어요."

"그랬군요."

발레리아와는 맹약을 맺은 후 헤어져 처음 보는 것인데 플로네이서스의 영향 탓인지 이전보다 더 젊어진 듯 보였다.

본인의 원래 나이와는 달리 20대 초반으로 보이는 그녀의 얼굴은 복수를 했기 때문인지, 아니면 본인이 원했던 힘을 가졌기 때문인지 이전보다 많이 좋아 보였다.

"이전보다 많이 편해 보이는군요. 플로네이서스에게서 듣긴 했습니다만… 복수는 하셨습니까?"

"예, 주인님."

희미하지만 그녀의 얼굴에 살짝 그림자가 드리워진 것이 보였다.

"후회하십니까?"

"아니에요. 그렇지는 않아요. 그들은 죽을죄를 저질렀으니 죽어도 마땅하지만……."

"문제가 있어 보입니다만……?"

"큰 문제는 아니에요. 다만……."

"이모!"

말이 미처 끝나기도 전에 작은 꼬맹이 하나가 쪼르르 달려와서는 발레리아의 다리에 착 달라붙었다.

이제 서너 살 정도 됐을까?

단발머리로 자른 머리 때문에 사내 녀석인지 계집애인지 전혀 구별이 되지 않았다.

주위에 어른들밖에 없으면 겁을 집어먹을 만도 한데 녀석은 발레리아의 다리를 붙잡은 채 멀뚱멀뚱 날 쳐다보고 있었다.

"조카입니까?"

"예, 주인님."

대답을 한 발레리아는 꼬맹이의 머리를 쓰다듬어 주고 있었는데, 그 눈길이나 표정을 대체 뭐라고 이야기해야 좋을지…….

미안함과 사랑스러움, 안타까움 등등……

온갖 감정의 편린들이 복합적으로 뒤섞인 표정이었다.

"후회하십니까?"

"아니요, 그렇지는 않습니다. 주인님."

그 대답이 그녀의 마음을 대변한다고는 생각하지 않았다. 하지만 지금 중요한 것은 그것이 아니었다.

"티본!"

"말씀하십시오, 마스터."

"아직 이곳을 정리하지 못한 이유에 대해서 듣고 싶다."

내 말에 티본은 잠시 우물쭈물하는 기색을 보이다가 결국은 머리를 숙이며 대답했다.

"지금까지 마스터께 굴복하기를 거부하는 이들을 대화로 설득시키는 데 주력했습니다. 될 수 있으면 살인은 피하라는 마스터의 뜻 때문이었지만 악질적이거나 저희들의 제의를 거부하는 자들은 어쩔 수 없이 제거를 해왔습니다. 그래서 점령 지역을 조금씩 넓혀갔는데, 그런 저희들의 행동을 누군가 눈치챘는지 본거지를 비운 산채들이 많았습니다. 흔적을 뒤쫓아오다 이곳에서 포센트 성을 발견했습니다."

포센트 성?

지금까지 영지에 살면서 왜 이곳에 대한 이야기를 들어본 적이 없었는지 의문이었다.

성의 크기로만 보면 후작성으로 삼아도 문제가 없었지만 위치가 좋지 않았다.

국왕에게 하사받은 영지의 중앙도 아니었고, 인근 영지인 폴츠머와의 길도 아직 뚫려 있지 않기 때문에 해결해야 할 일이 하나둘이 아니었다. 게다가 티본을 비롯한 어쎄신 녀석들이 이곳까지 산적들을 정리하면서 오느라 얼마나 고생했을지는 그

과정을 지켜보지 않아도 충분히 짐작할 수 있었다.

내가 고개를 끄덕이자 티본이 말을 이었다.

"포센트 성을 발견하고 조사를 해보니 사라졌던 산적들과 흩어져 살던 화전민들 대부분이 이 성으로 이주한 것을 확인할 수 있었습니다. 해서 우선은 포센트 성의 성주를 만나 마스터의 뜻을 전하며 폴츠머 영지에 복속되라고 했습니다. 하지만 그는 저희의 제의를 거부했고, 상의를 해봤지만 별다른 방법이 없어 결국 그를 제거하기로 결정을 내렸습니다. 해서 그자와 성에 대한 정보를 모아보니, 그가 포센트 성에 있는 사람들 대부분의 존경을 받고 있다는 것을 알게 되었습니다. 하지만 그런 인물을 제거했을 때 그들이 저희들의 뜻을 따르기보다는 오히려 반항할 가능성이 더 크다고 생각되기에 망설이지 않을 수 없었습니다. 할 수 없이 그자와 성에 장치된 갖가지 마법 트랩에 대해 정보를 수집하던 중 발레리아님을 만나게 되었습니다."

묵묵히 티본의 이야기를 듣던 발레리아가 보충설명을 했다.

"주인님도 아시겠지만 8클래스 마스터가 된 저에게 저 성을 무너뜨리는 것은 그리 어려운 일이 아니에요. 하지만 저 성에 아무런 피해를 입히지 않고 성안에 있는 사람들을 굴복시키는 것은… 좀 어려운 일이에요."

"그리고 저희가 발레리아님의 도움을 받아 성안에 잠입해 정보를 수집하다 보니 성주에 대한 사람들의 신망이 보통이 아님을 알게 되었습니다. 그러니 함부로 암살할 수도 없어 지금까지 그저 지켜보고만 있는 상황입니다."

두 사람의 보고를 가만히 생각해 보니 꽤나 어려운 상대를 만

난 모양이었다.

"사람들에게 믿음을 심어주는 사람이라… 그동안 수고가 많았습니다. 제가 음식을 조금 가져왔으니 일단 그걸 들면서 쉬고 계십시오. 제가 그자를 직접 만나보고 결정을 하겠습니다."

"제가 모실게요, 주인님."

"아닙니다. 조카도 있는데 그냥 이곳에서 쉬고 계십시오."

내 말에 발레리아는 조카를 잠시 바라보다 다시 말을 이었다.

"이 아이는 신경 쓰지 않으셔도 돼요, 주인님. 성까지 제가 모실게요."

내가 고개를 끄덕이자 다가온 발레리아는 주변의 마나를 끌어들이기 시작했다.

"텔레포트!"

순간 주변의 마나가 내 주위로 급격하게 몰려드는 것을 확인하자마자 다시 급하게 주위로 흩어졌다. 환한 빛이 사라진 후 난 성에서 불과 100여 미터 떨어진 숲의 가장 자리에 도착한 것을 깨달았다.

상대의 이목이 닿지 않는 가장 가까운 곳이었다.

"레이디 발레리아, 이제 됐습니다. 혼자 가보겠습니다."

"아니에요, 주인님. 얼굴이 알려지지 않았으니 제가 곁에서 모실게요."

사실 그녀의 도움은 필요없었지만 그녀가 원하는 것 같기에 함께 가기로 했다.

1미터 이상 우거진 잡목 숲을 헤치며 성으로 다가가 살펴보니 깊게 팬 해자에는 비록 물은 없었지만 날카로운 창검들이 꽂혀 있어 접근이 쉽지 않을 것 같았다. 성문으로 다가간 우리는 성벽 위에 사람의 모습이 보이지 않아 성문을 부수고 들어가려다 일단은 평화롭게 해결하는 것이 좋을 것 같아 철봉으로 성문을 두들겼다.

쾅쾅쾅!

요란한 소리가 났지만 어디에서도 다가오는 사람의 인기척은 느낄 수 없었다.

"너희들은 누구냐?"

다시 성문을 두들기려는 순간 굵은 사내의 음성이 들렸다.

기감을 넓혀 음성이 들린 곳을 찾으려고 했지만 사람의 흔적을 찾을 수 없었다. 하지만 주변의 마나를 흐트러뜨리는 이상 지역이 있는 것은 확인할 수 있었다.

"중요한 정보를 알려주려고 왔소."

"중요한 정보? 뭐냐? 말해봐라."

"아무에게나 말할 수 있는 그런 정보가 아니오. 그러니 윗사람을 만나게 해주시오."

"성주님께 아무나 데리고 갈 수는 없다."

"이 성에 있는 사람들이 모두 죽어도 상관없단 말이오? 그렇다면 가겠소."

"멈춰라!"

호통소리가 들리고 난 후 성문이 열리기만을 기다렸는데, 뜻밖에 성문 좌우의 성벽이 열리더니 중무장을 한 30여 명의 사내가 쏟아져 나와 발레리아를 순식간에 포위했다.

"꼼짝하지 마라."

제대로 다듬지 않아 지저분해 보이는 턱수염을 가진 사내가 롱 소드를 뽑아 들고 위협적인 분위기를 연출하고 있었다.

"방금 네가 성안 사람들이 죽는다고 떠든 녀석이냐?"

슬쩍 훑어보니 마나를 이용할 줄 아는 소드 익스퍼트 단계에 도달한 사람은 성주로 보이는 털보뿐이었다.

"그렇소."

"무슨 이유로 성안 사람들이 죽는다고 떠든 거냐?"

"조금 전에도 말했지만 난 이 성의 책임자를 만나러 왔소. 귀하가 이 성의 최고 책임자가 아니라면 날 책임자에게 안내해 주시오."

"잭, 이자의 무장을 해제시켜라."

청년 하나가 다가오는 것을 보며 난 메고 있던 구환언월도를 순순히 넘겨주었다.

"큭!"

쿵!

한 손으로 건넨 구환언월도를 역시 한 손으로 받으려던 청년은 구환언월도의 무게를 견디지 못하고 떨어뜨리고 말았다.

40킬로그램을 한 손으로 가볍게 들 수는 사람이 그리 흔할 리 없었다. 그래서 분해를 해서 넘겨주었다. 하지만 분해를 했다고 무게가 가벼워질 리 만무했다. 결국 몇 명이 나눠 들었지만 힘겨워하기는 마찬가지였다.

칼과 화살을 겨눈 그들과 함께 난 성안으로 들어갔다.

이미 기로 느껴 알고는 있었지만, 막상 이렇게 많은 사람들을 직접 보니 각자의 고향을 떠나온 유민의 수가 생각보다 많다는 사실에 조금은 놀랐다. 그러면서도 웬만한 자작령보다 영지민들의 수가 적으니 영지민들을 늘릴 방법을 강구해야겠다는 생각을 하며, 털보의 뒤를 따라 내성으로 향했다.

비록 옷차림이 남루하기는 했지만 사람들의 얼굴에는 생기가 어려 있었다.

청년들에게 포위를 당한 나와 발레리아의 모습을 발견한 사람들은 저희들끼리 수군거리며 황급히 길을 열어주었다. 물론 그들은 자신들이 하는 소리가 내게 들리지 않을 거라고 생각하면서 중얼거린 것이겠지만 내게는 그들의 말이 똑똑히 들렸다.

이 성에 있는 사람들의 수가 거의 4만 가까이 된다는 것, 이 성의 성주가 가드너란 이름을 가지고 있다는 것, 식량 사정이 썩 좋지 못하다는 것, 합류한 산적들이 상당히 말썽을 부리고 있다는 것 등등 내성으로 향하는 길에 여러 가지 정보를 얻을 수 있었다.

사람들로 북적이는 외성과는 달리 내성에는 무장한 병사들이 훈련하고 있는 모습이 곳곳에서 보였다. 그래 봐야 4, 5천 명 정도밖에 안 돼 보였다. 그리고 간간이 프리스트나 마법사들의 모습도 보였다.

성주가 있고, 성직자와 마법사가 있으며, 무력을 가지고 있는 사람과 일반인들이 어울려 사는 또 하나의 작은 영지였다.

내성 앞에 도착한 털보는 가죽끈으로 나와 발레리아의 손을 결박했다. 그것도 등 뒤로 말이다. 기분이 좋지는 않았지만 일단 내가 해를 끼칠 사람이 아니라는 것을 밝히기 위해 순순히 그들을 따라갔다.

위협적인(?) 안내를 받으며 내성으로 들어선 난 2층으로 향했다.

무장한 청년들 30여 명이 철통처럼 지키고 있는 방 앞으로 안내된 난 방을 지키고 있던 청년들을 훑어봤지만 실력이 아주 뛰어나 보이는 사람은 없었다. 물론 밖에서 훈련을 하고 있던 사람들보다는 조금은 나은 실력이었지만 그래 봐야 대부분 고만고만했다.

조용히 방 안으로 들어갔던 털보가 곧 밖으로 나왔다.

"성주님께서 널 만나겠다고 하셨다. 그분께 최대한 경의를 표하고 허튼수작을 할 생각은 꿈도 꾸지 마라."

협박을 한 털보는 아무 일도 없었다는 듯 태연한 표정을 한 채 방으로 향했고, 나와 발레리아는 청년들에게 떠밀려 방 안으로 들어갔다.

과거 영주의 집무실인 듯 큼직한 방에는 30여 명의 사내가 책상에 앉은 사내를 보호하듯 늘어서 있었다.

"조니 대장에게 들으니 귀한 정보를 제공하겠다고 들었네. 무슨 이야긴지 들려주겠나?"

"지금 이곳이 산적 산맥이라고 불리게 된 이유가 이 지역을 다스리는 영주가 없어 산적들이 많기 때문이라고 알고 있습니다. 제 말이 맞습니까?"

"맞네."

내 말에 대꾸를 하는 사내는 머리와 눈썹, 그리고 수염이 희끗희끗해 보이는 50대 중후반쯤의 장년인이었다. 전체적으로 부드러워 보이는 인상에, 이렇게 많은 사람들을 통솔할 능력은 없어 보였다.

뭐라고 할까? 전형적인 2인자 타입이라고나 할까?

해서 슬쩍 기감을 넓혀 주위를 살펴보니 눈에 보이는 청년들 외에도 약 10여 명의 사내가 방 곳곳에 은신을 한 채 날 노려보고 있었다. 기감을 좀 더 넓혀보니 17, 8여 미터쯤 떨어진 곳에 이 방에 있는 어떤 사내보다 더 강해 보이는 20여 명의 사내가 모여 있는 것을 발견할 수 있었다.

"만약 이곳에 새로운 영주가 임명되었고, 그가 이곳으로 오게 된다면 어떤 일이 일어나게 될까요?"

"여긴 사람이 살 만한 곳이 아니라는 것을 모르겠나? 이런 궁벽한 곳을 영지로 받은 멍청한 영주가 있다니… 만약 그가 이곳을 직접 본다면 너무 놀라 오히려 이곳을 영지로 준 국왕을 원망하겠군."

"그 멍청한 영주가 얼마 전 즉위하신 국왕 폐하께서 새로 임명한 국방장관이라면 어떻게 하시겠습니까? 게다가 그는 소드마스터인 제자들까지 데리고 있다고 하던데… 그가 이곳을 토벌하려 한다면 과연 여러분들의 힘만으로 막을 수 있겠습니까?"

"크음."

그의 입에서 침중한 신음이 흘러나왔다.

"이곳을 토벌한다고? 가혹한 세금을 피해 이렇게 황량하기 이를 데 없는 곳까지 도망쳐 온 사람들을 토벌하겠단 말인가?"

"하지만 주인도 없는 영지에서 허락도 없이 산 사람들은 여러분들 아닙니까? 그가 주인 된 자격으로 자신의 재산을 함부로 점유하고 있는 여러분들을 과연 그냥 둘까요? 만약 그가 자신의 영지를 차지하기 위해 군 병력을 동원한다면 그땐 어떻게 하시겠습니까?"

내 말에 사람들의 얼굴이 어두워졌다.

본인들이 가지고 있는 힘만으로는 결코 토벌군 병력을 막아낼 수 없음을 스스로들도 잘 알고 있기 때문이었다.

잠시 시간을 주었지만 어차피 그들에게서 들을 수 있는 대답은 정해져 있었다.

"사람들과 상의를 해보도록 하지. 이곳을 영지로 받은 그 영주의 이름을 알 수 있겠나?"

"헬링턴 후작이라고 하더군요."

"처음 들어보는군. 제자들이 소드 마스터라면 설마 그 후작도 소드 마스터란 말인가?"

"물론입니다."

"왕국 내에 소드 마스터는 스텐포드 자작밖에 없지 않나? 난 그렇게 알고 있는데?"

"정보가 너무 늦군요. 스텐포드님은 이미 백작이 되셨고, 그리고 지금 왕국에는 소드 마스터가 이미 일곱 명이나 있습니다. 그리고 앞으로 소드 마스터의 수는 더 늘어날 겁니다."

"거짓말 마라! 소드 마스터가 시장에서 파는 물건이라도 되는 줄 아느냐? 평생 동안 검술을 익힌 기사들 중에서도 지금까지 스텐포드 자작밖에 소드 마스터가 되지 못했는데 어떻게 소드 마스터가 계속 나타난단 말이냐?"

성주라는 자의 곁에 서 있던 싸늘한 인상의 청년의 말에 사람들은 동조를 하듯 고개를 끄덕였다.

"쯧쯧쯧, 남의 말을 그렇게 믿지 못하다니… 열심히 상의해 보시오. 그리고 만약 헬링턴 후작을 영주로 인정하고 그분 휘하에 들겠다고 결정이 내려지면 성벽에 흰 천을 걸어두고, 그럴 수 없다고 의견이 모아지면 붉은색 천을 걸어두도록 하십시오. 자신을 거부하는 상대에게는 결코 용서가 없는 분이시지만 자신을 따르겠다는 사람들에게는 관대하신 분이니까 여러분에게 해가 돌아가지는 않을 겁니다. 그리고 도움을 주기 위해 온 사람을 이렇게 대접하는 것은 예의가 아닙니다."

툭.

손목을 결박하고 있던 가죽끈이 가볍게 끊어졌다.

발레리아의 가죽끈도 끊어주려고 고개를 돌렸더니 그녀 역시 이미 마법으로 가죽끈을 자른 후였다.

우리가 간단하게 가죽끈을 자르자 방에 있던 사람들은 깜짝 놀란 표정으로 우릴 쳐다보고 있을 뿐 어느 누구 하나 움직이는 사람이 없었다.

"가시지요."

"예, 주인님."

난 조금 전 사람들의 기가 느껴졌던 곳을 향해 걸음을 옮겼고, 발레리아는 그런 내 뒤를 따랐다.

"머, 멈춰라!"

"꼼짝 마라."

일제히 무기를 겨누며 고함을 질렀지만 나나 발레리아는 들은 척도 하지 않았다.

"공격해라."

누군가의 말에 10여 명의 청년이 무기를 쳐든 채 몸을 날렸지만 발레리아의 실드에 가로막혀 일제히 나뒹굴었다.

성주의 방을 나선 난 사람들이 있는 곳으로 가려고 했지만 비밀 장치가 되어 있는지 도무지 문을 찾을 수가 없었다. 남은 방법은 한 가지였다.

쾅!

주먹 한 방에 벽이 무너져 내렸다.

무너지는 돌 조각 사이로 섬광과 함께 갖가지 무기와 마법 공격이 쏟아졌다.

섬광을 발견하자마자 자연스럽게 호신강기로 전면을 보호했다.

"프로텍트 프롬 피지컬 포스."

발레리아의 음성이 들린 순간 내 앞에 거무스름한 반원의 막이 생기더니 내게로 쏟아지던 모든 공격을 튕겨냈다. 설사 그녀의 도움이 아니더라도 난 상관없었지만 그래도 그녀에게 답례를 했다.

"고맙습니다, 레이디 발레리아."

그녀가 고개를 숙이는 모습을 보고 고개를 돌린 내 눈에 들어온 것은 커다란 침대와 침대 앞을 가로막은 채 무기를 들고 있는 사내들의 모습이었다. 그리고 침대에는 병색이 완연해 보이는 노인이 누워 있었다.

60대 중반쯤으로 보였는데, 병색 때문인지 좀 더 나이가 들어 보였다.

슬쩍 기감으로 살펴보니 팔다리의 근육은 이미 사용이 불가능할 정도로 망가져 있었다. 그 상태라면 걷는 것도 불가능할 듯했다.

과거 폴츠머 남작의 상태보다 더 안 좋아 보였다.

폴츠머 남작은 상처의 치료도 제대로 하지 않은데다 죽음의 호수 물까지 복용한 상태였는데, 그보다 더 좋지 않은 상태였다. 그가 누워 있는 것에 다른 이유가 있는 것인지는 알 수 없지만 혹시 노환 때문은 아닌지 짐작만 할 뿐이었다.

"아이언 웨폰 오브 그레비티 텐 타임!"

쨍그랑~

발레리아의 나직한 외침에 무기를 들고 있던 사내들은 일제히 무기를 떨어뜨렸다.

몇몇은 떨어진 무기를 다시 집어 들려고 애를 썼지만 떨어진 무기는 꼼짝도 하지 않았다.

내가 침대로 다가가자 사내들이 나를 막아서려고 했지만 애초부터 불가능한 일이었다.

슬쩍 기를 내뿜어 사람들을 밀어낸 난 노인의 맥문을 잡고 가만히 기를 넣어 노인의 몸 상태를 검진했다.

팔과 다리의 근육은 내가 조금 전에 기감으로 살펴봤던 것처럼 사용이 불가능할 정도로 엉망으로 망가져 있었는데, 다리는 팔보다 더 망가져 있었다. 아니, 발달이 거의 안 된 것을 보면 아마도 어린 시절에 소아마비에라도 걸렸던 모양이다.

나뭇잎이 다 떨어진 겨울 나뭇가지처럼 앙상하게 마른 팔과 다리를 보니 솔직히 마음이 편하지는 않았다.

좀 더 자세하게 몸안을 조사해 보니 다른 곳에 비해 그래도 내부는 멀쩡했다.

심장도 그 나이에 비하면 튼튼한 편이었고, 내부 장기들도 비교적 괜찮은 것처럼 판단되었다. 슬쩍 기를 주입하며 심장에 자극을 주자 노인은 천천히 깨어났다.

"정신이 드시오?"

"누, 누구?"

"용건이 있어 이 성의 성주를 찾아온 사람이오."

"나, 날 좀 일으켜 앉혀주겠나?"

피곤에 찌든 음성이었다. 하지만 막상 눈을 뜨자 그가 이 포센트 성의 실제 성주임을 단번에 알아볼 수 있었다.

차분하게 가라앉은 눈이었는데, 눈을 보는 순간 그가 지혜로운 인물임을 단번에 알아볼 수 있었다. 위엄이나 위압감으로 상대를 짓누르는 파괴적인 힘이 아니라, 상대를 감복시키고 스스로 무릎을 꿇게끔 만드는 묘한 힘을 가지고 있는 이 노인이 포센트 성의 실질적인 성주인 가드너임을 직감할 수 있었다.

방금 내가 살펴본 상태와는 다른 음성에 그의 몸에 기를 불어넣어주면서 다시 한 번 세밀하게 살펴보니 복부의 내장 뒤쪽에 기가 잘 통하지 않는 부위가 있음을 겨우 느낄 수 있었다. 조심스럽게 기로 감싸 형태를 확인해 보니 비정상적인 살덩이의 존재를 확인할 수 있었다. 암이었다.

노인이 이렇게까지 기운을 차리지 못하고 있는 이유가 그 때문이 아닌가 생각되었다.

하여간 기를 불어넣어 잠시 동안이나마 기운을 차릴 수 있게 해주었다.

　잠시 어지러운 방의 모습을 보았음에도 불구하고 노인은 담담한 태도로 날 쳐다봤다.

　"조금 전 성주를 찾아왔다고 했나?"

　"그렇소."

　"그렇다면 성주나 만나볼 일이지 자리에서 일어나지도 못한 이 늙은이는 왜 찾아온 것인가? 이렇게 방을 엉망으로 만들면서 말이네."

　"노인장이 이 포센트 성의 실질적인 성주 아니오?"

　내 말에도 노인의 표정은 조금의 변화도 없었다.

　오히려 묘한 미소를 짓고 있었는데, 별 말 같지도 않은 말을 다 들어보겠다는 표정 같기도 했고, 자신의 정체를 무슨 이유로 알고 싶어하는 것이냐 하고 묻는 듯 보이기도 했다.

　"자네 표정을 보니 내가 무슨 말을 한다고 해도 믿을 것 같지 않군. 그래, 무슨 일로 포센트 성에 온 건가?"

　"경고를 해주러 왔소."

　"지금 경고라고 했나?"

　"그렇소."

　내 말에서 뭘 느꼈는지 노인의 표정이 조금은 심각해졌다.

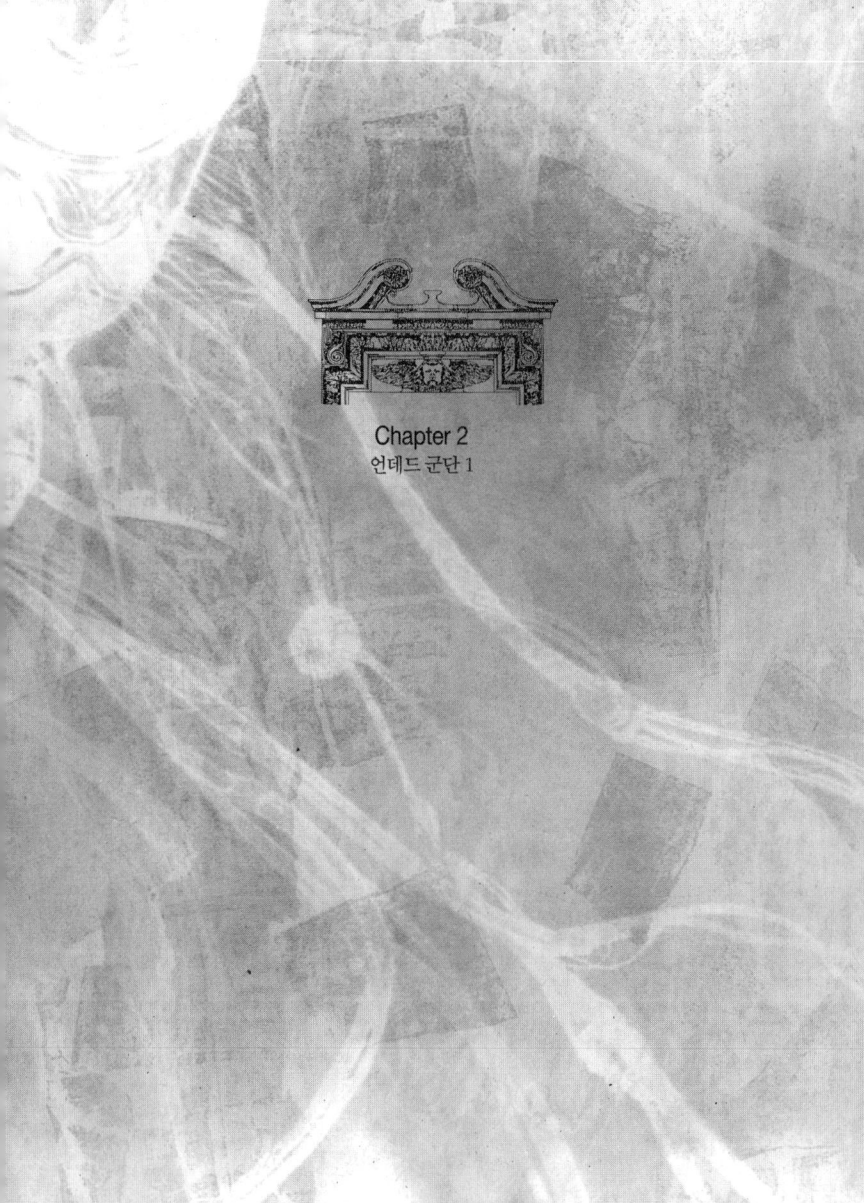

Chapter 2
언데드 군단 1

The Duel of Master
마스터 대전

1

"**자**세한 이야기를 듣고 싶군. 그래 주겠나?"

"물론이오. 그러려고 내가 온 거니까."

난 노인에게 조금 전 가짜 성주에게 들려주었던 이야기를 다시 말했다.

신중한 표정으로 내 이야기를 듣던 노인은 가만히 고개를 젓더니 어렵게 말을 꺼냈다.

"잠시만 내게 시간을 주겠나?"

"생각하는 것은 좋지만 빨리 결정을 내려야만 할 거요. 그는 별로 참을성이 많은 사람은 아니니까."

"헬링턴 후작이란 사람을 잘 아는 모양이군. 그의 심복이라도 되나?"

"그와 나는 한 몸이나 마찬가지요. 부디 현명한 결정을 내렸으면 좋겠구려."

"사람들과 상의를 하도록 하지."

"빨리 결정을 해야 할 거요. 레이디 발레리아, 우린 이만 갈까
요?"

"예, 주인님. 텔레포트!"

돌아가는 길은 그야말로 순식간이었다.

일행이 있는 상공에 도착해서는 서서히 아래로 내려갔다.

"마스터, 다녀오셨습니까?"

"그래, 지금 당장 철수할 준비를 해라."

부하들에게 철수를 지시한 티본은 조심스럽게 물었다.

"혹시 영지에서 병력을 동원할 생각이십니까?"

"병력? 후후후, 재미있는 말을 하는구나. 영지에 동원할 병력
이나 있나? 그리고 이 성을 함락시키려면 병력이 얼마나 필요할
것 같으냐?"

내 물음에 티본의 얼굴이 벌겋게 변했다.

"죄송합니다, 마스터. 제 생각이 짧았습니다."

"웬만한 병력으로는 성을 공략하기도 어렵겠지만 난 될 수
있으면 인명 피해를 줄이고 싶다. 상황이 좋지 않게 변해 설사
내가 나서서 수뇌부들을 모두 죽인다고 하더라도 피해는 그것
만으로 끝나지 않을 거다. 리더를 제거하면 또 누군가가 나서
성안 사람들을 인솔할 것이고, 그때마다 수뇌부를 제거한다면
강제적인 점령은 가능하겠지만 사람들의 원한은 아마 뼈에 사
무칠 것이다. 때론 강압적인 힘보단 평화로운 대화가 오히려 상
황을 쉽게 정리할 수 있다고 생각한다."

"그럼 저희들 모두가 이곳에서 철수할 것이 아니라 몇 명은 남아서 저들의 동태를 살펴야 하지 않을까요?"

티본의 말에 며칠 후에나 와볼 생각을 했던 난 그들의 결정이 예상보다 빠를 수도 있다는 생각에 잠시 고민을 했다. 하지만 그런 고민은 발레리아가 간단히 해결해 주었다.

"주인님, 제 부하 가운데 하나를 남겨두는 것이 어떨까요?"

"저 사람들 말입니까?"

"예, 통신 마법을 할 정도의 실력은 가지고 있으니까 만약 포센트 성에 어떤 변화가 생긴다면 곧바로 연락을 할 거예요. 변화가 있으면 그때 오는 것이 어떨까요?"

"그렇게 조치를 해주신다면 저야 고맙지만 저들에게 미안한 생각이 드는군요."

"그런 생각은 하실 필요가 없어요. 얼마나 시간이 걸릴지는 모르겠지만 그동안 제가 가르쳐 준 마법을 익히면서 시간을 보내면 되니까 주인님께서는 그렇게 생각하실 필요 없어요."

"알겠습니다. 레이디 발레리아. 아마 며칠 안에 변화가 있을 겁니다. 성벽에 흰색 천이 걸리든 붉은색 천이 걸리든 곧바로 연락을 하길 바랍니다."

"조셉."

"부르셨습니까, 마스터."

"네가 남아서 주인님의 명을 충실히 이행하도록 해라."

"맡겨주십시오, 마스터."

발레리아의 호명에 가장 나이가 많아 보이는 노인이 깍듯하게 대답을 했다.

"마스터, 그럼 마법사님을 호위할 부하 몇 명을 남겨두겠습니다."

"그렇게 해라."

티본이 부하 몇에게 지시를 하는 동안 발레리아는 나직하게 뭔가를 중얼거렸다.

"이곳에 남을 사람을 제외하고 모두 내 주위로 모여라."

사람들이 모이자마자 발레리아는 지체없이 텔레포트를 했고, 눈 깜짝할 사이에 우리는 전투 아카데미 옆 산의 정상에 도착했다.

산길을 따라 내려오면서 어떤 원리로 텔레포트 마법이 실행되는지는 알 수 없었지만 마치 내가 허공과 하나로 뒤섞였다가 지면으로 내팽개쳐진 듯한 기분이 들었다. 과거 내가 살았던 곳에서 엘리베이터를 탔을 때 느꼈던 울렁거림의 족히 열 배는 되었다.

전생의 기억 탓에 비교적 멀쩡한 나와는 달리 나머지 사람들은 속이 울렁거리는지 얼굴색이 허옇게 변한 사람들이 대부분이었다.

티본 녀석이 어쎄신들을 데리고 사라진 후 마법사들을 뒤로한 채 산을 내려왔다.

"작위에 오르신 것을 경하드려요, 주인님."

"예?"

"새로 국왕이 즉위하실 때 주인님께서 작위를 받으신 것 말이에요."

"어떻게 아셨습니까?"

"주인님의 가족들과 제자들에게서 주인님께서 수도에 가신 이유가 작위를 받기 위해서라고 들었어요. 그래서 어느 정도 짐작을 하고 있었는데, 조금 전 포센트 성의 성주에게 말씀하시는 것을 들어보니 후작 위에 오르신 것이 확실하기에 인사를 드린 거예요."

"생각하지도 못한 높은 자리에 올랐습니다."

갑작스러운 발레리아의 말에 난 쑥스러움을 견디기 힘들었다. 하지만 발레리아는 자신이 하고 싶은 말을 다 하고서야 입을 다물었다.

"설사 주인님께서 공작의 작위를 받으셨다고 해도 충분하다는 생각은 들지 않을 거예요. 지상에서 주인님보다 강한 사람이 누가 있나요? 만약 주인님께서 누군가의 목숨을 원하신다면 과연 누가 주인님의 손길을 피할 수 있겠어요? 게다가 말을 들으니 이번에 새로이 국왕이 되신 분의 생명을 몇 번이나 구하셨다고 들었어요. 주인님께선 그 정도 대접은 당연히 받으셔도 마땅한 분이세요."

"남이 갖지 못한 힘을 가진 자라면 그 힘에 걸맞은 능력과 지혜를 가지고 있어야 합니다. 하지만 전 오직 힘만 가지고 있을 뿐 재능과 지혜가 없으니 후작으로서 해야 할 일을 과연 제대로 수행할 수 있을지 모르겠군요."

"제가 아는 것은 별로 없지만 한 가지만은 분명히 알고 있어요. 주인님은 누구보다 가슴이 따스하신 분이에요. 영지에 사는 영지민들은 자신들을 보살필 사람이 필요한 것이지 자신들을 학대하고 고혈을 착취할 사람이 필요한 것이 아니에요. 모자라는 지식은 책을 통해서, 혹은 경험이 많은 사람들에게서 배울 수 있지만 따스한 마음만은 배울 수 있는 것이 아니더군요. 다시 말해 주인님께서는 아무리 높은 자리에 계셔도 따스한 마음을 잊지 않으신다면 영지민들에게 칭송받는 영주가 되실 수 있을 거예요."

"레이디 발레리아의 말을 명심하도록 하겠습니다."

내가 살짝 고개를 숙이자 발레리아는 당황한 표정으로 황급히 허리를 숙였다.

그동안 하지 못했던 이야기를 나누며 난 발레리아와 함께 전투 아카데미로 향했다. 그리고 그녀에게서 나와 헤어진 후의 일들을 들을 수 있었다.

*　　　*　　　*

플로네이서스와 맹약을 맺은 후 그녀는 플로네이서스를 따라 어딘가로 텔레포트를 했는데 처음 도착한 곳이 발레튼인가 하는 도시였다. 그때부터 플로네이서스의 목적지없는 여행이 시작되었는데, 한동안 그녀는 플로네이서스 곁에서 사람들의 삶이나 각 왕국의 사정 등에 대해서 알려줘야 했다.

그가 사람들의 삶에 대해 관심을 가지는 동안 발레리아는 자신의 원수인 데프니와 페리 몬테로 백작, 그리고 막후에서 사건을 조작했던 시하로스 교단의 하이 프리스트 하론에 대한 정보를 입수했다. 그리고 마침내 플로네이서스가 사람에 대한 관심이 시들해졌을 때 수십 년 동안 벼르고 별렀던 복수를 드디어 시작할 수 있었다.

먼저 세 사람의 죄상을 자세하게 밝힌 벽보를 수백 장 만들어 하이 프리스트 하론이 거처하고 있는 시하로스 교단과 페리 몬테로 백작 집 주위에 뿌렸다.

처음엔 대수롭지 않게 생각하던 세 사람도 벽보가 한 달 가까이 계속 뿌려지자 더 이상은 참지 못하고 범인을 찾기 위해 자신들의 거처 주위를 샅샅이 뒤졌지만 범인은 찾을 수 없었다. 특히 이미 죽은 줄 알았던 동생이 살아온 것에 대해 언니인 데프니는 거의 히스테리를 일으킬 정도였다.

불과 한 달 사이에 해쓱하게 변한 데프니의 모습을 봤지만, 그 정도로 원한의 불길이 사그라질 리 만무했다.

범인을 찾기 위해 전전긍긍하는 그들의 모습을 보면서 발레리아는 마계의 갖가지 마물들을 소환해 그들의 저택을 쑥대밭으로 만들었다.

죽었을 때의 상처를 그대로 가지고 있는 좀비는 물론 갖가지 괴상한 생김새를 가진 마수들을 소환해 그들의 저택을 가득 메웠다. 건드리지 않으면 상관이 없었지만 누구라도 소환물들에게 적대감을 드러내면 어김없이 공격을 당하니 저택에 남아 있던 사람들은 그야말로 공포의 나날을 보내야만 했다.

좀비와 망령과 갖가지 괴상한 벌레들이 배회하는 저택.

음식물은 물론이며 멀쩡했던 물건과 건물마저 급속하게 상하고 낡기 시작해 금방 무너진다고 해도 놀라지 않을 정도였다. 그런 상황이니 누가 그 저택에 남아 있으려 하겠는가?

벽보로 인해 저택이 어수선할 때만 하더라도 저택에 소속

된 하인과 하녀들은 불안해하기는 했지만 도망친 사람은 없었다. 하지만 좀비와 망령이 출몰하기 시작하자 대부분 도망을 쳤고, 벌레들이 등장하면서 모든 음식이 썩기 시작하자 그나마 남아 있던 하인과 하녀들마저 모두 도망쳐 버리고 말았다.

물론 저택에는 백작가의 사병들은 물론 기사단도 있었지만 그들 역시 무력하기는 마찬가지였다. 물론 좀비들과 맞서 싸우기도 했지만 그것도 처음뿐이었다.

끝도 없이 밀려드는 좀비들은 그래도 맞서 싸울 수라도 있었지만 시도 때도 없이 나타나는 망령들은 물리적인 타격조차 줄 수 없으니 그야말로 속수무책일 수밖에 없었다. 게다가 망령들의 비명 소리 때문에 잠을 제대로 잘 수 없다는 것이 가장 큰 문제였다.

그런 상태에서 제대로 싸울 수 있을 리 만무했다.

시하로스 신전에서 가지고 온 성수와 갖가지 아티펙트로 중무장을 하자 망령들은 햇살 아래 놓인 눈처럼 순식간에 녹아내렸다. 그제야 저택 안에 남아 있던 기사들과 병사들은 겨우 안심하고 잠을 청할 수 있었다.. 하지만 그런 편안하고 아늑했던 수면도 불과 세 시간을 넘기지 못했다. 물리력이 없는 망령들과는 달리 스켈레톤이나 듀라한들이 나타나자 병사들과 기사들이 이를 악물고 싸웠지만 소용이 없었다.

결국 그들은 살기 위해 저택을 탈출할 수밖에 없었다. 불행 중 다행인지 다친 사람은 있어도 목숨을 잃은 사람은 없었다.

기사와 병사들마저 떠나 버린 후 저택에는 몬테로 백작 부부밖에 남지 않았다.

차라리 그들에게 죽임을 당해 버렸다면 속이라도 편했을 텐데 스켈레톤과 듀라한들은 두 사람이 도망을 치지 못하도록 앞을 가로막기만 할 뿐 해를 끼치진 않았다.

미친 듯이 비명을 지르고 검을 휘둘러도 스켈레톤과 듀라한은 그저 그 자리를 지킬 뿐 꼼짝도 하지 않았다. 먹지도 자지도 못했던 두 사람은 어느 날 잠자리처럼 생긴 괴상한 곤충에게 물린 후 정신을 잃었다 깨어났는데, 온몸이 마치 굳어버린 양 꼼짝도 할 수 없었다.

두 사람은 자신들의 믿을 수 없는 상황에 절망하며 울부짖었지만 정말 놀랄 일은 다음에 일어났다. 발레리아가 모습을 드러냈기 때문이다.

당연히 두 사람은 발레리아가 누군지 처음엔 알아보지 못했다. 다만 그녀가 이번에 일어난 일을 꾸민 주모자란 생각에 갖은 욕을 다 퍼부었다.

그래도 한때는 같이 살았었다고 데프니가 혹시 자신의 동생이 아닌가 생각을 잠시 했었지만 동생이라고 하기엔 너무나 젊어 보이는 모습에 확신을 할 수는 없었다.

우선 세월이 20년도 훨씬 지났는데 20대 중반으로 보이는 발레리아와는 나이도 맞지 않을뿐더러 설마 이렇게 어마어마한 실력을 가진 흑마법사가 되었을 것이란 생각은 할 수도 없었기에 자신들과 저 젊은 여인 사이에 악연이 있었는지에 대해 생각하고 또 생각했다. 하지만 도무지 짐작이 되지 않았기 때문에 두 사람은 발레리아에게 욕설과 악담을 끊임없이 퍼부어댔다.

꼼짝도 못하는 두 사람을 자신만이 알고 있는 동굴에 가둬놓고 발레리아는 몬테로 백작의 양아버지이자 배후 인물인 하이 프리스트 하론을 사로잡기 위해 다시 시하로스 교단을 찾았다. 하지만 하론은 흑마법사와는 상극인 신전에 있기 때문에 어쩔 수 없이 일반인 몇 명의 정신을 제압해 데스나이트들과 함께 하론을 교단 밖으로 끌어내라고 명령을 내렸다.

그들은 발레리아의 명령대로 시하로스 교단에 난입해서는 프리스트들을 닥치는 대로 신전 밖으로 끌어내려고 했고, 젊은 프리스트들이 나서 그들을 막으려고 했지만 보통 사람의 몇 배나 되는 힘을 가진 그들을 막아내기는 힘들었다.

정해진 순서처럼 성기사단이 출동했지만 그들은 연이어 난입한 데스나이트들을 막아내기에도 힘겨웠다.

마치 지옥의 문이 열린 것처럼 좀비, 쉐이드, 듀라한을 비롯한 갖가지 마계의 존재들이 쏟아져 나와 시하로스 교단의 신전을 완전히 포위했다.

일반적으로 죽은 생명들은 무엇보다 성스러운 힘인 신성력을 가장 두려워한다고 알려졌기 때문에 좀비나 쉐이드 같은 마계의 존재들이 신전을 습격한다는 것은 그야말로 말도 안 되는 소리다. 하지만 발레리아가 신전의 상공을 플로네이서스에게서 전해받은 힘으로 덮어 마계의 기운을 강하게 만들어 버리자 마치 제 세상을 만난 것처럼 좀비와 스켈레톤 같은 언데드들이 신전에 난입해 프리스트들에게 달려들었던 것이다.

믿을 수 없는 상황에 프리스트들은 남을 도와주기는커녕 혼자 도망치는 것도 쉽지 않았다. 몇몇 용감한 프리스트들이 언데드들에 맞서 신성력으로 싸우긴 했지만 끝도 없이 밀려드는 언데드들에게는 중과부적이었다.

밖에서 신전을 지키기 위해 싸우던 성기사들도 데스나이트에게 일방적으로 당해 아티펙트에 가까운 무기를 빼앗기고 파괴당하는 수모를 당해야 했다.

시하로스 신전에서의 소동을 누군가 신고해서 영지를 지키는 병사들이 출동했지만, 난생처음 보는 어마어마한 수의 언데드들을 발견하고는 감히 덤벼들 생각조차 못하고 멍하니 쳐다볼 뿐이었다.

자정부터 시작된 언데드들의 광란의 밤은 새벽이 되어서야 끝이 났고, 하이 프리스트라 대접을 받던 하론은 언데드들에게 생포되어 어딘가로 끌려갔다.

하론을 몬테로 부부를 가둬둔 동굴로 끌고 간 발레리아는 한동안 그들을 바라볼 뿐 털끝 하나 건드리지 않았다. 어떻게 복수를 할 것인지 결정을 내리지 못했기 때문이다. 그래도 명색이 하이 프리스트라고 하론이 제일 먼저 발레리아의 정체를 알아봤다.

흑마법사가 되기 전에는 자신이 과연 흑마법사가 될 수 있을까만을 걱정했었지만 막상 흑마법사가 된 후에는 과연 자신이 복수를 할 수 있을까가 걱정이 되었다.

그럴 만도 한 것이 하론이 시하로스 교단의 하이 프리스트인 것도 있었지만, 프리스트들의 신성력 앞에 흑마법에 의해 소환된 존재들이 너무나 약했기 때문이다. 프리스트들이 있는 곳에서는 흑마법이 발휘조차 되지 않는다는 말까지 있을 정도였다.

더구나 하론에게는 성기사와 프리스트들이, 페리와 데프니에

게는 기사들과 사병들이 있으니 복수는 더욱 힘들 거라고 생각
했었다.

그런 발레리아의 예상과는 달리 그들은 그들의 능력을 시험
하기 위해 소환한 몇 가지 허접한 언데드들조차 막아낼 능력이
되지 않았다.

그렇지만 막상 허무한 생각이 들 정도 간단하게 세 사람을 생
포해 온 발레리아는 자신이 이들 때문에 그렇게 고생을 하고 고
민을 했다는 사실에 기가 막혔지만 복수를 잊지는 않았다. 열흘
동안 그들을 찌르거나, 얼리거나, 태우는 등 갖가지 방법으로
고문했다. 물론 그 사이 그들이 금방 죽지 않도록 치료해 주는
것을 잊지 않았다.

그들은 눈물, 콧물을 흘리면서 자신들의 죄에 대한 용서를 빌
었지만 발레리아는 무덤덤한 표정으로 결국엔 그들을 태워 죽
였다. 마지막으로 그들이 살던 백작가를 태워 버리기 위해 갔을
때 발레리아는 몬테로 백작 부부 사이에 아들 헤이로가, 그러니
까 자신에게 조카가 있음을 알게 되었다.

처음엔 그들 부부의 자식이란 이유로 죽이려고 했지만 처음
만나는 자신에게 친근하게 다가오는 헤이로를 도저히 해칠 수
가 없었다.

수십 년 동안 절치부심하며 복수를 꿈꿔왔던 발레리아에겐
허망할 정도로 짧은 복수가 아닐 수 없었다. 남들은 복수한 후
느끼는 허무함 때문에 남은 인생을 폐인처럼 살아간다지만 발
레리아에게는 해야 할 일이 아직 남아 있었다.

해서 헤이로와 함께 폴츠머 영지로 돌아왔고, 나를 위해 어쎄

신들을 도와 포센트 성을 점령하려고 했던 것이다.

"복수를 하고 난 지금은 어떠십니까?"

"후회스럽거나 회한의 감정이 느껴지지는 않아요. 대신 오랫동안 가슴속 깊은 곳에 쌓였던 앙금이 사라져 지금은 홀가분할 뿐이에요."

"제가 보기에도 표정이 많이 편해지신 것 같습니다."

"주인님이 아니셨다면 복수는 불가능했을 거예요. 다시 한 번 주인님께 감사드려요."

"만약 레이디 발레리아가 원하셨다면 플로네이서스와 계약을 하기 전 언제든 그자들을 잡아와 레이디 발레리아 앞에 무릎을 꿇려놨을 겁니다. 만약 그랬다면 굳이 리치가 되지 않으셔도 되었을 텐데……."

내가 안타깝다는 듯 말을 하자 발레리아는 엷은 미소를 지은 채 고개를 가만히 저었다.

"복수는 저의 것만이 아니에요. 힘들게 낳아 귀하게 키운 딸에게 배신당해 돌아가실 때조차 눈 감지 못한 부모님 대신, 그리고 인간으로 겪을 수 있는 최악의 고통을 겪은 제가 반드시 해야만 할 일이었어요."

"웃으니까 보기 좋군요. 앞으로는 계속 웃으세요."

내 말에 고개를 끄덕이는 발레리아를 보면서 아카데미 안으로 들어섰다.

늦은 시간임에도 불구하고 소드 마스터들이 연병장에 모여 있었는데, 심각한 이야기를 나누고 있었는지 하나같이 표정들이 굳어 있었다.

"어서 오시오, 헬링턴 후작."

입을 연 사람은 헤일리 사르트 후작이었는데, 항상 여유있어 보이던 것과는 달리 상당히 굳은 표정을 짓고 있었다.

"무슨 일이 있습니까?"

"방금 제국과 연락을 했는데… 속히 제국으로 복귀하라는 연락이 왔소이다."

대답을 하는 사르트 후작의 음성은 상당히 굳어 있었다.

역시 어두운 얼굴을 하고 있던 푸르니에가 입을 열었다.

"제국에 큰일이 생겼어."

"큰일? 무슨 일인지 알 수 있겠습니까?"

"어차피 비밀도 아니니까 말해주지. 흑마법사나 리치가 나타난 것 같아."

"흑마법사? 리치?"

푸르니에의 말에 사람들의 시선이 일제히 발레리아에게로 향하는 것이 느껴졌다.

발레리아가 본인이 지닌 기운을 감췄다면 설사 소드 마스터라 할지라도 그녀가 리치임을 알 수 없었겠지만, 그녀는 평소대로 태연하게 있을 뿐이라 모두들 그녀가 흑마법을 익히고 있음을 쉽게 알아볼 수 있었다. 다만 나와 함께 나타났고, 내 뒤에 공손하게 서 있었기 때문에 아무런 말을 하지 못하고 있었을 뿐이다.

"단순히 흑마법사나 리치 한 명이 나타났다고 제국으로 복귀하라는 지시를 하지는 않았을 텐데……."

"머리를 맞대고 방법을 강구해 보자는 거지, 뭐. 제국 북부에 대규모 언데드들이 나타났다는데 그 수가 너무 많아 피해가 이만저만이 아닌 모양이야. 언데드는 특성상 신성력이 아니면 퇴치할 수가 없잖아. 해서 소드 익스퍼트 이상의 실력자들을 추려 프리스트들을 호위해 언데드들을 퇴치하려고 했지만 느닷없이 나타나 기습하는 데스나이트들 때문에 오히려 피해만 입었다는군."

"데스나이트? 어지간한 신성력으로는 퇴치하기 힘들던데… 어려운 일이군요."

"어려워도 가봐야지. 나라가 위험하다는데……."

푸르니에의 조금은 힘없는 대답에 곁에 있던 사르트 후작이나 뒤비니에 후작의 얼굴에도 그림자가 드리워졌다.

"난 뒤비니에 후작과 함께 먼저 제국으로 돌아가야 할 것 같아. 후작이 제국으로 텔레포트시킬 수 있는 사람은 한 사람뿐이라는군. 해서 내가 먼저 후작과 함께 제국으로 돌아가고 나머지 사람들은 이곳에서 라크로스 제국으로 출발할 거야."

"시간이 늦었는데… 내일 아침에 출발할 겁니까?"

"뒤비니에 후작에게 텔레포트에 필요한 마정석이 있으니까 지금 출발할 거야."

푸르니에는 연병장 중앙에서 거대한 마법진을 그리고 있던 뒤비니에 후작을 쳐다보았다.

대체 얼마나 많은 마정석을 가지고 있는지 뒤비니에 후작은 마법진 곳곳에 크고 작은 마정석들을 조심스럽게 배열하고 있었다.

"주인님, 드릴 말씀이 있어요."

"뭡니까, 레이디 발레리아."

"지금 마정석을 배열하는 것이나 텔레포트 마법진을 보니 최대 3백여 킬로미터밖에 이동할 수 없어요. 저들 수도까지의 거리를 계산해 보면 최소 두 번, 최대 서너 번은 텔레포트를 해야 라크로스 제국의 수도인 텔포스로 이동할 수 있어요. 그것도 저 마법사가 텔레포트를 한 후에도 지치지 않고, 또 필요한 마정석을 충분히 가지고 있을 때에야 가능해요."

"그 말은 지금 텔레포트를 한다고 해도 제국의 수도로 돌아가는 것이 쉽지 않다는 말이군요."

"주인님 말씀대로예요."

"푸르니에 황자가 마음이 급한 모양인데… 어쩐다?"

물론 푸르니에가 오늘 제국의 수도에 도착하든 며칠 후에 도착하든 나로서는 당연히 상관이 없는 일이었다. 다만 출생 전부터 알고 있던 사이라 도울 수 있다면 돕고 싶은 마음이 드는 게 사실이었다.

"주인님, 제가 텔레포트를 원하는 사람들을 도울 수도 있을 것 같은데… 저들을 도와주어도 될까요?"

"저들을 도울 수 있습니까?"

"제가 가서 알아볼게요."

텔레포트 마법진을 손보고 있던 뒤비니에게 다가간 발레리아가 뭔가를 묻곤 곧 돌아와 내게 보고를 했다.

"텔레포트 마법진과 마정석을 이용하면 텔포스까지 원하는 사람들을 모두 이동시킬 수 있을 것 같아요."

"그럼 레이디 발레리아가 저들을 텔포스까지 텔레포트를 시키려면 몇 번이나 쉬어야 할 것 같습니까?"

왠지 그녀의 능력을 믿지 못한다는 인상을 줄 것 같아 묻기가 조금은 조심스러웠다.

"물론 단번에 텔포스까지 이동시킬 수 있어요."

"레이디 발레리아의 말이 사실이라면 저도 가서 도와주고 싶군요."

"그럼 주인님께서 이동을 원하는 사람들을 모아주세요. 제가 마법진을 완성시킬게요."

발레리아가 뒤비니에 후작에게 가는 모습을 보고 난 푸르니에 황자에게 말해 텔레포트를 원하는 사람들을 모으게 했다.

잠시 그들의 모습을 본 발레리아는 연병장을 향해 손을 한 번 휘둘렀다. 그러자 뒤비니에 후작이 그리던 마법진보다 족히 두 배 이상 거대한 마법진이 연병장에 모습을 드러냈다.

그런 후 재차 손을 휘두르자 뒤비니에 후작이 그린 마법진에 놓여 있던 마정석들이 날아와 마법진 곳곳에 놓였다.

사전에 이야기가 있었는지 뒤비니에 후작은 아무런 말도 하지 않고 있었지만 시선은 발레리아와 마법진에서 떨어지지 않고 있었다.

잠시 후 텔포스로 출발할 사람들이 마법진 중앙에 섰다. 그 사람들 속에는 나와 제우비스, 그리고 트렉슨까지 포함되어 있었다.

잠시 후 마법진 주위로 몰려드는 무시무시한 마나에 사람들은 긴장한 기색이 역력했다.

전원이 소드 마스터에 마법사이기에 마나의 변화 정도는 쉽게 알아낼 능력이 있었다.

그랬기에 이제 20대 초반으로 보이는 발레리아의 엄청난 능력에 하나같이 벌린 입을 다물지 못했다. 특히 뒤비니에 후작의 놀라움은 남들의 몇 배나 클 수밖에 없었다.

겉보기에는 70대로 보이지만 실제론 거의 백 세에 가까운 나이였다. 열 살 때부터 마법을 익히기 시작했으니, 거의 90년을 마법을 익혔음에도 이제 겨우 6클래스의 익스퍼트에 불과했다. 그런데 20대에 불과한 발레리아가 8클래스를 마스터한 마법사임을 알았으니 어찌 놀라지 않을 수 있겠는가?

"텔레포트!"

발레리아의 나직한 외침과 함께 환한 빛이 일행을 감쌌다가 곧 사라졌다. 잠시 후 우리가 이동한 곳은 라크로스 제국의 수도 텔포스에 있는 어느 귀족가의 텅 빈 연무장이었다.

갑작스러운 주위 환경 변화에 사람들이 어리둥절할 때 난 가장 먼저 피부에 와 닿는 공기가 상당히 서늘하다는 것을 느꼈다.

만약 일반인이었다면 춥다고 할 정도로 오싹한 날씨였다.

우리가 도착한 곳이 대륙의 북쪽인 것은 이미 알았지만 이렇게까지 날씨 변화가 클 줄은 몰랐다.

다른 사람들은 자신들이 천 수백 킬로미터를 순식간에 이동했다는 사실에 놀라움을 금치 못하고 있었다. 발레리아는 보통 때보다 약간 피곤한 표정을 짓고 있었는데, 그래도 내가 한 말 때문인지 엷은 미소를 짓고 있었다.

나로서는 보기가 좋았지만 다른 사람들은 그녀의 능력 때문인지, 아니면 다른 이유 때문인지 황급히 주위로 흩어졌는데, 그녀를 피하려는 기색이 역력해 보였다.

　그러는 사이 어디론가 달려갔던 푸르니에가 돌아왔다.

　"북서쪽으로 30킬로미터쯤 되는 곳까지 언데드들이 몰려왔다는군. 병사들을 동원할 수도 없는 것이 죽는 즉시 언데드가 돼버려서 아군을 공격하니 문제가 이만저만이 아니래."

　"그래? 언데드들이 나타난 곳에 한번 가보고 싶군."

　"그럼 내일 아침 2진과 보급 부대가 출발할 때 아티펙트를 소지한 프리스트들과 마법사들도 그곳으로 함께 갈 거니까 같이 가도록 하는 게 어때?"

　"그렇게 하지."

　"저 레이디도 같이 갈 거지?"

　"그건 왜 묻지?"

　"뒤비니에 후작이 그러는데 저 레이디가 최소 8클래스에 도달한 어마어마한 마법사가 틀림없을 거라고 하더군. 함께 간다면 큰 도움이 될 것 같은데 말이야."

　"레이디 발레리아가 흑마법을 익히고 있다는 것은 알고 있겠지?"

　"물론이지. 그런데 그게 왜?"

　"문제가 되지 않겠어? 흑마법사인지 리치인지 때문에 이 난리가 났는데, 레이디 발레리아가 그 자리에 간다면 사람들이 어떻게 생각하겠어? 레이디 발레리아가 비록 나와 함께 있긴 하지만 난 그녀에게 아무것도 강요할 수 없다는 것을 알아둬."

"그렇다면 내가 부탁을 해볼게."

푸르니에는 그 말만을 남기고 발레리아에게 다가갔다. 그리고는 열심히 그녀를 설득하고 있었다.

"방금 제국의 황자에게서 주인님께서 언데드들이 나타난 곳에 가려고 하신다는 말을 들었어요. 사실인가요?"

"아직 언데드는 만난 적이 없어서 직접 봤으면 하는 생각이 들어서 말입니다. 플로네이서스를 만나기 전에 제가 정확히 어느 정도의 힘을 가지고 있는지 미리 알아두는 것이 좋을 것 같습니다. 그리고 친구의 일이니 돕고 싶습니다."

"그래서 이번에? 알겠어요, 저도 주인님을 따라가겠어요."

"그럼 친구의 일을 조금만 도와주시겠습니까?"

"그게 주인님께서 하시려고 하는 일에 도움이 된다면 얼마든지 도울게요."

"고맙습니다, 레이디 발레리아. 친구를 대신해 감사드릴게요."

그러는 사이 푸르니에가 다가와 나와 발레리아에게 숙소를 안내해 주었는데, 우리를 특별하게 생각했는지 상당히 호화로운 방이 배정됐다. 하여튼 우리는 각자의 방에서 편히 쉰 다음 날 아침 일찍 황궁 앞에서 출발하는 보급 부대와 함께 언데드들이 출몰한다는 지역으로 이동해 갔다.

언데드의 특성상 야간에 움직임이 활발하기 때문에 야간에는 언데드들의 점령지에서 후퇴했다가 날이 밝으면 프리스트들이 언데드들이 점령했던 대지를 정화해 언데드들의 진격을 제지하는 것이 대응의 전부였다.

언데드의 출현을 가볍게 여겼던 처음과는 달리, 지금은 라크로스 제국 전역에서 언데드를 퇴치하는 데 실력을 인정받은 각 교단의 프리스트들이 모두 동원되다시피 했다. 하지만 그럼에도 불구하고 조금씩 밀리는 상황이었다.

영지에 도착하고 보니 주간에 빼앗고 야간에 다시 빼앗기는 지루한 싸움이 벌써 10여 일째 계속되고 있었다.

수천 명에 이르는 프리스트들을 투입시켰음에도 불구하고 상황이 나아지기는커녕 오히려 조금씩 밀리자 마법사들까지 동원되었다. 하지만 전황은 여전히 나아지지 않았다.

그로 인해 수뇌부에서 내린 결론은 흑마법사나 리치가 최소한 명이 아닐 거라는 것, 그리고 그들 가운데에는 상당한 고위 흑마법사나 리치가 있다는 것이었다.

또한 지금까지 이렇게 많은 언데드들의 공격을 받은 전례가 없다는 사실에 수뇌부의 시름은 당연히 깊어질 수밖에 없었다.

푸르니에의 부름에 가보니 전투 아카데미로 갔던 소드 마스터들과 함께 눈이 부실 정도로 번쩍이는 풀 플레이트 메일을 걸치고 있는 20대 중후반으로 보이는 청년이 주위 사람들에게 뭔가를 설명하고 있었다.

"…들어온 보고에 의하면 우리가 있는 곳으로부터 좌전방에 해당되는 베로야 영지가 제일 급하오. 어찌 된 일인지 스켈레톤의 수가 급속도로 늘어나 마법사들을 50여 명이나 긴급 투입했지만 어쩔 수 없이 후퇴를 해야만 했다고 하오. 해서 시급하게 해결을 해야 할 곳은 바로 여기 베로야 영지요."

"황태자 전하, 그렇지만 다른 지역에 프리스트와 마법사를 대규모로 투입한 상태이기 때문에 현재로선 베로야 영지에 투입시킬 더 이상의 여유 병력이 없습니다."

황태자의 말에 제동을 걸고 나온 사람은 40대 후반으로 보이는 중년인이었는데, 내가 보기엔 헤일리 사르트 후작보다 적어도 배는 더 강해 보였다.

"메리스 공작, 그럼 이 일을 어떻게 처리해야 좋단 말이오?"

"안타깝지만 지금으로서는 어쩔 수가 없습니다."

두 사람의 대화를 듣고 있던 푸르니에가 끼어들었다.

"형님 전하, 내가 가볼게."

푸르니에의 말에 메리스 공작이라고 불렸던 중년인이 눈살을 찌푸렸다.

"푸르니에 전하, 황태자 전하를 그렇게 부르시는 것은 황실 법도에 어긋난다고 제가 몇 번이나 말씀드렸지 않습니까? 혹시 아랫것들이라도 들을까 두렵습니다. 그러니 제발 말씀을 조심해서 해주십시오."

"루엔 아저씨, 형님 전하가 앞으로 라크로스 제국의 황제가 된다면 말투는 그때부터 틀림없이 고칠 테니까 제발 잔소리 좀 그만 해요. 그리고 지금 급한 건 내 말투가 아니라 베로야 영지를 탈환하는 거잖아요?"

"방금 제가 베로야 영지에 투입할 병력이 없다고 드린 말씀을 못 들으셨습니까?"

친근하게 메리스 공작을 대하는 푸르니에와는 달리 메리스 공작은 딱딱하게 굳힌 표정을 풀지 않은 채 푸르니에를 대하고 있었다.

"병력이 왜 없습니까? 여기 각국에서 모인 소드 마스터들이 이렇게나 많은데… 더욱이 오늘 각 교단의 아티펙트로 무장한 프리스트들까지 도착해 있는데 뭐가 걱정입니까?"

"푸르니에 황자 전하, 이들만으로 베로야 영지를 탈환하는 것이 정말 가능하다고 생각하십니까?"

"물론입니다."

"만약… 만약 방금하신 말씀을 지키지 못한다면 어떻게 하시겠습니까?"

"어떻게 할까요? 황자의 자리에서 물러날까요?"

"말이란 한 번 내뱉으면 주워 담을 수 없는 겁니다. 신중하게 대답해 주십시오."

"무슨 말씀인지는 알겠는데… 전 제 친구를 믿습니다."

"지금… 친구라고 말씀하셨습니까?"

메리스 공작의 반문에 푸르니에는 느닷없이 내 등을 떠밀었다.

"이 친굽니다."

"이 청년은 누굽니까?"

"얼마 전에 칼린 왕국의 국방장관이 된 알렉시스 헬링턴 후작입니다. 태어나기 전부터 알고 있던 사이지요."

푸르니에가 태어나기 전이니 뭐니 이야기를 했지만 메리스 공작은 내가 국방장관이라는 말에만 신경을 쓰는 듯 보였다. 하지만 그의 얼굴은 황당하다는 표정을 감추지 못하고 있었다.

"이렇게 어린 청년이 칼린 왕국의 국방장관이란 말입니까? 혹시 그곳에 가려고 지금 제게 거짓말을 하는 것은 아니십니까?"

공작의 말에 푸르니에의 얼굴에서 미소가 사라졌다.

"내가 비록 놀기 좋아하고 친구 사귀기를 좋아하긴 하지만 누구에게도 거짓말을 한 적이 없다는 걸 아저씨도 잘 알잖아요."

"죄송합니다, 푸르니에 황자 전하. 제가……."

"이봐, 알렉스. 가자. 벨로야 영지로 가고 싶은 사람은 다 같이 갑시다. 가서 우리의 실력을 보여줍시다."

푸르니에가 먼저 근처에 있던 말을 올라타자 몇몇 사람들이 말을 타고 그에게로 다가갔다. 그 모습을 본 푸르니에는 곧 북서쪽을 향해 말을 몰았고, 난 발레리아가 나를 마법으로 이동시키려는 것을 막은 채 그들의 뒤를 따라 이동했다.

내가 경공으로, 발레리아가 마법으로 이동하는 것을 보고 푸르니에는 말을 더욱 빨리 몰았고, 그렇게 우리는 거의 2, 30킬로미터를 한 번도 쉬지 않고 이동했다.

그렇게 이동해 벨로야 영지에 도착한 곳은 영주의 성에서 가장 가까운 곳에 위치한 작은 마을이었다. 그곳은 이미 언데드들의 공격을 받았는지 온통 파괴되어 있었다. 그리고 시신들은 모두 치웠는지 보이지 않았고, 마을 곳곳에 성수를 뿌리며 정화 의식을 하고 있는 프리스트들과 그들을 보호하며 주위를 경계하기에 여념이 없는 기사들뿐이었다.

"꼼짝 마라."

우리를 발견하자마자 몇 명의 기사가 즉시 검을 뽑아 들고는 포위해 왔다.

"수고한다. 우린 그대들을 돕기 위해 파견된 지원대다. 지금 영지를 정화하고 있나?"

"그, 그렇습니다만… 누구신지 정체를 밝혀주십시오."

"나? 푸르니에다."

푸르니에의 태연한 대꾸에 기사는 표정을 굳혔다.

"감히 황자 전하를 사칭하다니… 모두 그 자리에서 꼼짝하지 마라."

"멍청한 자식들! 너희는 푸르니에 전하의 존안도 모르나?"

짜짜짜 짝!

기사들의 태도에 버럭 화를 낸 사르트 후작은 누가 말릴 사이도 없이 나서서는 기사들의 따귀를 때렸다.

"바보 같은 놈들. 이분의 허리에 찬 검이 무엇인지 보고도 모르나? 바로 제국 3대 명검 가운데 하나인 '독수리의 눈'이다. 그리고 이 검은 푸르니에 전하께서 열여덟 되던 해에 황제 폐하께서 생일 선물로 주셨다는 것을 제국 사람이라면 모르는 이가 없다. 이런 명검을 보고도 푸르니에 전하께 무례를 저지르다니… 네 녀석들은 이번 일이 끝난 후 내 그냥 두지 않을 테니 단단히 각오해 두도록 해라."

상당히 화가 났는지 좀처럼 화를 풀지 않는 사르트 후작을 보면서 난 발레리아에게 궁금하게 생각했던 것을 물어보았다.

"레이디 발레리아, 저렇게 대지를 정화하면 효과가 있긴 있는 겁니까?"

"잠깐은 도움이 되겠지만 결코 큰 도움은 못 돼요. 사람들이 생각할 때 언데드들은 무작정 인간들을 공격하는 것 같지만 사실은 철저하게 소환자의 명령에 따르는 존재들이에요. 뿐만 아니라 언데드들이 공격을 할 때는 그들이 공격할 지역의 상공에 마계의 기운인 마력이 뒤덮기 때문에 더욱 퇴치하기가 힘들어요."

"그렇다면 언데드를 소환한 자를 제거하면 어떻습니까?"

"흑마법사나 리치가 출몰한 지역의 언데드들만은 막을 수 있어요."

"레이디 발레리아의 말대로라면 언데드들을 소환한 흑마법사나 리치를 찾아서 제거하는 것만이 최선의 방법이겠군요."

"주인님의 말씀대로예요. 하지만 아까 지도를 보니 그렇게 광활한 지역에 언데드들을 소환시키려면 다른 흑마법사들과 연계를 한다고 하더라도 최소 6클래스 이상 되는 흑마법사나 리치가 이번 일을 일으킨 것 같아요."

"6클래스 이상이라… 어떤 능력을 가지고 있는지 모르는 상황이니 어떻게 상대해야 할지 방법을 모르겠군요."

"주인님, 제가 옆에서 호위를 할게요. 그러니 주인님께서는 걱정하지 마시고……."

"아닙니다. 플로네이서스와도 싸워야 하니 흑마법사나 리치들과의 전투 경험은 많을수록 좋지 않겠습니까? 일단은 그냥 싸워보겠습니다."

"알겠어요, 주인님. 제가 보기에 이 지역에 출몰한 흑마법사나 리치는 그리 고위 레벨은 아닌 것 같아요. 만약 흑마법사나 리치가 고위 레벨이었다면 낮이든 밤이든 자신의 능력을 모두 사용할 수 있었을 거예요. 하지만 야간에만 나타난다는 것은 이

지역에 나타난 자가 넓은 지역에서 흑마력을 사용할 수 있는 아티펙트를 가지고 있다는 것을 증명하는 거예요."

"그렇군요. 그럼 레이디 발레리아께서는 흑마법을 익히셨으니 흑마법사나 리치가 나타난다면 누구보다 빨리 아실 것 같은데… 그자가 나타나면 알려주시겠습니까?"

"그럴게요, 주인님."

푸르니에에게 쉴 곳을 지정받은 난 숙소에서 잠시 명상을 하면서 생각을 정리했다.

지금까지 내가 듣고 살펴본 바에 의하면 정상적으로 마법을 익혀 가장 고위 마법사라고 할 수 있는 자는 6클래스의 마스터이다. 7클래스에 들어서는 것이 뭐 그리 대단하냐고 한다면 그거야말로 멍청한 소리라 하지 않을 수 없다.

지난 수백 년 동안 마법을 익힌 사람이 얼마나 많았겠는가? 하지만 7클래스의 벽을 깬 이가 그 오랜 세월 동안 단 한 사람도 나오지 않은 것이 현실이다.

물론 많은 6클래스의 마법사들이 오늘도 자신 앞을 가로막은 벽을 뛰어넘기 위해 잠을 설치며 노력하고 있었지만 백마법사들은 좀처럼 그 벽을 넘지 못하고 있었다.

대륙 최강의 전력을 자랑하는 라크로스 제국의 마법사들 역시 마찬가지였다.

제국 소속 각 마법사들의 탑 주인들의 수는 모두 열넷. 하지만 예외없이 마탑의 주인들은 모두 6클래스의 마스터들이었다. 그런 그들이 6클래스 이상 혹은 7클래스로 짐작되는 흑마법사나 리치가 등장했다면 그들이 과연 순순히 그 사실을 인정할까?

전통적인 마법 이외에는 그 어떤 것도, 하다못해 신성마법조차 마법으로 인정하지 않는 고루한 사고를 가진 백마법사들이 제국의 북부 지역을 점령하고 있는 흑마법사나 리치의 존재를 절대 인정할 리 없을 거라는 발레리아의 말에 난 일전에 내 손으로 제거했던 리야드 바론드를 떠올렸다.

만약 그가 살아 있었다면 어땠을까 하는 생각이 잠시 들었다.

그러는 사이 땅거미가 졌고, 순식간에 주위에 어둠이 내렸다.

"모두 준비해라!"

누군가의 외침에 갑자기 밖이 부산스러웠다. 목소리를 들어보니 황태자였다.

다급한 음성은 아니었지만 음성만 들어도 그가 꽤 긴장했음을 알 수 있었다.

막사를 벗어나 보니 프리스트들과 마법사들이 뒤섞여 있었고, 기사들이 그들의 앞을 가로막고 있었다. 가장 외곽은 전투 실력을 인정받은 병사들이 있었다.

발레리아가 했던 말이 생각나 영지의 상공을 보았지만 플로네이서스가 나타났을 때와 같은 음습하다거나 불쾌한 기운은 전혀 느낄 수 없었다.

이제 보니 언데드들이 나타나서 황태자가 명령한 것이 아니라 주위가 어두워졌기 때문에 미리 주의를 준 모양이었다. 그리고 보니 성기사들은 말을 타거나 자신의 말 곁에 선 채 전면을 노려보고 있는 모습이 보였다.

아마 그러고도 서너 시간은 족히 지났을 것 같았다.

"언데드다!"

"모두 제자리를 지켜라!"

"기사단 출동!"

누가 누군지 알 수는 없었지만 마지막에 외친 사람은 누군지 알 만했다. 하지만 내가 보기엔 출동 시기가 너무 빨랐다. 하지만 떨어진 공격 명령에 진지 양편에서 대기하고 있던 성기사들이 렌스를 앞세운 채 일제히 전면을 향해 돌격했다.

크아아~!

뼈밖에 남지 않은 스켈레톤들이지만 그들이 내지르는 소리에서는 적을 죽여야 한다는 적의가 가득했다. 낡은 무기나 동료들의 뼈를 무기로 무장한 스켈레톤들이 다가오는 모습을 보고 성기사단은 지체없이 공격했다.

콰콰콰콰~

돌진한 성기사단의 렌스에 부딪친 스켈레톤은 박살이 났고 성기사들이 가지고 있던 신성력 때문에 다시 재생을 하지는 못했다. 그 모습을 봤는지 아니면 보지 못했는지는 모르겠지만 성기사단은 전면에 나타났던 스켈레톤들을 박살 내고는 더 이상의 진격을 포기한 채 재빨리 진지로 돌아왔다.

그 일이 있은 후 전면을 살펴보니 나타난 것은 스켈레톤만이 아니었다.

듀라한, 스펙터, 고스트, 좀비 등등이 밀물처럼 밀려드는 모습에 오늘 처음 그들의 모습을 발견한 사람들은 예외없이 놀라움을 감추지 못했다.

물론 긴장했기 때문이겠지만 사람들이 전면만 경계하고 있는 것을 발견한 난 뭔가가 본진 왼쪽으로 다가오는 듯한 느낌을 받고는 구환언월도를 결합하면서 걸어갔다. 그런 날 따라오는 사람은 발레리아뿐이었다.

그러는 동안 전면에서는 이미 공격이 시작되었다.

측면 공격을 주도한 이는 비록 흑마법을 익히기는 했지만 그래도 마법사였다.

평생 전장을 전전한 군사령관보다야 못하겠지만 단순하게 숫자로 밀어붙일 거라고 판단하는 것은 흑마법사를 너무 무시하는 것이라고 생각되었다. 그래서 난 결합한 구환언월도를 세우고 바닥에 앉아 뭔가가 나타나기를 기다렸다.

"주인님, 언데드들이 몰려옵니다."

나 역시 발레리아와 거의 동시에 뭔가가 접근하는 것을 깨달았기에 자리에서 일어났다.

"측면을 기습하려는 모양이군요."

잠시 기다렸더니 일반인이 걷는 속도보다 느린 걸음으로 스켈레톤들이 걸어오는 모습이 보였다.

"시작해 볼까?"

부웅~

사실 이제는 무기의 필요성을 거의 느끼지 못했지만 그동안 버릇이 들었는지 구환언월도가 없으면 허전했기에 무의식중에 들고 다녔다. 구환언월도를 회전시키던 난 정면을 향해 그대로 집어던졌다.

무섭게 회전하는 구환언월도는 내공이 가득 실려 있었기에 양편으로 길게 오러 블레이드가 뻗어 나와 있었다.

"스켈레톤은 머리가 약점이에요. 머리를 파괴하면 재생하는

데 시간이 오래 걸려요."

녀석들의 몸통을 향해 날아가던 구환언월도의 위치를 약간 높이자 구환언월도는 소리도 없이 스켈레톤들의 머리를 가르며 계속 날아갔다. 다시 진기를 조절하자 구환언월도는 선회하며 다시 내게로 돌아왔다. 스켈레톤의 목 수백 개는 족히 잘랐음에도 불구하고 워낙 수가 많아서인지 별로 표시가 나지 않았다.

해서 이번에는 내가 만들 수 있는 한계까지 오러 샷을 만들어 보았다.

단전의 마나만을 이용해 만들어봤더니 최대 2백 개 정도를 만드는 것이 고작이었다.

그중의 하나를 스켈레톤을 향해 날렸다.

쾅!

스켈레톤의 머리와 부딪친 오러 샷은 여지없이 폭발했고, 근처에 있던 수십 개의 스켈레톤들도 함께 파괴되었다. 그때부터 난 오러 샷을 만들어 날리기 시작했다.

콰콰콰~ 쾅!

끊이지 않고 폭발이 일어나기 시작했고, 스켈레톤들은 속절없이 파괴되었다.

나로서는 주위의 마나를 받아들여 오러 샷을 만들고, 그것들에 원래의 마나를 약간 포함시켜 날리는 아주 단조로운 일이었지만 스켈레톤의 머리가 터져 나갈 때마다 그렇지 않아도 엉망으로 파괴되어 있던 마을을 더욱 황폐하게 만들어 약간은 미안한 생각이 들었다.

"주인님, 묻고 싶은 게 있어요."

"말씀하십시오, 레이디 발레리아."

"그렇게 계속 마나를 사용해 공격을 하셨는데 어떻게 몸에 있는 마나가 고갈되지 않는 건가요?"

"일반적으로 소드 마스터들은 훈련을 통해 마나를 받아들여 몸에 보관했다가 사용합니다. 그렇기에 체내에 가지고 있던 마나가 고갈되면 속수무책으로 상대에게 당할 수밖에 없지요. 하지만 마나에 대한 깨달음을 얻게 되면 마나에 대한 통제력이 늘어 필요할 때마다 호흡을 통해 언제든지 마나를 보충할 수가 있습니다. 그리고 전 마나에 대한 더욱 큰 통제력을 얻어 굳이 호흡을 하지 않더라도 필요하면 언제든 주변에 있는 마나를 끌어들여 공격에 이용할 수 있습니다. 방금 전의 공격은 그렇게 주변에 있는 마나를 이용한 공격이었습니다. 그러니 제가 가지고 있는 마나가 소모될 리가 없죠."

"예전부터 생각해 왔던 것이지만 주인님께서는 정말 대단하신 분 같아요. 기사들에 비해 월등한 파괴력을 가지는 마법사조차 체내의 마나를 모두 사용한 후엔 마법을 사용하지 못하는데, 주위의 마나를 통제해서 마음대로 마나를 사용하실 수 있다니… 그건 드래곤조차 불가능한 일이에요."

"그렇습니까?"

"전 마왕 플로네이서스에게서 힘을 전해 받아 사용하고는 있지만 단지 그가 전해주는 힘만 이용할 수 있을 뿐이에요. 그가 있던 마계라면 거의 무한에 가까울 정도의 힘을 사용할 수 있겠지만, 이곳에서는 그가 원래 가지고 있던 힘의 몇 분의 일밖에 사용할 수 없기 때문에 저 역시 힘을 사용하는 데 제약이 있을 수밖에 없어요. 그런데 주인님께서는 스스로의 능력만으로 무한에 가까운 힘을 사용할 수 있으시다니… 정말 놀라운 일이에요."

발레리아와 대화를 나누는 사이 스켈레톤들과는 비교도 할 수 없을 정도로 강력한 힘을 가진 존재들이 빠르게 다가오는 것이 느껴졌다.

이전과는 달리 더욱 강력한 오러 샷을 준비한 채 공격 거리 내로 상대가 들어서자마자 그대로 두 발의 오러 샷을 차례로 날렸다. 그리고는 적들의 머리 위에서 오러 샷을 서로 부딪쳐 폭발시켰다.

쾅!

폭음과 함께 커다란 버섯구름이 피어오르는 것을 발견할 수 있었다. 그리고 그 버섯구름 사이로 검은 조각들이 보였지만 그것이 무엇인지는 알 수 없었다. 다만 내가 있는 쪽으로 접근하는 존재들이 더 이상 없는 것이 다행일 뿐이었다.

"내가 보기엔 더 이상의 적은 없는 것 같은데… 어떻습니까? 레이디 발레리아."

"잠깐만 기다려 주세요. 제가 살펴볼게요. 음, 언데드의 기운이 느껴지지 않는 것을 보면 더 이상은 없는 것 같아요."

"그렇습니까? 그럼 본진으로 가보는 것이 좋을 것 같은데… 어떠십니까?"

"그쪽도 어느 정도 정리가 된 것 같아 보이는군요."

"그렇다면 다행이군요."

마나끼리 충돌한 충격과 때문인지 멀쩡한 스켈레톤의 모습은 어디에도 보이지 않았다. 그리고 본진으로 가면서 내가 마지막에 느꼈던 존재들이 데스나이트란 말을 듣긴 했지만 직접적인 모습을 보지 못했기 때문인지 별로 가슴에 와 닿지 않았다.

그렇게 본진에 도착했을 때 엉망으로 지친 마법사와 기사들의 모습이 보였고, 함께 온 소드 마스터들 역시 가쁜 숨을 몰아쉬고 있었다. 그리고 한쪽에 이번 전투에서 목숨을 잃은 프리스트, 기사, 마법사들의 시신 10여 구가 가지런히 놓여 있었다.

그들의 시신 앞에서 침통한 표정으로 한쪽 무릎을 꿇은 채 눈을 감고 있는 푸르니에의 모습과 격전이 벌어졌던 주위에 성수를 뿌리며 정화 작업을 하고 있는 프리스트들의 모습이 눈에 들어왔다. 발레리아의 말로는 이곳에 나타난 흑마법사가 그리 대단한 녀석이 아니라 했는데 이만한 피해가 발생했다면 다른 지역은 이곳보다 더 큰 피해가 생겼을지도 모르는 일이었다.

을씨년스러운 분위기를 보며 나와 발레리아는 각자의 막사로 들어갔다.

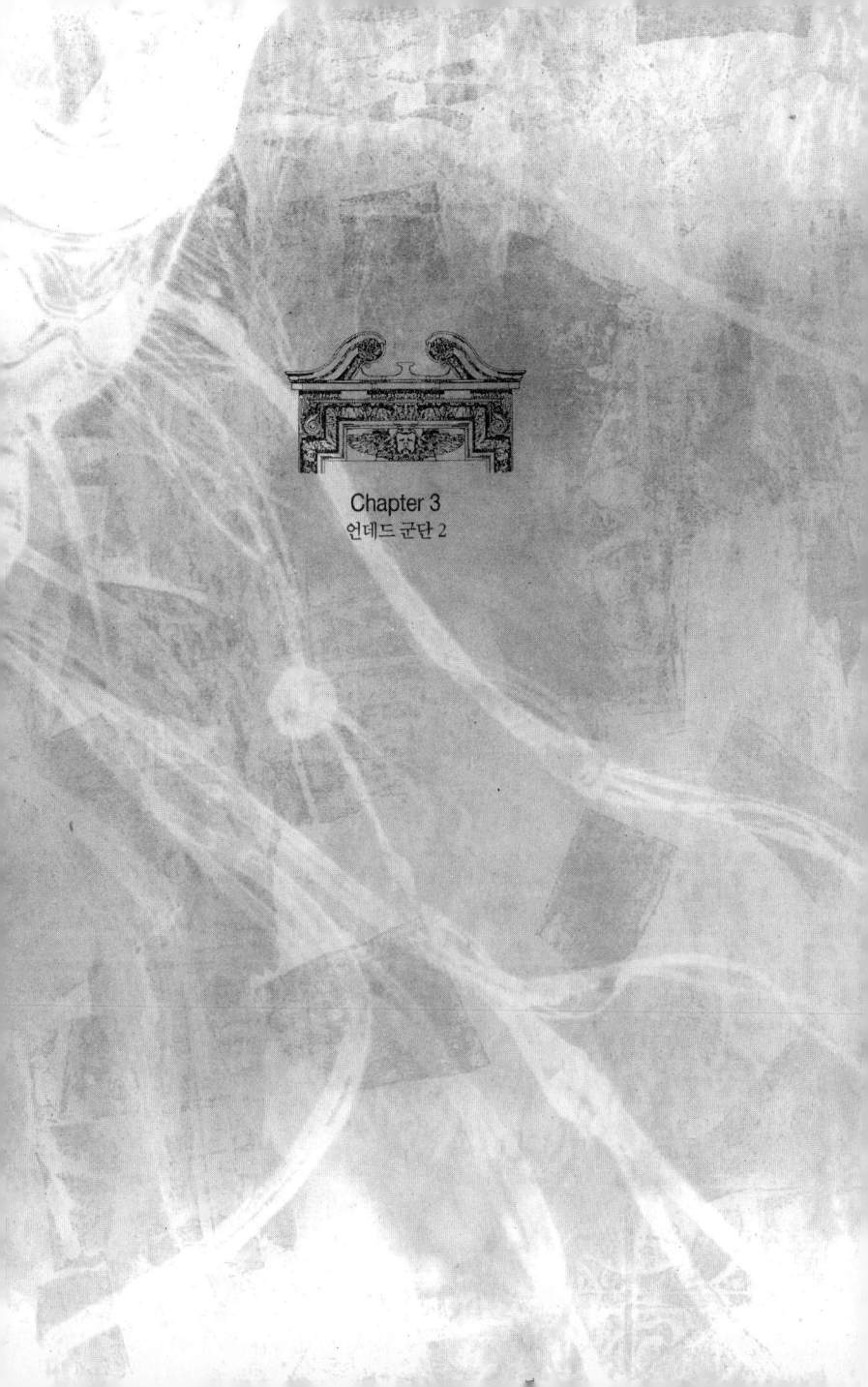

Chapter 3
언데드 군단 2

The Duel of Master
마스터 대전

1

"**잠**깐 들어가도 되겠소?"

누군가의 묵직한 음성이 들렸다.

"잠시만 기다리시오."

어차피 간단한 명상으로 잠을 대신했기에 금세 손님을 맞이할 수 있었다.

"들어오시오."

막사 안으로 들어온 사람은 풀 플레이트 메일을 걸친 중년의 사내였다.

"본인은 황태자 전하를 모시고 있는 가디언 기사단의 단장 폴로 다커스 후작이라고 하오. 묻고 싶은 것이 있어서 이렇게 찾아왔소이다."

"어서 오시오, 다커스 후작. 본인은 칼린 왕국의 국방장관 알렉시스 헬링턴 후작이오. 그래, 무엇을 묻고 싶은 거요?"

"어제 언데드들이 쳐들어왔을 때 내가 알기로 후작과 레이디 한 명이 본진 좌측으로 가는 것을 본 사람이 있소. 그쪽으로 간 것이 확실하오?"

"맞소. 그런데 그게 문제가 있는 거요?"

"그런 게 아니라 어떻게 된 일인지 알고자 하는 것이오. 어제 쳐들어왔던 언데드들을 격퇴시킨 후 프리스트와 마법사 가운데 일부가 후작이 갔던 곳으로 가봤소. 그리고 그들이 발견한 것은 엄청난 수의 스켈레톤과 데스나이트들의 흔적이었소. 정면에서 쳐들어온 전체 언데드들의 3할이 넘는 수라고 하던데, 대체 무슨 수를 썼기에 둘이서 침입한 언데드들을 처치할 수 있었던 거요? 게다가 본진으로 복귀했을 때 후작과 레이디의 상태는 갈 때와 달라진 것이 없다는 것이 주위 사람들의 평가였소. 지치지도 않았고, 옷조차 지저분해지지 않았다고 들었소."

"그러니까 어떻게 혼자서 언데드들을 처리했느냐? 그것이 궁금한 거요?"

"당연하오. 그리고 나나 다른 사람들도 어떻게 된 일인지 궁금해하지만 황태자 전하께서 특히 더 궁금해하시오. 그러니 그분께 경과 보고를 좀 해주었으면 하오."

"알겠소. 그렇게 하겠소. 하지만 레이디 발레리아는 쉴 수 있게 해주시고, 다른 사람들이 귀찮게 하지 않도록 조치를 취해주시오. 그녀를 화나게 하면 제국은 언데드 따위와는 비교할 수도 없는 재앙을 맞이해야만 할 거요."

내 말에 다커스 후작은 이해하지 못하겠다는 표정을 지었고,

그와 함께 황태자에게로 가면서 그녀가 어마어마한 존재와 맹약을 맺은 흑마법사라는 이야기를 슬쩍 해주었다. 그 말에 하얗게 질린 다커스 후작은 주위에 있던 기사들 가운데 열 명을 추려 황급히 그녀의 막사를 철저하게 호위하도록 지시했다.

그녀를 보호하기 위해서라기보다는 프리스트나 마법사들이 그녀의 심기를 건드리지 못하게 하기 위함이라고 봐야 했다. 가는 길에서 만난 전투 아카데미에서 함께 텔레포트로 이동해 왔던 각국의 소드 마스터들의 조언도 한몫했다.

하여간 황태자를 만나러 갔더니 혼자만 있진 않았다.

황태자와 푸르니에 황자, 메리스 공작과 사르트 후작, 뒤비니에 후작, 그리고 60대 초반으로 보이는 프리스트 복장을 한 노인 한 사람이 있었다.

내가 라크로스 제국 사람이었다면 당장 황태자를 향해 무릎을 꿇고 인사를 했어야 했겠지만 엄연히 난 칼린 왕국 사람이었고, 그것도 국방장관이다 보니 함부로 정도 이상의 예의를 차릴 수 없었다.

정중하지만 필요 이상으로 허리를 숙이지는 않았다.

"칼린 왕국의 국방장관을 맡고 있는 알렉스 헬링턴입니다. 하지만 이곳엔 푸르니에의 친구 자격으로 왔으니 편하게 대해주십시오."

내 인사에 사르트 후작이 메리스 공작에게, 그리고 메리스 공작이 다시 황태자에게 뭔가를 이야기하는 모습을 봤지만 못 본 척했다.

"어제 우리에게 큰 도움을 주었다는 말을 들었다. 제국의 국민들을 지켜야 하는 기사의 한 사람으로 고맙다는 인사를 하고 싶군. 고맙다. 참, 공식석상도 아니고, 또 푸르니에의 형이니까 말을 편하게 해도 괜찮겠지?"

"물론입니다. 그리고 친구로서 당연히 할 수 있는 일을 했을 뿐입니다."

"이야기를 들으니 함께 온 레이디가 흑마법사라고 하던데… 내 말이 맞나?"

질문을 하는 황태자의 음성은 꽤나 조심스러웠다.

"맞습니다. 하지만 그녀는 저 때문에 이곳에 와준 것일 뿐입니다."

황태자가 무슨 속셈으로 그녀의 이야기를 꺼낸 것인지 이유가 뻔했다. 해서 사전에 그의 의도를 차단했다.

실망하는 기색을 내색하지는 않으려 애쓰고 있었지만 내 눈을 속일 수는 없었다.

"그녀가 우릴 도와준다면 큰 도움이 되었을 텐데… 안타깝군. 그보다 언데드를 너 혼자서 모두 물리쳤다고 들었는데 그녀에게서 정보를 얻거나 도움을 받은 건가?"

"그녀에 대해 허락도 받지 않고 이런 이야기를 하는 것이 옳은지는 모르겠지만 여기 계신 분들만 알고 계십시오."

사람들의 시선을 느끼면서 난 간단하게 발레리아에 대해 이야기를 해주었다.

과거의 불우했던 시절은 될 수 있으면 짧게, 하지만 현재 그녀의 능력에 대해서는 조금은 장황하게 설명을 해주었다.

"그녀가 8클래스의 마스터라는 것이 사실인가?"

"사실입니다. 평소에는 내가 하는 말을 잘 들어주지만 정말 그녀가 화를 낸다면 저 역시 도망가야만 할 겁니다."

"그녀가 우릴 도와준다면 그녀가 원하는 것은 뭐든 들어줄 용의가 있는데……."

"그런 이야기보단 이번 일을 일으킨 흑마법사, 혹은 리치를 제거하는 것이 우선 처리해야 하는 것 아닙니까?"

"그걸 몰라서 지금까지 우리가 이렇게 손을 놓고 있는 것 같은가? 밤새 쳐들어온 언데드들을 막아내는 것이 고작인데, 지금과 같은 상황에서 어떻게 흑마법사를 찾아내고 그를 제거한단 말이냐?"

"해보지도 않았지 않습니까? 언데드가 낮엔 움직이지 못한다는 걸 알면서도 밤에 싸울 생각만 하는 겁니까?"

내 말에 사람들의 얼굴이 굳어졌다.

그들이라고 왜 그런 생각을 안 해봤겠는가? 하지만 수색을 한다고 해도 겨우 몇십 킬로미터가 고작일 테고, 흑마법사가 그들을 가만두지 않았을 것은 불문가지였다.

아마 지금까지 전진은 고사하고 수색을 하지 못한 것도 그 때문이 아닐까 짐작했다.

"그래서 수색이라도 하겠다는 건가?"

"당연한 것 아닙니까? 좀비가 될까 봐 병사들을 투입시킬 수도 없고, 더 이상은 남는 병력도 없으니 언데드들을 밀어붙일 수도 없지 않습니까? 해서 전 아침식사 후에 일행과 함께 흑마법사가 있을 것으로 예상되는 지점으로 갈 생각입니다."

"형님 전하, 나도 갈 거야."

"푸르니에, 넌 대라크로스 제국의 황자다. 위험한 곳엔 절대 보낼 수 없다."

황태자의 반응은 당연한 것이었지만, 내가 간다고 했을 때는 가만있다가 동생이 간다고 하니 당장 반응하는 황태자의 태도에 섭섭한 마음을 금할 수 없었다.

"형! 날 도와주기 위해 온 친구에게 이런 지저분한 일을 맡기고 난 안전한 곳에서 쉬라고? 그게 지금 말이 된다고 생각해?"

푸르니에가 핏대를 올리면서 황태자에게 따졌다.

그 모습에 황태자가 조금은 당황할 줄 알았는데, 그는 여전히 표정의 변화가 없었다.

"넌 보통 사람이 아니라는 걸 대체 언제쯤이나 자각할 거냐? 만약 내가 이 싸움에서 목숨을 잃는다면 제국을 이어받아 이끌어 나갈 사람은 바로 너란 말이다."

"하지만 친구만 위험한 곳에 보내고 뒤로 숨는 것이 황자라면 난 그만둘래. 난 지금 친구하고 흑마법사를 제거하러 출발할 거야. 알렉스, 가자."

내 손목을 잡아끄는 푸르니에에게 끌려 막사 밖으로 나가면서 황태자에게 한마디 했다.

"곱게 데려갔다 데리고 올 테니까 걱정하지 마십시오."

막사 밖으로 나가 우선 제우비스와 트렉슨을 불렀다.

"지금부터 적진을 정찰한다. 그리고 흑마법사를 찾게 된다면 제거한다. 가자."

내가 제우비스와 트렉슨과 함께 어제 언데드들이 몰려왔었던 곳을 향해 달려가자 푸르니에와 몇몇 소드 마스터들이 말을 타고는 급하게 우리를 쫓아왔다. 메리스 공작과 사르트 후작, 그리고 레트로니아 왕국의 국방장관 트로니 알폰소 공작이 따라오는 것을 보고 그래도 조금은 마음이 놓였다. 돌발 상황이 벌어진다고 하더라도 충분히 대처할 만한 사람들이었기에.

"주인님, 북쪽으로 10킬로미터쯤 이동한 후에 동쪽으로 4킬로미터쯤 가시면 돌산이 하나 있을 거예요. 그곳에서 마계의 흑마력이 느껴져요. 제 느낌으로는 단순한 흑마법사가 아니라 리치 같아요."

"걱정하지 마십시오."

메시지라는 마법을 통한 발레리아의 말에 전음을 날린 후 그녀의 말대로 이동을 하자 나머지 사람들도 모두 날 따라왔다.

발레리아의 말대로 이동을 했을 때 정말 풀 한 포기 자라지 않은 돌산 하나를 발견할 수 있었다. 돌산으로 다가갈수록 플로네이서스와 똑같은, 아니, 탁하며 음습하게 느껴지는 것 같으면서도 미묘하게 다른 기운이 느껴졌다.

확실히 일반적인 마나와는 다른 기운이었다.

나와 일행이 돌산 가까이 접근하고 있을 때 발레리아가 하늘에서 내려왔다.

"전방에 뭔가가 있어요. 모두들 조심하세요."

그녀의 말에 거의 동시에 모두들 무기를 뽑아 들었다. 그 순간 그녀의 말이 끝나기 무섭게 거대한 돌덩어리가 솟구쳐 올랐다.

"골렘이다! 모두 조심하시오."

리야드 바론드를 처치할 때 본 적이 있기 때문이었는지 누구보다 푸르니에가 빨리 알아보고는 재빨리 소리쳤다.

누가 골렘을 상대할지, 그리고 리치로 예상되는 흑마법사는 누가 상대할지 빨리 결정을 내려야 했다. 하지만 흑마법사를 신속하게 제거하지 못한다면 골렘뿐만이 아니라 또 무엇을 상대하게 될지 모르는 일이니 아무래도 리치는 내가 맡는 것이 좋을 것 같았다.

5미터는 족히 되어 보이는 어마어마한 스톤 골렘의 크기에 잠시 멈칫했던 소드 마스터들은 곧 스톤 골렘을 포위했다.

스톤 골렘은 어마어마하게 큰 덩치답게 가공할 파괴력을 발휘했지만 그렇다고 소드 마스터들이 가진 인간의 한계를 벗어난 스피드를 따라갈 수는 없었다.

챙!

스톤 골렘을 포위하고 있던 소드 마스터들 가운데 메리스 공작이 소드 오러를 끌어올린 검으로 공격을 해봤지만 그의 검은 불똥을 튀기며 튕겨 나왔고, 골렘의 몸뚱이에는 약간의 흔적밖에 남지 않았다.

그 모습에 소드 마스터들은 경각심을 일깨운 듯 표정이 심각하게 굳어졌고, 그것을 보며 나는 재빨리 주의를 주었다.

"푸르니에, 오러 블레이드를 써야만 상대할 수 있어. 그리고 반드시 핵을 파괴해야 한다는 것을 잊지 마. 리치는 내가 맡을게."

"알았어. 조심해."

푸르니에의 대답을 들으며 내가 돌산으로 접근했을 때 음습한 마나들이 돌산을 중심으로 모여드는 것을 느낄 수 있었다.

어느 틈엔가 다가온 발레리아가 그 현상에 대해 이야기를 해
줬다.

"처음엔 이번 사건을 일으킨 것이 리치 급에 이른 흑마법사
가 아닐까 의심을 했었어요. 그렇지 않고서야 그렇게나 많은 스
켈레톤이나 좀비들을 소환시키는 것은 불가능했을 테니까요.
그런데 지금 와서 확인을 해보니 본인의 능력이라기보다는 흑
마력의 힘을 증폭시키는 아티펙트를 가지고 있는 것 같아요. 그
리고 지금은 그 아티펙트의 힘을 모으는 중인 것 같아요."

모여들던 마나가 돌산 속으로 사라지자마자 앙상하게 마른
노인 하나가 돌산 위에서 모습을 드러냈다.

흡사 미라처럼 바싹 마른 몸에 가죽만 남은 흉물스러운 모습
이었는데, 그런 그의 손엔 짐승의 것으로 보이는 상상을 초월할
정도로 긴 뿔 하나가 들려 있었다. 그리고 뿔 주위로 거무스름
한 마나가 어려 있는 것이 희미하게 보였다.

"다크 체인 라이트닝!"

번쩍!

쾅!

검은빛이 번쩍하는 순간 검은색의 뭔가가 날아오는 것을 발
견했고, 보자마자 즉시 이동했다. 이동하려는 생각을 한 순간
움직인 내 발놀림에는 홀뢰보의 묘리가 녹아 있었지만 이미 홀
뢰보의 한계를 벗어나 있었다.

말라깽이 마법사를 향해 몸을 날리려고 했다.

"어스 스피어!"

콰콰콰~

흑마법사의 손에 들려 있던 긴 뿔에서 검은 마나, 흑마력이 쏟아진다고 느끼는 순간 5, 6미터 이상 되는 돌로 만들어진 창들이 지면에서 솟구쳐 올랐다. 난 재빨리 지면을 박차 허공으로 몸을 날리면서 몸을 가볍게 했다. 그리고는 돌창의 끝을 밟고 중심을 잡았다.

그런 내 모습을 쳐다보고 있는 리치를 향해 오러 샷을 날렸다.

리치를 맞춰 부상을 입히려는 것보다는 그가 들고 있던 아티펙트를 사용하지 못하게 만들려는 의도였다.

"실드!"

쾅!

꽤 빠른 속도로 날아가던 오러 샷은 거무스름한 마나 벽과 부딪치며 폭발을 일으켰다. 하지만 기감으로 느껴지는 리치의 상태는 전혀 변화가 없었다. 그리고 어느 순간 숨소리가 전혀 들리지 않았다, 발레리아처럼.

그 리치가 어떻게 해서 지금과 같은 힘을 가졌는지는 알 수 없지만 그가 리치인 이상 그를 처치해야 한다는 사실에는 변함이 없었다.

대지에서 솟아오른 돌창의 끝에서 끝으로 이동하면서 오러 샷 두 개를 날렸다.

하나는 직선으로 느리게, 또 하나는 곡선으로 빠르게 날려 리치의 머리 위에서 부딪쳐 폭발시켰다.

쾅~

폭발에 휘말린 돌 조각들이 날카로운 흉기가 되어 리치를 단번에 휩쓸어 버렸다.

잠시 후 흙먼지가 가라앉고 드러난 리치는 왼쪽 팔이 떨어져 나갔고, 옆구리와 어깨마저 일부가 날아갔지만 리치는 미동도 하지 않은 채 긴 뿔을 든 손을 높이 쳐들었다.

"다크 캐논!"

검은색 불덩어리 10여 개가 나를 향해 일직선으로 날아왔다. 하지만 난 이미 허공으로 몸을 띄웠고, 리치의 근처로 도착해서는 오러 샷을 10여 발 날렸다.

"블링크!"

나직한 외침과 함께 리치의 몸이 감쪽같이 사라졌다. 하지만 그건 내 시야에서 사라졌다는 말일 뿐 텔레포트 마법으로 이동한 것처럼 수십, 수백 킬로미터 밖으로 이동했다는 것은 아니었다. 황급히 기감을 확장시켜 보니 약 50미터 상공에서 흑마력의 기운이 느껴졌다. 그 기운을 느끼자마자 구환도를 던졌다.

구환도는 어김없이 리치의 목을 날려 버렸다. 하지만 리치의 몸은 여전히 떨어지지 않고 뿔을 든 손을 치켜들려고 했다. 리치의 목을 자르고 지나갔던 구환도가 내 의지에 따라 다시 돌아오며 긴 뿔을 들고 있던 남은 팔을 잘랐고, 그의 몸을 돌면서 남아 있던 다리마저 잘라 버렸다.

돌아온 구환도를 다시 등에 메고 떨어져 내린 리치의 잔해로 다가갔더니 마치 다시 붙으려는지 잘린 사지와 몸뚱이가 꿈틀거리며 떨어진 부분으로 움직이는 것이 보였다. 예상대로 늙은 이는 단순한 흑마법사가 아니라 리치였던 것이다.

처음엔 분뢰권으로 태워 버릴까 하다 리치는 라이프베슬이라고 불리는 것을 파괴하기 전까지는 죽일 수 있는 방법이 없다는 말이 생각나 우선은 얼려두고 나중에 그에 대한 처리를 생각하려고 했다.

내가 그의 몸뚱이와 사지를 얼리고 있을 때 돌산 아래에 있던 발레리아가 어느 틈엔가 다가와 있었다.

"주인님, 얼려야 할 필요가 있나요?"

"태워 버리면 어디에서 재생할지 몰라서 우선 얼렸습니다. 그리고 알아볼 것이 있습니다. 일단 내부는 제가 얼렸으니까 외부를 얼려주셨으면 고맙겠습니다."

"조금만 떨어져 주세요, 주인님. 프리즈!"

발레리아의 영창이 끝나자마자 리치의 분해된 육신은 곧 커다란 얼음 안에 갇혔다.

리치가 얼음 안에 갇히자 일행을 공격하던 스톤 골렘이 조각조각 부서지더니 원래의 돌멩이로 돌아가 버렸다.

갑작스러운 상황에 잠시 당황하던 일행은 곧 지면에 주저앉아 가쁜 숨을 몰아쉬었다.

그래도 오래전 소드 마스터가 되었던 메리스 공작이나 알폰소 공작, 그리고 사르트 후작은 호흡이 조금 가빠 보이긴 했저만 그래도 비교적 멀쩡한 반면, 젊은이 셋은 소드 마스터가 된 지 얼마 되지 않은 탓인지 녹초가 될 정도로 지쳐 있었다.

막말로 노인들은 멀쩡한데 청년들이 지쳐 있는 이상한 상황이었다. 하지만 그래도 이들 모두가 소드 마스터이기에 별다른 피해 없이 리치를 제거할 수 있었다.

내가 내공으로 리치를 얼린 얼음 덩어리를 들고 내려가자 사람들이 모여들었다.

"혹시 이 리치의 얼굴을 아는 사람이 있습니까?"

내 질문에 사람들은 리치의 얼굴을 유심히 살폈지만 그를 아는 듯 보이는 사람은 없었다.

"그럼 이 리치가 이번 사건을 일으킨 흉수야?"

"그렇진 않아요."

푸르니에의 질문에 대답한 사람은 리치가 지낸 것으로 보이는 동굴을 살펴보고 온 발레리아였다. 그런 그녀의 손에는 아까 리치가 사용하던 기다란 뿔이 들려 있었다.

"이 리치는 아마 이번 사건을 일으킨 주모자가 데리고 있던 부하들 가운데 하나가 아닐까 하는 것이 제 생각이에요."

"그렇게 어마어마한 수의 언데드들을 한 사람이 조종하는 것이 가능하단 말이오?"

"이와 같이 본인이 가진 소환 능력과 조종력을 증폭해 주는 아티펙트가 있다면 불가능한 일도 아니지요."

"그것이 아티펙트란 말이오?"

"그래요. 이것은 아티펙트가 틀림없어요. 원래는 마계에 있던 마수의 뿔이었는데, 마왕이 애완동물로 키우게 되면서 마왕의 힘이 은연중에 스며들었기에 그 뿔이 아티펙트가 될 수 있었던 거예요. 리치가 지내던 거처에 있던 일기에서 본 내용이니까 아마 틀림없을 거예요."

"혹시 이 리치의 거처에 다른 물건은 없었소이까?"

알폰소 공작의 말에 발레리아는 말없이 그를 물끄러미 쳐다봤다.

"이자가 남긴 물건에 욕심이 나는 건가요?"

"그, 그런 것이 아니라 그자에 대한 정보를 얻어야 적들에 대한 전체적 규모도 알 수 있을 것 아니오? 그래야 대비도 할 수 있을 테고 말이오."

"이 리치를 데리고 있던 것으로 보이는 주모자에 대한 정보는 전혀 없었어요. 문제는 주모자가 이와 같은 아티펙트를 얼마나 가지고 있느냐 하는 거예요. 만약 그에게 이런 아티펙트가 많다면 반격하는 데 상당한 어려움이 있을 거예요."

발레리아의 말에 일행의 얼굴에는 그림자가 드리워졌다.

"걱정은 나중에 하기로 하고 일단 본진으로 돌아가는 것이 좋겠습니다. 아까 황태자 전하께 동생을 무사히 데리고 오겠다고 약속드렸으니 그 약속부터 지키고 싶군요. 그리고 푸르니에 전하께서는 뒤비니에 후작에게 이자를 아는 사람부터 찾는 것이 좋겠습니다."

"그렇지 않아도 나도 그렇게 하려고 했어."

그렇게 우리는 먼 길을 돌아 본진으로 향했다.

이동하는 동안에도 발레리아를 훔쳐보는 알폰소 공작의 은밀한 시선은 진작 눈치챘지만, 그의 능력으로 발레리아에게서 리치의 아티펙트를 탈취하기란 불가능에 가까웠기에 일부러 못 본 척했다.

본진으로 돌아오자 푸르니에는 뒤비니에 후작을 불러 리치의 신원을 조사하게 했고, 리치의 얼굴을 수정구슬에 담은 뒤비니에 후작은 곧 막사를 빠져나갔다.

술 한잔하면서 식사를 대신하고 있을 때 막사를 나갔던 뒤비니에 후작이 들어왔다.

"전하, 리치의 얼굴을 마법 통신을 통해 마탑에 보냈습니다. 마탑에서 다른 마탑으로, 그리고 각 영지로 연락이 갈 테니 아마도 오늘 저녁이 가기 전에 리치의 정체를 알 수 있을 겁니다. 그러니 지루하시더라도 잠시만 더 기다려 주시기 바랍니다."

뒤비니에 후작의 보고 후 거의 3시간 정도가 지나 자정이 되었을 때쯤 다시 뒤비니에 후작이 나타났다. 그의 손에는 수정구슬이 들려 있었고, 그의 뒤를 따라 황태자와 낮에 함께 출동했던 소드 마스터들이 막사로 들어왔다.

"푸르니에 전하, 제국의 남서쪽에 있는 알드리지 영지에서 그 리치의 얼굴을 안다는 연락이 왔습니다. 하나 아직 황태자 전하께서도 연락을 하지 못하셨습니다. 거리가 멀기 때문에 마법진의 도움이 필요⋯⋯."

"제가 할게요. 알드리지 영지의 좌표를 불러주세요."

갑자기 나선 발레리아 때문에 뒤비니에 후작은 물러날 수밖에 없었다.

자신이 하려는 방법은 수도에 있는 마탑으로 연락해 대기하고 있는 마법사와 마법진의 도움을 받아 장거리 마법 통신을 하려는 조금은 복잡한 방법이었다. 그렇게 하는 이유는 장거리 마법 통신에 필요한 어마어마한 마나를 감당할 수 없기 때문이었다.

잠시 후 수정구슬로 들어가는 발레리아의 흑마력이 무섭게 증폭되는 것을 느끼지 않을 수 없었다. 발레리아의 몸에서 뿜어져 나온 어마어마한 흑마력 때문에 막사가 금방이라도 날아갈 듯 흔들렸고, 사람들은 자신도 모르게 뒤로 물러서야만 할 정도였다.

투명했던 수정구슬이 뿌옇게 흐려지면서 선명하지는 않지만 사람의 얼굴이 보이는 것 같았다. 그 모습에 푸르니에가 앞으로 나섰다.

"알드리지 영지의 영주인가?"

"그렇습니다만… 누구십니까?"

"난 푸르니에다."

"이렇게 황자 전하께 인사를 드리게 되어서 무상의 영광입니다. 전 알드리지 영지의 영주 이코스 자작입니다."

흐릿했던 상대의 얼굴이 점점 뚜렷해졌다.

50대 초반으로 보이는 중후한 인상의 장년인이었다.

"저녁에 연락한 리치를 안다고 했나?"

"알고 있던 것보다 좀 더 늙고 말라 보이긴 했지만 한때 제가 데리고 있던 마법사가 맞는 것 같습니다."

"어떤 마법사였는지 알고 싶군."

"아마 8년 전까지 데리고 있었을 겁니다. 당시에도 40대 후반의 나이였는데, 마법 실력은 그리 좋지 않았습니다. 그러다 그가 흑마법을 익힌다는 밀고가 있어 조사를 해보니 사실인 것으로 드러나 체포하게 되었습니다. 이유를 알아보니 30년 넘게 마법을 익혔지만 좀처럼 마법 실력이 늘지 않아 비밀리에 흑마법을 익히게 되었다고 실토했습니다."

"당시 그의 마법 실력은?"

"3클래스의 마법사였습니다."

"뒤비니에 후작, 자작령 소속 마법사가 3클래스라면 어떤가? 괜찮은 실력인가?"

"각 클래스는 여러 단계로 나뉘어져 있습니다. 각 클래스의 마스터가 아니라면 그리 대단한 실력은 아닌 것 같습니다. 게다가 30년 동안 3클래스밖에 이루지 못했다면 그리 뛰어난 인물은 아니라는 것을 증명하는 것 아니겠습니까?"

별것 아니라는 듯 말하는 뒤비니에 후작의 말에 조금은 아니꼬운 생각마저 들었다.

발레리아가 마법통신을 끊고 물러나자 그들에게 주의를 주었다.

"그렇게 대단치 않았던 마법사가 리치가 되어 어마어마한 언데드들을 동원해 몇 개나 되는 영지를 전멸시켰다는 것을 벌써 잊었습니까? 이번 일을 일으킨 자에게 얼마나 많은 흑마법사와 리치, 그리고 아티펙트가 있는지 모르는 상황에서 함부로 적을 낮게 평가하는 것은 정말 위험한 일입니다."

솔직히 멍청한 생각이라고 말하고 싶었다. 그러나 지금은 경고를 주는 것으로 만족했다.

"형님 전하, 나도 이 친구와 생각이 같아. 하지만 지금 우리에게 중요한 일은 다른 영지는 어떻게 탈환할 것인가 하는 문제잖아. 다른 사람들 생각은 어때?"

"현재의 전선을 유지하고 아직 투입하지 않았던 성기사단으로 타격대를 구성해서 반격하는 것은 어떻겠습니까? 지금까지는 급작스러운 공격에 제대로 대응을 하지 못해 당했던 면도 없지 않아 있습니다."

메리스 공작의 말에 황태자는 고개를 끄덕였다. 하지만 푸르니에는 생각이 다른지 고개를 흔들었다.

"차라리 이 영지에 투입했던 전력을 그대로 이웃 영지로 이동시키고, 젊은 소드 마스터와 프리스트들로 타격대를 구성해서 흑마법사나 리치를 제거하는 것이 좋을 것 같아."

"프리스트들이 도움이 될 것 같으냐? 지금까지 언데드들이 나타났던 지역들을 정화시키는 것 말고는 특별히 언데드들을 퇴치하는 데 도움이 되지 않았던 것 같은데……."

아마 교단에 관련된 사람들이 들었다면 절대 참을 수 없었을 것이다.

"형님 전하, 내 친구인 알렉시스 헬링턴 후작에게 협조를 얻어줬으면 해."

"협조?"

"그래. 솔직히 오늘도 이 친구가 아니었으면 정말 곤란했을 거야. 이 친구가 때를 맞춰서 리치를 제거하지 못했다면 우린 스톤 골렘과 싸우다 어떻게 되었을지 몰라. 게다가 앞으로 상대해야 할 흑마법사나 리치가 오늘 싸웠던 리치보다 경험이 더 많거나 실력이 좋은 자라면… 아마 목숨을 걸어야만 할 거야. 그런 이유 때문에 이 친구가 꼭 필요해."

"알았다. 저녁 동안 생각을 해보마."

황태자가 막사를 빠져나가자 나머지 사람들도 우르르 따라갔다.

남은 사람은 푸르니에와 나, 그리고 레이디 발레리아뿐이었다.

"조금 전 황태자 전하께서는 프리스트들이 별반 도움이 되지 않았다고 하시지만 제 생각은 달라요. 만약 프리스트들이 정화 작업을 하지 않았다면 더 많은 언데드들이 나타났거나, 나타난 언데드들이 더욱 흉포하게 날뛰었을 거예요. 리치인 제 입장에서 가장 껄끄러운 상대를 고르라고 한다면 단연 프리스트예요. 또한 흑마법사나 리치들이 사역시키는 언데드들에게 가장 까다로운 것은 단연 그들이 가지고 있는 신성력과 성수예요."

"성수라니? 그게 그렇게 대단한 겁니까? 지금까지 성수를 사용하는 것을 몇 번이나 봤지만 언데드들이 나타났던 대지를 정화할 때 사용하는 것이 고작이었는데……."

"어떻게 사용하느냐에 따라 다르지요."

"레이디 발레리아의 말을 믿지 못하는 것은 아니지만, 언데드들과의 싸움에서 성수를 사용했지만 별다른 효과를 보지 못했다는 보고뿐이었습니다."

"흑마법사나 리치가 어떻게 언데드들을 조종하는지 그 방법을 생각해 보면 프리스트들도 충분히 언데드들을 상대하는데 사용할 수 있을 거예요."

발레리아는 그 말을 마지막으로 입을 다물었고, 푸르니에는 그때부터 발레리아가 말한 방법이 무엇인지 고민하는 기색이 역력했다.

"레이디 발레리아, 쉬지 않아도 괜찮으십니까?"

희미하게 미소 짓는 발레리아의 모습이 너무도 서글퍼 보여 아무런 말도 할 수 없었다.

"그때 플로네이서스와 계약을 맺은 후부턴 자지 않아도, 또 먹지 않아도 피곤하지도, 지치지도 않아요. 그와 계약해 심장을 잃었을 때부터 전 이미 인간이 아니었어요. 그저 남들이 먹거나 자는 것을 지켜볼 뿐이지요."

"참, 조카한테 연락을 안 하셔도 됩니까?"

"헤이로에게는 벌써 연락을 했어요. 나이는 어려도 눈치가 없는 아이는 아니니 다른 사람들에게는 폐를 끼치지는 않을 거예요. 제가 평소에 주의도 주었고요."

"그렇습니까? 하지만 제 생각은 레이디 발레리아와 조금 다릅니다. 조카는 아직 어린아이니 어린아이답게 자라는 것이 좋지 않겠습니까? 남에게 실수도 하고, 어른한테 혼이 나기도 하고, 그러면서 자신의 잘못이 무엇인가 스스로 깨닫게 되는 것이 좋지 않을까요? 물론 레이디 발레리아께서 생각하는 것과는 다를 수도 있지만 실수해서 아픔을 겪고, 그런 경험이 쌓이고 쌓여 한 사람의 어른이 되는 것이라고 생각합니다."

"주인님께서 말씀하신 것은 미처 생각해 보지 못했어요. 그럴 수도 있겠군요."

"불쾌하셨다면 이해를 하십시오. 그냥 친구로서 조언을 한 것이니까요."

"아니에요. 불쾌하지 않았으니까 걱정하지 마세요. 전 헤이로가 어른스럽게 행동하고 눈치도 제법 있는 것 같기에 좋게만 생각했었는데… 제가 아이들에 대해 생각을 잘못하고 있었던 것 같아요."

"그렇지 않습니다. 가문마다, 부모마다 아이에게 가르치는 것이 다 다르니 누가 잘하고 잘못했다고 말할 수는 없는 것 아니겠습니까? 다만 아이들을 너무 아끼다 보니 아이에게 보다 더 많은 것을 가르쳐 주고 싶은 것은 부모로서 당연한 일이겠지요. 다만 일방적으로 가르쳐 준 것보다는 스스로 직접 경험한 것이 더 좋지 않을까 해서 한 말이니 그냥 참고만 하십시오."

"감사합니다, 주인님. 전 제 막사로 가서 쉴 테니까 주인님도 편히 쉬세요."

그녀의 말에 목례를 취해 답례했다. 그러고 보면 이번 일에 대해 발레리아도 여러 가지 생각이 들 것 같았다.

"이봐, 푸르니에. 나도 쉬어야 하니까 너도 그만 네 숙소에 가서 고민해."

하지만 얼마나 고민을 하는지 푸르니에는 여전히 고민에서 빠져나오지 못했다.

내가 다시 몇 번을 이야기하자 그제야 정신을 차린 푸르니에는 자신의 막사로 향했다.

텅 빈 막사에 혼자 앉은 난 이런저런 생각을 했지만 머리만 복잡할 뿐이지 실제 정리된 것은 하나도 없었다.

지금까지는 흑마법사나 리치가 어떤 능력을 가지고 있는지 알고 싶어 일부러 싸움을 거들고 나섰지만 과연 이런 식으로 싸우는 것이 옳은 방법일까 하는 생각을 지울 수 없었다. 좀 더 큰 이유는 리치와 싸우는 것이 플로네이서스와의 싸움에서 도움이 될 것이라는 막연한 판단 때문이었다. 그렇지만 반신(半神)이라 할 수 있는 마왕과 싸운다고 하는 것이 과연 가능한가에 대해서는 몇 번이나 생각해 봐도 불가능한 일이었다. 하지만 현재 내가 할 수 있는 일은 최대한 노력하는 것밖에 없었다.

대충 생각이 정리가 되자 머리가 편해졌다.

허름한 야전 침대에 누워 이런저런 생각을 했다.

사실 내가 이런 상황을 피하려고 했어도 지금보다 상황이 심각해진다면 라크로스 제국에서는 칼린 왕국을 비롯한 주위 왕국들에게 협조를 요청했을 것이다.

그때 과연 칼레도니아 국왕이 라크로스 제국의 요청을 거절할 수 있을까?

아마 절대 그럴 수 없을 것이다. 그렇다면 그땐 좋든 싫든 라크로스 제국에 나타난 흑마법사인지 리치를 제거해야 될 것이고, 왕국에서 가장 강한 내가 참전을 하게 될 것이다.

하루라도 빨리 이번 사건을 일으킨 주모자를 처리하고 왕국으로 돌아가 로안나와 결혼할 생각을 하니 복잡했던 고민거리는 어느새 사라지고 그녀의 아름다운 얼굴만 생각났다.

"휴우, 돌아가는 대로 로안나와의 결혼을 서둘러야겠다. 나도 이젠 다른 사람보단 로안나에게 신경을 써야지. 그렇지 않았다간 결혼도 하기 전에 구박받을지도 모르지. 그렇지만 아무리 급해도 겨울보단 꽃 피는 따뜻한 봄이 좋겠지? 로안나는 어떤 드레스를 입을까?"

생각을 계속 하다 보니 내가 한 번도 남의 결혼식에 참석해본 적이 없다는 것이 떠올랐다. 뭘 그리 바쁘게 살았는지, 한심한 생각이 들기도 했다. 하지만 태어난 이후로 한 번도 편히 쉬어본 적이 없기 때문에 지금과 같은 실력을 가지게 된 것임을 알기에 후회하는 마음은 조금도 없었다.

그래도 한편으로는 좀 편하게 살 수는 없었을까 하는 생각이 드는 것도 사실이었다.

마음이 편해서일까?

눈을 감고 있는 동안 심신이 편해지는 것이 느껴졌다.

그때였다.

"알렉스, 자냐?"

"아니, 무슨 일이야?"

푸르니에였다.

"방금 마법통신을 했는데 칼레도니아 국왕 폐하께서 윤허를 해주셨다."

"그래? 보상이 제법 짭짤해야 국왕 폐하께 면목이 설 텐데 말이야. 황태자 전하께서 알아서 넉넉하게 챙겨주시겠지?"

내 말에 푸르니에는 약간 인상을 일그러뜨리며 미소를 지었다.

"그, 그렇겠지. 명색이 제국의 황태잔데 칼린 왕국의 국방장관에게 도움을 청하면서 설마 빈손으로 돌려보내겠냐? 칼레도니아 폐하께서 충분히 만족하실 만큼의 보상을 해주실 테니까 걱정하지 마라. 그리고 황태자 전하가 황제 폐하께 말씀을 드려 각 교단에서 가장 믿음이 강하고 젊은 하이 프리스트들로 보내달라고 하셨으니까 내일 아침까지는 도착할 거다. 황제 폐하께서도 이곳 일에 관심이 많으시니까 너도 신경을 좀 쓰도록 해."

"하이 프리스트들이 내일 올 거라고?"

"왜? 문제 있어?"

푸르니에가 내가 반문하자 영문을 모르겠다는 표정을 지었다.

"몰라서 묻는 거냐? 그 작자들이 오면 보나마나 레이디 발레리아를 어떻게 해야 한다는 둥 함께 행동할 수 없다는 둥 떠들어댈 텐데… 하여간 문제가 생기면 몽땅 네가 책임져. 흑마법사와 리치에 대해 아무것도 모르는 지금 상태에서 그녀의 도움이 얼마나 절실하게 필요한지 너도 아마 잘 알 거라고 생각한다."

"내가 철두철미하게 교육을 시킬 테니까 걱정하지 마라. 내가 다 알아서 할 테니까."

푸르니에의 자신만만한 태도가 그리 믿음직스러워 보이지는 않았지만 일단은 그를 믿을 수밖에 없었다.

"두고 보면 알겠지. 알았다, 그럼 내일 아침에 보자."

"잘 자라."

푸르니에가 가고 난 후 난 자신에 대해 정리를 해봤다.

마나에 대한 지배력이 늘어난 후 난 인간이 이룰 수 있는 한계에 도달했다고 생각했었다. 하지만 과연 그럴까?

다른 사람들에게는 한계를 짓지 말라고 하면서 나 스스로는 한계를 짓고 그것에 만족하고 있었던 것은 아닌가 하는 생각이 들었다. 실체가 있는 것들은 어떻게든 타격을 줘 파괴가 가능하지만, 실체가 없어 신성력으로만 없앨 수 있는 것들은 어떻게 한단 말인가?

이건 아주 단순하면서도 상당히 중요한 문제였다.

언젠가 발레리아가 계약의 주체인 플로네이서스에 대해 이야기한 적이 있었는데, 본체는 마계에 있고 정신인 영체(靈體)만 빠져나온 상태이기 때문에 일반적인 무기로는 상처를 입히는 것이 불가능하다는 것이었다.

어떻게든 방법을 찾아야 했다.

마나의 지배력이 늘어난 탓에 거의 무한에 가까운 마나를 쓸 수 있게 되었다고 하더라도 플로네이서스에게 타격을 줄 수 없으면 그와의 싸움을 해보나마나였다. 그걸 알기 위해서라도 반드시 방법을 찾아야만 했다.

그 방법을 찾기 위해서는 발레리아를 찾아갈 수밖에 없었다.

눈을 감고 있었지만 이미 리치가 된 그녀가 잠을 잘 리가 없기 때문에 조용히 그녀를 불렀다.

"레이디 발레리아."

"예, 주인님."

"밤늦게 미안합니다만 잠시 들어가도 되겠습니까?"

"들어오세요, 주인님."

발레리아의 막사 안은 내 막사 안과 마찬가지로 삭막하기 이를 데 없었다.

"묻고 싶은 것이 있어 실례를 무릅쓰고 찾아왔습니다."

"말씀하세요, 주인님."

"현재 상대해야 하는 언데드들 가운데 육신을 가지고 있는 좀비나 스켈레톤 같은 것들은 내가 가지고 있는 마나의 파괴력으로 상대할 수 있습니다. 하지만 형태가 없는 존재들은 일반적인 무기나 오러 블레이드로는 타격을 줄 수 없는 상황인데, 그에 대해서 좀 더 자세히 알고 싶어서 왔습니다."

"그러니까 주인님의 말씀을 들어보니 고스트나 팬텀, 스펙터,

쉐이드, 쉐도우들을 말씀하시는 것 같군요. 약간씩의 차이는 있지만 주인님의 말씀대로 신체를 가지고 있지 않아서 일반 무기로는 없애는 것이 불가능해요. 그런 이유 때문에 프리스트들이 흑마법사나 리치에게 천적이라고 불리는 거지요."

"미안하지만 레이디 발레리아가 거론하신 것들 가운데 하나를 불러내 주실 수 있겠습니까? 알아보고 싶은 것이 있어서 그렇습니다."

"여긴 좀 비좁지 않을까요?"

"그렇겠군요. 제가 생각이 짧았습니다. 그럼 밖으로 나가실까요?"

발레리아와 함께 막사를 벗어나고 보니 야간 경계를 서고 있는 젊은 기사들밖에 없었다.

그들에게 사정 이야기를 하고 나와 발레리아는 진지 왼쪽에 있는 공터로 나갔다.

나나 발레리아에게는 어둠이 문제될 것이 없기에 상관없었지만 보통 사람이었다면 아마 한 걸음도 내딛기 전에 나뒹굴었을 것이 뻔했다.

발레리아가 지면을 향해 손을 살짝 흔들자 직경 5미터는 됨직한 마법진이 순식간에 새겨졌다. 그리고는 발레리아의 몸을 통해 빠져나온 흑마력이 마법진으로 스며들더니 곧 뭔가가 마법진 중앙에 모습을 드러냈다.

기감으로 그렇게 느꼈기 때문에 모습을 드러냈다고 표현한 것이지만, 막상 눈에는 아무것도 보이지 않았다.

"지금 불러낸 것은 스펙터란 언데드예요. 일반 무기로 타격을 입힐 수 없는 것은 물론 마법사의 공격도 마찬가지로 소용이 없어요. 스펙터에게 타격을 입힐 수 있는 것은 프리스트들의 신성력밖에 없어요. 물리적인 공격은 없지만 기척도 없이 다가와 인간의 피를 빠는 것으로 유명한 언데드니까… 조심하세요."

그녀의 말을 듣고 있는 동안 마법진으로 소환된 스펙터는 마법진 좌우를 어슬렁거리다가 그제야 날 발견했는지 곧장 내게로 다가오는 것이 기감에 느껴졌다. 실체가 없어 보이지 않으니 눈을 뜨고 있나 감고 있나 상관이 없었다.

기감에 집중하려다 보니 자연스럽게 눈을 감게 되었다.

우선 구환도를 뽑아 상대를 해보았다.

내가 무기를 뽑아 든 것을 보고도 타격을 입지 않을 자신이 있었는지 곧장 날아와 머리 위에서 소리도 없이 내려앉으려고 했다. 구환도를 휘둘렀는데 마치 허공에 휘두르는 것처럼 도에 걸리는 것이 아무것도 없었다.

홀뢰보의 묘리대로 몸을 이동시킨 난 기감으로 스펙터를 찾았는데, 역시 예상대로 아무런 타격도 받지 않았는지 조금 전처럼 소리도 없이 다가왔다.

구환도를 집어넣으려다 구환도의 특성을 이용한 초식 하나를 떠올렸다.

"귀곡참살!"

쩌러렁~

구환도에 매달려 있던 아홉 개의 강철 고리가 부딪치며 귀청을 찢을 듯한 굉음이 터져 나왔다. 잠시 움찔하던 스펙터의 몸이 모래알처럼 부서지는 것이 기감에 느껴졌다.

"소닉 익스플로전 웨이브?"

놀란 발레리아의 음성이 들렸지만 난 눈을 뜨지 않았다.

분명히 기감으로 스펙터의 전신이 산산이 부서지는 것을 느꼈건만 스펙터를 구성하고 있던 음습한 기운이 사라지지 않고 있었기 때문이다.

구환도를 회수하고는 즉시 오러 샷을 만들었다.

역시나 예상대로 흩어졌던 기운이 모여들더니 곧 스펙터의 존재가 다시 느껴졌다.

지체없이 오러 샷을 날렸고, 날아간 오러 샷은 스펙터의 중심에서 서로 부딪치며 상당한 폭발을 일으켰다.

쾅!

폭발 후 스펙터의 기운이 완전히 사라졌다.

오러 샷이 통한 것일까 하는 생각을 하고 있을 때 다시금 스펙터의 기운이 모여드는 것을 확인할 수 있었다. 영적인 언데드는 정말 신성력밖에 통하지 않는 것일까?

스펙터의 접근을 피하다 꽤나 많은 사람들이 내가 스펙터를 상대하는 것을 구경하고 있는 것이 보였다. 하긴 그렇게 큰 소리가 났는데 계속 잠을 자긴 무리였을 것이다.

이동하는 속도도 생각보다 빠르지 않았고, 기감으로 분명히 느낄 수 있으니 스펙터의 공격을 피하는 것은 문제가 아니었다.

우선은 무작정 공격만 할 것이 아니라 스펙터에 대해서 정확하게 아는 것이 중요했다. 그러면서 언데드에게 효과적인 공격인 프리스트들의 신성력과 무엇이 다른지도 반드시 알아내야만 했다.

한참 동안 생각에 생각을 거듭하다 공격의 방법이 문제가 아니라는 것을 깨달았다.

지금까진 마나가 가진 파괴력만으로도 충분했기 때문에 다른 것은 생각하지도 않았지만 한 번쯤은 생각을 해봐야 할 것 같았다.

"레이디 발레리아, 스펙터를 이만 거둬주시겠습니까?"

발레리아가 나직하게 중얼거리자 스펙터의 모습이 사라졌다.

"주인님, 성과가 있으셨나요?"

"예, 역시 일반적인 공격은 통하지 않는군요. 하지만 공격할 수 있는 단서를 드디어 찾았습니다."

"그러신가요? 경축드립니다, 주인님."

"단서를 찾기는 했지만 아직 공격 방법을 찾는 문제가 남았습니다. 앞으로도 잘 부탁드리겠습니다."

"언제든 말씀만 하세요, 주인님."

발레리아와 대화를 마치자마자 기다리고 있던 푸르니에가 다가왔다.

"뭘 하는데 이렇게 요란한 거야?"

"언데드들을 없앨 방법을 찾느라고 여러 가지 시험을 해봤다."

"그래? 그럼 성과는 있었어?"

"단서를 찾긴 했는데 얼마나 효과가 있을지는 두고 봐야 할 것 같다."

"언데드들은 신성력이 부여된 무기로 간단하게 처리할 수 있잖아. 굳이 고생할 필요가 있는 거야?"

녀석으로서는 당연히 할 수 있는 질문이었다.

"난 그런 무기를 가지고 있지 않잖아. 그리고 만약 그 무기가 부서지기라도 하면 도망이라도 칠까? 그런 일을 막기 위해서 언데드들 가운데에서도 육체를 가지지 못한 것들을 처치할 수 있는 방법을 찾아야 해. 그래야 고스트나 스펙터 같은 것들보다 더 강한 것들이 나타나더라도 해치울 수 있어. 이 일은 나만 할 수 있고, 또 내가 꼭 해야만 되는 일이야."

"내일 이곳에 프리스트들이 왔을 때 그들에게 신성력이 부여된 무기를 얻을 수 없나 부탁하면 안 될까?"

"그들이 신성력으로 데스나이트를 확실히 해치울 수 있는 거야? 만약 이 사건의 배후에 있는 범인이 단순한 흑마법사나 리치가 아니라면, 만약 마계의 존재라면 프리스트들이 신성력이 부여된 무기로 상대를 해치우는 것은 고사하고 상처라도 입힐 수 있을 것 같으냐? 그것을 방지하기 위해서, 그리고 앞으로 내가 할 일을 위해서라도 꼭 공격 방법을 찾아야 해."

마지막 말은 나도 모르게 한 말인데 그런 걸 보면 플로네이서스와의 대결이 꽤나 신경 쓰였던 모양이다.

"그래? 내가 도와 줄 수 있는 부분이 아니니 뭐라고 할 말이 없군. 하여간 어서 자라."

그 말을 마지막으로 푸르니에는 몰려든 사람들을 해산시켰다.

내가 막사로 돌아간 후 주위는 다시 조용해졌다.

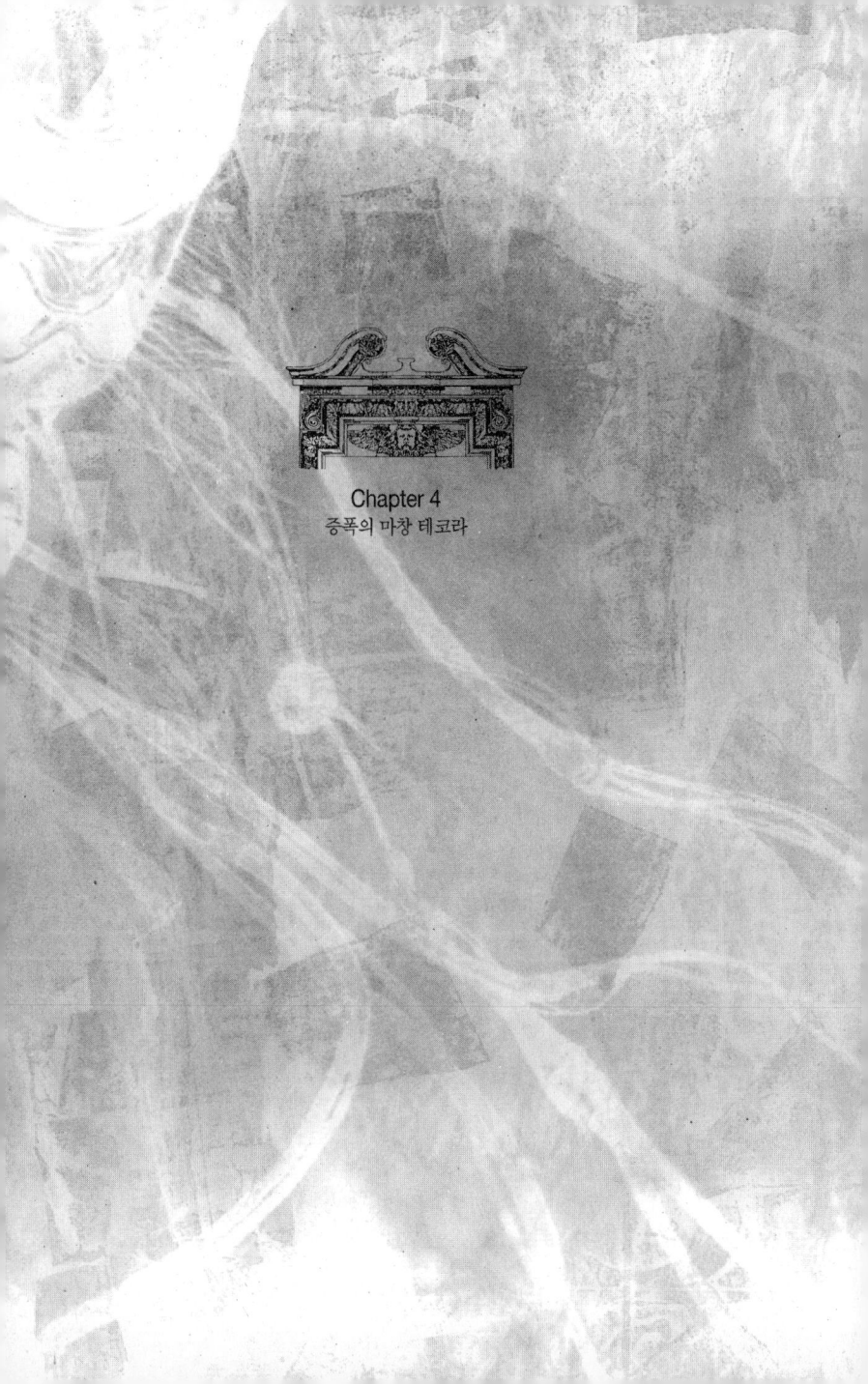

Chapter 4
증폭의 마창 테코라

The Duel of Master
마스터 대전

☐1

아침식사를 마치고 어제저녁에 가까스로 잡은 단서를 생각하고 또 생각했다.

단서란 것은 간단하면서도 결코 간단하지 않은 방법이었다.

지금까지 내가 이룩한 경지는 남을 죽이는 살검(殺劍)이자 모든 것을 파괴하는 멸검(滅劍)이었다. 이는 검도에서 말하는 사검(死劍)이었다. 사검이 스펙터에게 통하지 않는 것은 내가 직접 확인했으니 이제 남은 것은 활검(活劍)이자 생검(生劍)뿐이었다.

전생의 가족들이 구해왔던 비급 가운데에 달마삼검이란 것이 있었다.

물론 활검의 대명사라고 일컬어지는 달마삼검의 구결은 고스란히 머릿속에 남아 있었다.

밤을 꼬박 새우면서 구결의 내용을 살펴봤는데, 확실히 달마삼검은 검술이라기보다는 검도에 가까운 것이었다. 동자배불(童子拜佛), 만불광휘(萬佛光輝), 불광만리(佛光萬里)로 초식은 비록 셋밖에 되지 않았지만 초식의 날카로움보단 기세로, 그것도 위압적인 것이 아닌 부드러운 기세로 상대를 굴복시키는 도리가 담긴 검술이 바로 달마삼검이었다.

머리로는 이미 이해를 했지만 당장 펼치기에는 문제가 있었다.

달마삼검을 펼치려면 마나의 운용도 판이하게 달라져야 했을뿐 아니라, 마나로 상대를 공격하는 것이 아닌 굴복하게 만드는 방법에 대해서도 생각해 봐야 했다.

이런저런 생각을 하는 동안 어느새 날이 밝은 모양이었다.

"일어나셨습니까, 후작 각하."

"아, 예."

"세면 준비를 하겠습니다."

"부탁하겠습니다."

막사 밖에 있던 기사의 말에 자리에서 일어나 간단하게 몸을 푼 다음 막사를 벗어나니 물을 받아놓은 강철 대야가 보였다. 세면을 마치고 아침식사마저 끝낸 후 난 다시 언데드를 공략할 방법에 대해 고민했다.

"알렉스, 뭐 하고 있냐?"

"잠깐 생각할 것이 있어서… 무슨 일 있어?"

"어제 신전에 요청한 프리스트들이 왔어. 앞으로 함께 움직이려면 인사라도 하는 게 좋을 것 같아서 부르러 왔다."

"그래?"

푸르니에를 따라가 보니 황태자에게 인사를 하고 있는 네 사람의 모습이 보였다.

하이 프리스트의 상징이라고 할 수 있는 흰색의 로브를 걸치고 있었는데, 그중의 한 사람은 긴 머리를 늘어뜨린 30대 초반의 여인이었다.

"여기 이 사람이 이번 공격조의 조장을 맡을 알렉시스 헬링턴 후작이오. 헬링턴 후작은 라크로스 제국의 우방인 칼린 왕국의 국방장관을 맡고 있는데, 이번 제국에서 일어난 불행스러운 사태를 도와주기 위해 개인적으로 온 내 친구요. 헬링턴 후작의 능력에 대해서는 가히 지상 최강의 존재라고 모두들 인정하고 있으니 그의 능력에 대해서는 걱정할 필요 없소."

푸르니에의 조금은 거창한 소개에 삼남일녀의 시선은 프리스트답지 않게 무표정했다.

"안녕하십니까? 전 창공의 신 발로키 교단에서 온 나이아스라고 합니다."

하이 프리스트답지 않게 조금은 신경질적으로 보이는 30대 중반의 사내였다.

"무지개의 여신 로레인 교단에서 온 티발슨이라고 하오."

프리스트보단 산적이 더 잘 어울릴 것 같은 털북숭이 30대 사내였다.

"자연의 신 엥게로슨 교단의 타로라고 합니다. 만나서 반갑습니다."

말과는 다르게 40대로 보이는 사내는 전혀 반가운 얼굴이 아니었다.

"대지의 여신 파로비스 교단의 엘리슨이에요. 반가워요."

"안녕하십니까? 만나서 반갑습니다. 전 칼린 왕국의 국방장관인 알렉시스 헬링턴이라고 합니다. 조금 전 푸르니에 황자께서 조금은 과장해 소개를 한 것이니 그 말은 그냥 무시하도록 하십시오."

내 말에도 프리스트들의 얼굴은 여전히 굳어 있었다.

"소개할 사람이 한 사람 더 있습니다."

푸르니에가 뒤쪽에 있던 기사에게 손짓을 했고, 기사가 어디론가로 달려가는 것을 보며 말을 이었다.

"이번에 우리가 상대해야 할 적은 흑마법사, 혹은 리치로 짐작되는 자입니다. 하지만 제국에서는 법으로 흑마법사나 리치의 존재를 인정하고 있지 않기 때문에 이번 사태를 일으킨 자가 어떤 능력을 가지고 있는지 전혀 모르고 있는 상황입니다. 해서 흑마법에 조예가 깊은 분께……."

"리치다!"

"모두 조심하세요."

"창공의 신 발로키여! 당신의 미천한 종에게 삿된 무리를 단죄할 수 있는 힘을 주소서. 홀리 라이트닝!"

"대지의 여신 파로비스의 이름으로 널 단죄한다. 홀리 미사일!"

"엥게로슨의 분노를 받아라. 홀리 스피어!"

"로레인의 자비를 너에게 베푼다. 홀리 레인!"

너무나 순식간에 벌어진 일이라 미처 발레리아를 보호할 시간적인 여유가 없었다.

발레리아를 향해 날아가는 빛의 무리를 멍하니 쳐다보던 난 정신을 차리고는 프리스트들에게 다가가 주위의 마나를 움직여 그들의 혈도를 제압했다. 하지만 발레리아는 이미 프리스트들의 무자비한 공격에 휩싸인 후였다.

콰콰콰~ 쾅!

폭음과 함께 매서운 흙바람이 사방으로 몰아쳤다.

흙먼지 속으로 기감을 넓혀보았지만 그 어디에도 그녀의 존재는 느껴지지 않았다.

조바심 때문에 도저히 그냥 있을 수 없었다.

조금 전 그녀가 있던 곳으로 막 가려는 순간 까마득한 허공에서 어마어마한 기운이 응축되는 것이 감지되었다. 다시 한 번 기감을 확장시키자 그 기운이 익숙함을 느낄 수 있었다.

만약 저 응축된 기운이 지상으로 떨어지면 살아남을 수 있는 사람은 나 혼자, 어쩌면 나마저도 위험할 정도로 어마어마한 기운이었다.

그 상황에서 난 한 가지를 깨달을 수 있었다.

내가 무한대의 마나를 쓸 수 있다는 것은 일정한 마나가 소모되는 공격을 계속할 수 있다는 것이지, 지금의 경우처럼 내가 가진 모든 기를 한꺼번에 방출할 수 있는 것은 아니었다. 설사 그렇게 한꺼번에 기를 방출해 공격을 할 수 있다고 하더라도 지금의 발레리아처럼 엄청난 공격을 할 수 있는 것은 아니다.

다시 말하면 현재 내가 이룬 경지는 결코 완전한 것이 아니라는 것이다.

이유야 어떻게 되었든 지금은 앞으로 일어날 상황을 막아야만 했다.

"레이디 발레리아! 부디 공격을 참아주십시오!"

음공의 구결대로 허공을 향해 소리쳤다. 하지만 허공에 뭉쳐 있던 어마어마한 기운은 여전히 흩어지지 않은 채였다.

"레이디 발레리아, 지금 일어난 일은 모두 제가 잘못해서 일어난 일입니다. 그러니 제발 화를 가라앉히고 공격을 멈춰주십시오."

다시 한 번 허공에 대고 소리를 쳤다.

뭉쳐 있던 기운이 움직인다고 느끼는 순간 삽시간에 먹구름이 몰려들더니 주위를 온통 어두컴컴하게 만들었다. 그리고 연이어 검은색의 거대한 마법진이 허공에 생겨났고, 그 마법진에서 어떤 것이 빠져나오려고 하는 것이 느껴졌다.

크아아앙~!

지축이 흔들리는 듯한 어마어마한 소리와 함께 불길에 휩싸인 거대한 것이 빠져나오고 있었다.

가장 먼저 보인 것은 불길에 휩싸인 기다란 발톱이 난 어마어마하게 거대한 맨발이었다.

신전 기둥만큼 굵은 검은색의 다리가 발부터 마법진에서 밀려나오기 시작하더니 곧이어 다리와 탄탄한 복부, 그리고 머리에 무시무시한 형태의 휘어진 긴 뿔을 가진 존재가 마침내 모습을 드러냈다.

온몸에서 불꽃이 피어나고 있던 그 존재는 왼손에는 불로 만들어진 검을, 왼손에는 역시 불길에 휩싸인 기다란 채찍이 들려 있었다. 거대한 불덩이처럼 보이는 그 존재가 모습을 드러내는 순간 느껴지는 어마어마한 열기와 압력 때문에 몸을 움직이기조차 힘들었다.

내가 이 정도 압력을 느낄 정도라면 아마 다른 사람은 그 자리에서 꼼짝도 할 수 없을 것이다. 슬쩍 주위를 살펴보니 역시나 내 예상대로 그 자리에 주저앉거나 아예 지면에 널브러져 꼼짝도 못하고 있었다. 그건 불문곡직 발레리아에게 공격을 퍼붓던 프리스트들 역시 마찬가지였다.

내공을 끌어올려 몸을 세운 후 발레리아의 기를 찾아보니 방금 마법진에서 빠져나온 존재 곁에 발레리아가 있는 것을 확인할 수 있었다.

─내가 해야 할 일은?

"내 주인님을 제외한 나머지 인간들을 모조리……."

"레이디 발레리아, 제발 잠깐만 기다려 주십시오."

난 즉시 발레리아 곁으로 몸을 날렸다.

내공으로 몸을 띄운 난 일단 발레리아부터 설득해야 했다.

"레이디 발레리아, 진정하십시오."

"주인님."

내가 충고를 해준 후 언제나 잊지 않고 있던 미소도 어느샌가 그녀의 얼굴에서 지워져 있었다.

"제가 다시는 겪기 싫은 과거의 일을 겪은 후 한 가지 결심한 것이 있어요. 물론 모든 프리스트들이 나쁘지 않다는 것을 모르는 것은 아니에요. 하지만 제가 리치가 될 수밖에 없었던 것이 프리스트 때문인 것을 주인님께서도 잘 알고 계실 거예요."

무표정한 얼굴로 말하는 그녀의 모습은 오히려 이전보다 더 슬퍼 보였다.

　"저도 압니다, 그리고 제가 미처 저들의 공격을 막지 못해 미안합니다."

　"아니에요, 주인님. 만약 저들이 주인님을 공격했다면… 설사 주인님께서 저를 말리셨어도 저들 모두를 죽여 버렸을 거예요."

　─소환자여! 너의 요구가 뭐냐?

　무시무시하게 생긴 외모와는 달리 소환된 존재는 다시 한 번 발레리아에게 자신을 소환한 이유를 물었다.

　"일단 지상으로 내려가자."

　나와 발레리아, 그리고 소환된 존재는 지상으로 내렸다. 하지만 소환된 존재에게서 느껴지던 어마어마한 압력은 여전히 해소되지 않은 채였다.

　지상에 내려서는 순간 소환된 존재는 어느새 보통 사람 크기로 줄어들어 있었다. 하지만 무시무시한 외모나 거대한 압력은 여전했다.

　─나를 소환한 이유가 뭐냐?

　"기다려라, 발록."

　평소 내게는 보이지 않던 고압적인 발레리아의 태도에 소환된 존재, 발록은 입을 닫았지만 왠지 마땅찮아 하는 표정이 역력했다. 하지만 내게 고개를 돌렸을 때 그녀의 얼굴에는 미안해하는 표정이 떠올라 있었다.

　"주인님, 솔직히 저들의 도움이 꼭 필요한 것은 아니지 않나요? 전 주인님과 주인님의 제자들, 그리고 저만 있으면 제국에 나타난 리치는 충분히 해결할 수 있다고 생각해요."

"레이디 발레리아, 다시 한 번 부탁드립니다. 앞으로 이런 일이 다시 벌어진다면 그땐 제 손으로 레이디 발레리아에게 위협을 가한 존재들을 처단하겠습니다. 그러니 제발 오늘만은 참으시고 이 일의 해결을 저에게 맡겨주십시오."

내 말에 잠시 고민하던 발레리아는 발록에게 명령을 내렸다.

"발록, 돌아가라."

—소환에는 대가가 따른다. 대가를 지불해라.

"대가는 마왕 플로네이서스께 받아라. 내 이야기를 한다면 그가 대가를 지불할 거다."

뚫어져라 발레리아를 노려보던 발록은 의외로 순순히 고개를 끄덕였다.

—마왕 플로네이서스님에게 이번 일을 보고하고 대가를 받아내겠다.

"마음대로."

발레리아의 대꾸에 발록의 머리 위에 거대한 마법진이 생겨나더니 발록은 다시 마법진 속으로 스며들었고, 마법진도 곧 사라졌다. 그제야 주위를 짓누르고 있던 무시무시한 압력이 사라졌다. 하지만 곧바로 움직이는 사람은 아무도 없었다.

프리스트들의 공격에 그녀가 위험할 거라고는 생각하지 않았지만 흙먼지가 묻은 옷을 보니 더욱 미안한 마음이 드는 것을 감출 수 없었다. 그리고 무엇보다 전후 사정은 알아볼 생각도 하지 않은 채 무작정 상대를 공격한 그들을 도저히 용서할 수 없었다.

비틀거리며 일어서는 프리스트들을 보고 화를 내려던 난 조금 전 그들의 혈도를 제압했던 것이 생각났다. 하이 프리스트라고 하더니 제압된 혈도 정도는 풀 수 있는 능력을 가지고 있었던 모양이다.

"그대들이 지금 무슨 짓을 한 줄 아는가?"

"그게 무슨 말인가요?"

내 말에 대꾸를 하고 나선 사람은 엘리슨이었다.

내가 왜 이런 말을 했는지 분명히 알면서도 영문을 모르겠다는 표정을 짓고 있는 그녀의 태도가 너무도 뻔뻔스러워 보였다.

"내 말이 무슨 말인지 이해가 되지 않나?"

"전 귀하의 말을 도저히 이해할 수 없군요. 귀하의 말을 들어보면 저희가 뭔가를 잘못했다고 하는 것 같은데… 저흰 도저히 고압적인 귀하의 태도를 이해할 수 없어요."

"푸르니에, 넌 이게 동료를 대하는 태도로 보이냐? 나조차도 조심해야만 할 분께 저지른 무례는 도저히 참을 수 없다. 앞으로 부디 제국과 칼린 왕국이 반목하는 상황이 오지 않았으면 한다. 만약 어떤 이유에서든 양국 간에 전쟁이 벌어진다면 제국의 황족과 귀족들은 레이디 발레리아의 분노, 아니, 그 이전에 나 알렉시스가 어떤 사람인지 똑똑하게 알게 될 거다. 제우비스, 트렉슨, 돌아가자."

내 말에 조금 떨어진 곳에 있던 둘이 즉시 달려왔다.

"이봐, 알렉스. 잠깐만 기다려 봐. 이봐!"

갑작스러운 내 태도에 당황했는지 푸르니에가 황급히 달려오며 날 불렀다.

내가 대꾸를 하지 않자 푸르니에는 내 어깨를 잡았다.

"내가 미처 저들에게 제대로 주의를 주지 않아서 생긴 일이다. 그러니 제발 화를 풀어라. 내가 잘못했다."

"푸르니에 전하, 앞으로 또 만날 일이 있을지는 모르겠지만 앞으로는 상대방의 말에 귀를 기울여 주셨으면 좋겠군요. 최소한 자신을 도울 사람을 배척하는 일은 없어야 하는 것 아닙니까?"

"황자 전하께 너무 무례하군요. 그대가 아무리 칼린 왕국의 국방장관이라고 하더라도 푸르니에 황자 전하는 대라크로스 제국의 황자님이세요. 라크로스 제국의 작은 시골 영지만도 못한 칼린 왕국 정도는 푸르니에 전하께 무례를 저질렀다는 이유만으로 당장 멸망당할 수도 있는 처지라는 것을 알아야 할 거에요."

거만한 표정으로 지껄이는 엘리슨의 모습에 정말 치미는 분노를 억누르기 힘들었다.

날 쳐다보고 있는 사람들 가운데, 특히 그녀를 향해 나도 모르게 살기를 내뿜었던 모양이다. 순식간에 하얗게 질려 버린 엘리슨은 곧 피를 토하고는 그 자리에서 주저앉았다.

"저주다!"

"리커버리!"

"큐어!"

엘리슨이 피를 토하며 쓰러지자 곁에 있던 나이아스, 티발슨, 타로가 황급히 그녀를 치료하려 했다. 하지만 그들의 오만함은 여전했다.

자신들이 이해할 수 없는 것은 모두 사악한 것으로 생각하는 그들의 오만함이 난 싫었다.

저주라니… 검기상인(劍氣傷人)이니 심즉살(心卽殺)의 지고무상한 경지가 졸지에 흑마법사의 허접한 저주 나부랭이로 취급받았다.

"모두가 보는 앞에서 감히 프리스트에게 저주를 걸다니… 미친놈."

처음 봤을 때부터 마음에 들지 않더니 계속해서 깐죽거리는 티발슨을 허공섭물(虛空攝物)의 수법으로 끌어당겨 그의 목을 움켜잡았다.

"컥! 컥!"

"죽고 싶나?"

"이봐, 알렉스, 어서 그분을 놔드려."

"당장 티발슨 형제를 내려놔라."

푸르니에가 날 말리는 동안 나이아스와 타로란 녀석은 당장에라도 손을 쓸 듯 보였다.

너무나 열이 올랐기 때문일까?

얼굴로 피가 몰리자 지금은 희미하게 흔적만 남았던 상처가 확연히 드러난 모양이었다.

내 얼굴을 쳐다보던 사람들의 하나같이 놀라는 표정을 보니 더욱 기분이 좋지 않았다.

"컥! 컥!"

처음 피가 몰려 시뻘겋게 보이던 티발슨의 얼굴이 지금은 새

하얗게 변한다.

물론 아직 죽을 정도는 아니었다.

쓰러져 있던 엘리슨도 일어서자마자 즉시 공격할 준비를 했다.

그들의 오만함을 꺾을 생각에 티발슨을 그들 앞에 집어 던졌다.

티발슨은 지면과 부딪친 충격 때문에 기절했는지 그냥 널브러져 있었다.

"홀리 스트라이크!"

"홀리 밤!"

"홀리 샤워!"

거의 동시에 셋의 공격이 내게 쏟아졌고, 나 역시 내 전면에 반탄강기벽(反彈罡氣壁)을 만들었다.

쾅~ 콰르르!

조금 전처럼 폭음과 함께 자욱하게 흙먼지가 일었다. 하지만 내가 만든 반탄강기벽에 가로막혀 나와 발레리아에겐 한 점의 흙먼지도 묻지 않았다. 하지만 프리스트들은 내 반탄강기의 반탄력 때문에 자신들이 한 공격의 몇 배에 이르는 충격을 받아야만 했다.

잠시 후 흙먼지가 가라앉고 뒤로 날아간 채 입에서 피를 토하고 있는 세 프리스트들의 모습이 보였다. 반탄강기벽에 부딪친 충격으로, 짐작하건대 그들 셋은 아마도 중상에 가까운 내상을 입었을 것이다.

괴로워하는 그들의 모습을 보면서도 난 아무런 감흥도 일어나지 않았다.

"레이디 발레리아, 가실까요?"

"예, 주인님."

일행은 날 따라 진지를 떠났다.

"이봐, 알렉스! 어딜 가는 거야?"

푸르니에가 고함치는 소리를 들었지만 일부러 못 들은 척했
다.

이곳에 올 때 발레리아의 텔레포트로 이동했기 때문에 당연
히 말이 없었다.

푸르니에에게 말을 달라고 하면 당연히 주겠지만 그것 때문
에 아쉬운 소리를 하긴 싫었다.

그리고 보니 어느새 점심시간이 다 되었다.

그래도 발레리아가 식사를 하지 않아도 되었기에 부담 한 가
지는 덜 수 있었다.

"이봐! 기다려! 기다리라니까!"

잠시 후 푸르니에가 말을 타고 쫓아왔다.

천천히 걸어서 이동하다가 정오가 약간 지났을 때 제우비스
들에게 사냥을 해오도록 지시했다. 제우비스와 트렉슨이 사냥
을 하러 간 사이 푸르니에는 내 눈치를 보다 말을 꺼냈다.

"이번 일은 내가 확실하게 주의를 주지 못해 생긴 일이니 이
젠 그만 화를 풀어라."

그리고는 곧바로 발레리아에게 사과를 했다.

"레이디 발레리아, 제가 프리스트들에게 제대로 주의를 주
지 못해 생긴 일이니 부디 저를 욕하시고 화를 풀어주시길 바

랍니다."

푸르니에의 사과에 발레리아는 잠시 동안 말이 없었다.

솔직히 나도 조금은 긴장한 채 그녀의 대답을 기다렸다.

"화는 이미 다 풀렸어요, 푸르니에 황자님. 혹시 저의 과거를 아시는지 모르겠지만 전 과거 탐욕스러운 여자와 어떤 프리스트 때문에 인간이, 아니, 여자가 겪을 수 있는 최악의 고통을 겪어야만 했었어요. 때문에 프리스트들에 대한 인상이 좋지 않아요. 그런 상황에서 갑작스런 공격에 받아 화를 참지 못하고 함부로 발록을 마계로부터 불러냈어요. 주인님은 물론 여러분께 못난 모습을 보여 드려서 죄송해요. 만약 주인님께서 다시 돌아가시겠다면 전 주인님을 따르겠어요. 하지만 다시 한 번 프리스트들이 절 자극한다면 그때는 저도 더 이상은 참지 않겠어요. 저를 공격했던 교단만큼은 반드시 지상에서 지워 버릴 거예요."

마치 달리기를 하면 숨이 차는 것이 당연하지 않냐는 듯이 너무도 태연한 표정으로 무시무시한 이야기를 하는 발레리아의 모습에 푸르니에도 움찔하는 모습을 보였다.

생각 같아서는 당장에라도 떠나고 싶었지만, 칼레도니아 국왕이 도와주겠다고 이미 약속한 바 내가 무시해 버릴 수도 없는 일이었다. 하여간 내키지는 않지만 현재로선 어쩔 도리가 없었다.

"레이디 발레리아, 레이디에게 무례를 저지른 행동을 생각하면 당장에라도 돌아가 버리고 싶지만 국왕 폐하의 부탁도 있고, 또 언데드에 대해 좀 더 알아볼 것도 있으니 어쩔 수 없이 잠시

동안 이 친구를 도와주어야 할 것 같습니다. 그래도 괜찮으시겠습니까?'

"아까는 순간적으로 화가 났지만 지금은 이미 다 풀렸어요. 아까 푸르니에 전하의 말씀을 생각해 보니 상대도 되지 않는 자들에게 화를 낸 제가 오히려 주인님이나 황자 전하께 무례를 범했어요."

"아닙니다. 아까 레이디 발레리아처럼 느닷없이 누군가에게 공격을 받게 된다면 상대가 누구든 절대 그를 용서하지 않을 겁니다. 오히려 대범하게 공격을 거두신 레이디 발레리아께서 대단하신 겁니다. 솔직히 아까 그 일이 있기 전까지 흑마법사이자 리치이신 레이디 발레리아가 마땅치 않았던 것은 사실이었습니다. 하지만 프리스트들의 무례하고 황당한 행동을 겪으면서도 대범하게 참으신 레이디 발레리아를 보고 전 그동안 제가 잘못 생각해 왔다는 것을 깨달을 수 있었습니다. 비록 레이디 발레리아가 흑마법을 익힌 것은 사실이지만 누구보다 솔선수범해 언데드들을 막으시는 모습을 봤고, 또 자신을 모욕하고 적대시한 사람들에게도 해를 끼치지 않고 조용히 물러나는 레이디는 제가 생각했던 것보다 훨씬 큰 인물이셨습니다. 정말 존경하고 싶습니다."

푸르니에의 극찬에 발레리아는 고개를 혼들었다. 하지만 그런 그녀의 얼굴에는 희미하지만 분명하게 미소가 떠올라 있었다.

"아니에요. 전 제 욕심 때문에 마왕과 계약해 버린 저주받은 리치에 불과해요. 하지만 저의 주인님께서는 아무것도 바라지

않고 절 도와주셨고, 심지어는 제 복수까지 대신해 주시겠다고
했던 분이세요. 왜 그러셨는지 아시나요?"

발레리아의 물음에 푸르니에는 고개를 흔들었다.

"언젠가 제자들에게 그런 말씀을 하셨다는데… 살인이라는
것은 영혼에 상처를 입히고 영원히 지울 수 없는 흔적을 남게
하는 일이니 될 수 있으면 살인을 해서는 안 된다고, 그래도 만
약 그런 일이 생기면 자신이 모든 것을 알아서 할 테니 자신에
게 이야기하라고 말이에요. 그런 분을 어떻게 존경하지 않을 수
있나요? 제게 첫 번째 생명을 주신 분은 부모님이시지만, 두 번
째 생명을 주신 분은 바로 주인님이세요."

낯 뜨거운 발레리아의 말에 푸르니에는 조금은 묘한 눈으로
날 쳐다봤다.

그러는 사이 사냥을 나갔던 녀석들이 토끼와 꿩처럼 생긴 작
은 동물 셋을 사냥해 왔다.

잠시 휴식을 취하던 곳이 황무지였기에 불을 피울 수 없어 어
쩔 수 없이 내장만 제거하곤 곧바로 삼매진화로 고기를 익혔다.

한 손으론 허공섭물의 수법으로 띄우고, 다른 손으로는 삼매
진화로 떠 있는 고기를 익혀야 하니 마나를 섬세하게 다루지 못
한다면 꿈도 꿀 수 없었다.

"지금 두 가지 수법을 이용한 것인가요?"

"역시 정확하게 보시는군요."

제우비스와 트렉슨의 모습을 유심히 지켜보던 발레리아는 역
시 마법사답게 마나의 움직임을 꿰뚫어 보고 있었다. 그런 반면
푸르니에는 자신보다 검술 실력에서 떨어지는 둘이 다양한 방

법으로 마나를 다루는 것을 신기하게 쳐다보고 있었다.

작은 문제도 없지 않았다.

발레리아가 음식을 먹지 않는다는 것을 깜빡 잊어버린 것이다.

"미안합니다, 레이디 발레리아. 레이디께서 식사를 하지 않는다는 사실을 깜빡 잊고 식사 준비를 시켰습니다. 죄송합니다."

"아니에요, 주인님. 비록 먹지 못하는 것은 아니지만 먹어봐야 소화도 시킬 수 없고, 음식을 먹는다고 살이 찌거나 에너지를 얻는 것이 아니니 먹을 필요가 없기 때문에 먹지 않는 것뿐이었어요. 음식에서 나는 냄새도, 맛도, 포만감도 느끼질 못해요. 마치 원래부터 느끼지 못했던 것처럼 말이에요. 그래서 내가 살아 있는 다른 사람들과는 다르다는 것을 새삼스럽게 느끼게 돼요. 아, 죄송해요. 제가 괜한 소리를 했군요."

"아닙니다. 제가 생각이 짧았습니다."

나와 발레리아의 대화 때문인지 제우비스와 트렉슨은 먹는 둥 마는 둥 했지만 푸르니에는 자신의 몫으로 할당된 고기를 아주 게걸스럽게 해치웠다.

근처에 쉴 만한 숲이나 풀밭이라도 있었으면 좀 더 쉰 다음 본진으로 복귀할 텐데… 바람이 불 때마다 흙먼지가 자욱하게 일어나는 이런 곳에서 쉬는 것은 마음에 들지 않지만, 그렇다고 마치 아무 일도 없었던 것처럼 돌아가는 것은 자존심이 허락지 않았다.

내가 잠시 고민하자 푸르니에가 그 이유를 물었고, 어쩔 수 없이 대답하자 발레리아가 간단하게 그 문제를 해결해 주었다.

"텔레포트!"

빛에 둘러싸인 순간 우리 일행은 황무지에서 엉뚱한 곳으로 이동해 있었다.

주위를 돌아보니 녹음이 우거져 있었고, 쌀쌀한 날씨임에도 불구하고 나무들이 빽빽하게 들어서 있는 곳이었다. 보기만 해도 마음이 편해지는 곳이었다.

"주인님, 잠시 동안 쉴 수 있을 거예요. 그리고……."

말과 함께 발레리아는 자신만의 아공간에서 잔 몇 개와 술 세 병을 꺼내 건네주었다.

"폴츠머 영지 특산 나이트메어와 엔젤키스, 그리고 해피로드 예요."

"예? 해피로드라니? 처음 들어보는 이름이군요."

"제스로님께서 자주 만들어 드시던 술이 사람들에게 인기를 얻어 해피로드란 이름으로 새롭게 출시되었어요. 제가 보관하고 있는 술이 제법 있으니 더 필요하시면 언제든 말씀하세요."

말을 마치자마자 주위를 둘러보던 발레리아는 새끼 멧돼지를 잡아와 마법으로 간단하게 요리해 우리 앞에 내려놨다.

푸르니에에게 먼저 술을 권했다.

"이건 엔젤 키스란 순한 술이고, 빨리 마시고 또 받아봐. 그리고 이건 나이트메어란 술인데 일반 백성들이 마실 술이지. 독한 게 흠이지만 다른 독주에 비하면 그래도 숙취는 적어. 그리고 이 해피로드는 엔젤키스와 나이트메어를 적당한 양으로 섞은 것인데, 난 개인적으로는 이게 더 좋더라고. 그러니까 한번 마셔봐. 내가 술을 좋아하지 않아 많이 마셔보지는 않았지만 다른 고급술과 비교해도 그리 떨어지지는 않을 거야."

내 말에 푸르니에는 한 잔씩, 제법 신중하게 음미를 했다.

처음엔 순수하게 폴츠머 특산주를 자랑하는 마음에서 푸르니에에게 권한 것이지만, 녀석의 입맛에 맞아 제국으로 수출을 하게 되면 폴츠머 영지나 내가 하사받은 영지가 발전하는 데 상당한 도움이 될 거라는 생각 때문에 은근히 그의 대답이 궁금했다.

"엔젤키스라고 한 이 술은 술을 못 마시는 남자들이나 레이디들이 마시기 좋겠군. 그리고 이 나이트메어는 귀족들이 마시기엔 너무 독하고 거칠어. 나도 자네처럼 이 해피로드가 마음에 드는군. 뭐랄까? 기사나 전사들의 술이라고 할 수 있겠어. 조금 더 독해도 되겠지만 이대로도 나쁘지는 않아."

"장인어른이 들으면 좋아하시겠군."

"장인? 그새 결혼했어?"

"아니, 아직. 저번에 로안나를 본 적 있지?"

"아~ 그 아름다운 레이디."

"봄이 되면 결혼할 생각이야. 그러니 빨리 이번 일을 끝내고 돌아가야지."

"그래? 이거 미안해서 어떻게 하지? 형님 전하께 말해서 섭섭하지 않게 보답을 할게."

"그런 거 바라고 이야기한 거 아니야."

"그거야 내가 알지."

내 대답에 푸르니에는 상당히 미안하다는 표정을 지었다.

"주인님, 리치를 찾는 방법에 대해서 생각을 해봤는데… 차라리 흑마력의 기운을 찾아보는 것이 더 빠를 것 같은데…… 주인님 생각은 어떠신가요?"

"가능하시겠습니까?"

"잠시만 기다려 주세요."

발레리아가 잠시 눈을 감고 중얼거리자 그녀의 머리 위에 거대한 마법진이 모습을 드러냈고, 마법진의 중앙에서 얼마 전에 보았던 긴 뿔이 서서히 솟아나더니 그녀의 손에 잡혔다. 그녀의 중얼거림은 계속 이어졌고, 어느 순간부터 뿔이 진동을 하기 시작했다. 그리고는 북쪽 어딘가를 가리키는 것이었다.

"주인님, 이쪽 방향에 흑마법의 기운이 느껴지는 것 같아요."

"혹시 거리도 알 수 있겠습니까?"

"이 아티펙트를 사용하던 마법사와 같은 흑마력이 북쪽에 있는 것은 겨우 찾을 수 있지만 정확한 거리가 얼마나 되는지는 알 수 없어요. 죄송해요, 주인님."

"괜찮습니다. 그러니……."

"170킬로미터쯤 떨어진 곳이다."

한동안은 듣지 않아도 될 거라고 생각했던 플로네이서스의 음성이었다.

고개를 돌려보니 16, 7세쯤으로 보이는 소년의 모습을 하고 있는 플로네이서스와 노골적으로 못마땅한 표정을 짓고 있는 카르카스의 모습이 보였다.

"누구냐?"

푸르니에가 놀라 고함을 치며 검을 뽑아 들자 플로네이서스는 재미있는 장난감이라도 발견한 것처럼 눈빛을 빛냈다. 말썽은 사전에 차단시킬 필요가 있었다.

"이 덜떨어진 녀석은 뭐냐?"

"제국의 황자니까 괜히 장난칠 생각하지 마."

"팔팔한 걸 보니까 같이 놀면 꽤 재미있을 것 같은데… 그건 그렇고 뭔데 갑자기 그렇게 많은 흑마력을 뽑아 쓴 거냐? 깜짝 놀라서 왔잖아?"

"흑마력을 찾기 위해서예요."

발레리아의 대답을 듣던 플로네이서스는 갑자기 눈빛을 빛내더니 빛보다 더 빨리 움직여 발레리아의 손에서 기다란 뿔을 빼앗아 들었다.

"너, 이거 어디서 난 거냐?"

"어제 이번 사건을 일으킨 범인의 부하로 보이는 어떤 리치가 사용하던 것을 주인님께서 해치우고 저에게 주신 것이에요."

"흐흐흐. 증폭의 마창 테코라. 대마왕 발레키우스의 흔적을 이렇게 쉽게 찾다니… 대마왕의 길이 이렇게 가까워졌는데 사양한다면 그것도 무책임한 것이겠지? 대마왕이라, 대마왕… 푸하하하!"

손에 든 뿔을 보던 플로네이서스의 얼굴에는 보물을 발견한 듯 보이는 탐욕스러움과 기쁨, 환희가 어우러져 있었다. 하지만 솔직한 모습이기도 했다.

좋아하는 플로네이서스의 얼굴을 보면서 조금 전 그의 움직임을 조금도 눈치채지 못했다는 것이 마음에 걸렸다. 만약 그

같은 속도로 달려든다면 과연 막을 수 있을지 생각해 보니 온몸의 피가 싸늘하게 식는 것만 같았다.

"좋아. 괜찮은 물건을 얻은 기념으로 내가 그곳까지 데려다주지. 모두 준비해."

"잠깐. 난 잠깐 이곳에 있을 거야."

"뭐 때문에?"

"내가 그 이유까지 너에게 설명해야 하나?"

난 녀석들이 기다리든 말든 근처의 나무가 있는 곳으로 걸음을 옮겼다. 그리고는 대거를 뽑아 눈앞의 작은 잡목 하나를 쳐다봤다.

손을 쓰기 전 먼저 신경을 집중해서 잡목의 마나를 살폈다.

강렬하지도 않고, 또 작고 연약하지만 분명히 생명력을 느낄 수 있었다.

달마삼검의 묘리를 떠올리며 조심스럽게, 하지만 조금은 빠르게 대거를 휘둘렀다.

연약한 잡목은 당장 잘려 나갔다. 하긴 손가락 굵기 정도밖에 되지 않으니 힘을 쓸 이유도 없었다.

잘려 나간 잡목의 잘린 단면을 보면서 그곳에서 생명력을 느껴보았다.

비록 잘린 단면은 매끄러웠지만 잘린 나뭇가지의 생명력은 형편없이 흐트러져 있었다.

생명력이 멀쩡했을 때의 2할에도 미치지 못한다는 것을 깨닫고는 실망하지 않을 수 없었다. 물론 처음부터 만족할 만한 결과를 얻을 수 있을 거라고 생각은 하지 않았지만 이렇게 형편없을 줄은 몰랐다.

그러다 우연히 떠올린 것이 과거 살수의 검 가운데 최고, 최상의 검은 상대가 언제 죽은지도 모르는 사이에 상대의 목숨을 빼앗는 것이라 했다.

어떻게 죽는 사람이 자신이 죽는 것도 모를 수 있을까?

범인의 살인 수법이 너무나 빨라 살수인지 몰랐기 때문에? 아니면 무색무미무취의 독에 중독되었기 때문에? 그것도 아니라면 치명적인 급소를 공격했기 때문에?

지금까지 내가 도달했던 것과는 또 다른 경지가 있을 거란 생각에 난 그 자리를 떠날 수 없었다.

다시 달마삼검의 묘리를 떠올리며 이번엔 천천히 대거를 휘둘렀다.

이번엔 느린 속도 탓인지 잘린 단면도 거칠었고, 생명력 또한 형편없이 흐트러져 있었다.

몇 번이나 속도를 변화시켜 가며 잘라보았지만 나뭇가지에 남아 있는 생명력은 여전히 형편없었다.

"지금 뭐 하는 거냐?"

"연습."

"연습? 네가 무슨 연습이 필요하다고 연습을 하냐? 게다가 연습을 하려면 더 굵은 나무로 해야지, 그걸로 무슨 연습을 한다는 거야?"

푸르니에의 질문에 대답하기도 귀찮아 계속 나뭇가지를 자르는 연습을 했다. 그러다 우연히 나뭇가지의 밑동을 잘랐고, 잘린 나뭇가지가 여전히 이전과 같은 생명력을 가지는 것을 확인하고는 나도 모르게 동작을 멈추고 나뭇가지를 쳐다봤다.

잘린 단면은 이전과 마찬가지로 깨끗했다. 다만 잘린 부분이 이전처럼 나뭇가지의 중간 부분이 아니라 밑동에 가까운 것이 이전과 달랐다. 이전의 동작을 떠올리며 나무의 밑동을 잘라보았다. 잘린 단면은 비슷해 보였지만 잘린 나무에 남아 있는 생명력은 절반도 되지 않아 보였다.

달랐다. 정확하게 무엇이 어떻게 다르기 때문에 생명력이 차이를 보이는지는 아직 모르겠지만 하여간 차이가 분명하게 있었다.

주위 사람들은 까맣게 잊어버린 채 잘린 두 개의 나뭇가지와 멀쩡하게 지면에 뿌리를 박고 있는 나무를 번갈아 쳐다보며 그 차이점을 찾기 위해 안간힘을 썼다. 기감을 확대시키는 것이 아니라 최대한 집중시켜 나무들을 살펴보니, 생명력이라는 것이 나무 전체에 퍼져 있긴 하지만 그래도 집중되어 있는 곳을 찾을 수 있었다.

신기한 생각에 주위 사람들을 살펴보니 푸르니에와 제자 녀석들은 심장에, 카르카스란 녀석은 드래곤 하튼지 뭔지 하는 곳에 집중적으로 생명력이 몰려 있는 것을 확인할 수 있었다. 생명력은 마나와도 분명히 구별되는 힘이었다.

생명력이 심장이나 드래곤 하트에 집중되어 있는 인간과 드래곤과는 달리 플로네이서스와 발레리아는 특별히 집중된 곳을 찾을 수 없었다. 혹시 다른 존재들과는 달리 흑마력이 그들의 생명력이 아닐까 하는 생각에 다시 한 번 기감을 집중시켰지만 뭉쳐 있는 곳은 여전히 보이지 않았다.

둘의 한 가지 다른 점은 발레리아 몸의 흑마력은 컵 속의 물처럼 움직임이 없는 대신 플로네이서스 몸속의 흑마력은 시냇물처럼 끊임없이 움직이고 있었다.

다시금 눈을 돌려 나무를 보니 뿌리 쪽에 생명력이 집중적으로 몰려 있었는데, 아직까지 생명력이 줄어들지 않고 있었다.

집중하고 집중해 생명력이 집중된 곳과 잘린 단면을 살펴봤다. 그러다 생명력이 집중된 곳에서 대기 중으로 빠져나가는 대맥이 막혀 있는 것을 발견했다.

그래서일까?

물론 아주 미세하게, 그리고 서서히 생명력이 빠져나가고는 있었지만 그래도 아까 자른 것의 상태와 비교하면 싱싱하다고 표현할 수 있을 정도였다.

잠시 생각을 하던 난 발레리아에게 부탁을 했다.

"레이디 발레리아, 저번처럼 스펙터 한 마리만 부탁드릴 수 있을까요?"

내 부탁에 발레리아는 두말도 않고 스펙터를 소환했다.

어느새 어두워진 밤하늘에 둥둥 떠 있는 어떤 존재를 느낄 수 있었다. 이전처럼 소환된 장소 근처에서 어슬렁거리던 스펙터는 우리 일행을 발견하고는 잠시 머뭇거렸다.

아마 플로네이서스의 존재를 느꼈기 때문이 아닐까 짐작되었다.

내가 구환도를 뽑아 앞으로 나서자 날 발견한 스펙터는 곧장 내게로 다가왔다.

구환도를 휘두를 준비를 한 내게 스펙터가 달려들자 난 간결하게 구환도를 휘둘렀다.

형체가 없기 때문인지 구환도에 걸리는 것은 아무것도 없었다. 하지만 구환도를 통해 뭔가가 빠져나가는 것은 분명히 느낄 수 있었다.

아무런 타격도 받지 않은 어제와는 달리 움찔하며 뒤로 물러서는 것을 확실히 느낄 수 있었다.

"스펙터가 꽤 큰 타격을 받았어요. 하지만……."

더 이상 말을 듣지 않아도 이미 알고 있었다.

비록 스펙터를 물러서게 만들긴 했지만 결코 상대를 제거하지는 못했다는 걸 말이다.

더욱이 스펙터가 상처를 입었는지 아닌지조차 알 수 없었다. 다만 기세가 조금 약해진 것을 보면 상처를 입지 않았을까 짐작만 할 뿐이었다. 그래서 다시 한 번 기감으로 스펙터를 살폈다. 스펙터 역시 발레리아처럼 흑마력의 이동은 감지되지 않았다.

발레리아에 비하면 무척이나 엷게 편 흑마력 덩어리처럼 느껴졌다.

구환도만 휘두르면 금방이라도 잘라 버릴 수 있을 것 같은데…….

현재 내가 가진 힘으로는 죽일 수 없다는 것을 다시 한 번 확인한 셈이었다.

그래도 전혀 타격을 줄 수 없었던 이전과는 달리 조금이나마 타격을 줄 수 있다는 것을 알게 되었으니 다행이라면 다행이었다.

대자연의 마나가 모든 생명체들의 근간이 되는 것은 사실이지만 생명력과는 분명히 구분되는 힘이었다.

뭐라고 해야 할까? 마나 이전에 폭발할 듯 잔뜩 웅크리고 있는 힘이라고나 할까?

시급한 것은 생명력을 마나처럼 모아야 한다는 것이었다. 하지만 과연 생명력을 모은다는 것이 가능할 것인가에 대해서는 자신이 없었다.

생명력을 모을 방법을 찾다 과거 전생의 부모님이 훔쳤던 비급 가운데 마공 하나가 기억났다. 목령마공(木靈魔功)은 채음보양과 비슷하게 상대와의 접촉을 통해 상대의 기운을 흡입하는 것이었는데, 상대의 공력뿐만이 아니라 생명력까지 탈취하는 것으로 악명을 날렸던 마공이었다.

구결의 내용을 몇 번이나 되뇌고서야 기운을 흡입하는 묘리를 알 수 있었다.

지그시 눈을 감은 채 양손을 앞으로 뻗어 양 손바닥을 활짝 폈다. 그리고는 구결대로 기운을 흡입해 단전으로 보내봤다. 그러자 마나와는 다른 싱그러운 기운이 손바닥을 통해 들어오는 것이 느껴졌다.

지금까지 해왔던 대로 나도 모르게 단전으로 그 기운을 보냈다.

잠시 마나와 섞이는 듯 보이던 그 기운은 곧 마나와 반발하더니 전신 모공을 통해 밖으로 빠져나가려는 듯 급속하게 전신으로 퍼져 나갔다. 해서 재빨리 전신 모공을 닫았다. 그러자 갈 곳 없는 방랑자처럼 온몸을 돌아다니던 기운은 심장에 잠시 모이는가 싶더니 곧 다시 이동하다 결국 머리에서 모이기 시작했다.

다시 한 번 깊게 그 기운을 빨아들였더니 역시 마나와는 일부만 섞였고, 나머지는 모두 머리로 이동을 하더니 이전의 기운과 합쳐 하나가 되었다. 그래 봐야 먼지만큼이나 작은 크기였지만 일단 그것을 마나처럼 움직여 대거로 밀어 넣었고, 그러자마자 아직까지 허공을 떠돌고 있던 스펙터를 향해 던졌다.

"끼이익!"

삐걱거리는 문에서 들릴 법한 날카로운 소리 같은 것이 밤하늘에 울려 퍼지며 스펙터의 몸에 커다란 구멍이 뚫렸다. 그리고 구멍이 뚫린 곳에서 흘러나온 흑마력이 대기 중으로 흩어지는 것을 똑똑히 느낄 수 있었다.

이 기분을 뭐라고 표현해야 좋을까?

가슴속 깊은 곳에서 오랫동안 막혀 있던 것이 뻥 뚫리는 것 같은 쾌감이 느껴졌다.

그리고 보니 어느샌가 날은 어두워져 있었고, 일행은 잠자리에 들었다가 스펙터가 지른 단말마의 비명소리 때문에 잠이 깼는지 나만 쳐다보고 있었다.

형편없이 약해진 스펙터의 소환을 해제시킨 발레리아가 날 쳐다보더니 목례를 했다.

"드디어 방법을 찾으셨군요. 축하드려요, 주인님."

"아닙니다, 레이디 발레리아. 이제 겨우 길을 찾았을 뿐입니다. 아직 갈 길이 멉니다."

"어떻게 엥게로슨의 프리스트들이 사용하는 신성력과 비슷한 힘을 사용할 수 있는 거지? 혹시 신성력을 가진 아티펙트라도 가지고 있는 거냐?"

카르카스의 불신에 찬 말에 난 내 생각이 맞았다는 것을 깨달을 수 있었다.

플로네이서스가 날 쳐다보는 눈초리가 조금 묘했지만 모른 척 무시해 버렸다.

"별일 없으니까 모두들 그만 자. 난 조금 있다 잘 테니까."

남들이야 자든 말든 난 다시 생명의 기운을 빨아들이기에 여념이 없었다.

물론 다량의 마나가 함께 섞여 들어오긴 했지만 이미 내 몸은 더 이상의 마나를 받아들일 수 없을 정도로 최적화된 상태이기 때문에 들어온 마나는 다시 몸 밖으로 빠져나갔다.

대자연의 생명력은 머리에 축적이 되기를 반복했다.

솔직히 나 정도의 마나를 가진 사람에 대한 이야기를 들어본 적이 없기 때문에 더 이상 마나를 축적하는 방법은 알 수 없었다. 다만 육체가 거부하지 않는 범위 내에서의 최대한으로 받아들이는 것이 고작이었다. 하지만 생명력을 받아들이는 것에 대해서는 더더욱 알고 있는 사람도 없었고, 나 역시 전해 들은 이야기가 전혀 없는 상태라 어떻게 해야 하는지 고민이 될 수밖에 없었다.

그래도 생명력이 내 의지대로 움직여 주었기에 약간은 안심을 할 수 있었지만 과연 뇌(腦)단전이라는 것이 존재하긴 하는 것인지, 그리고 그곳에 이 기운을 모아도 이상은 없는 것인지, 또 얼마나 모을 수 있는 것인지 전혀 짐작이 가지 않았다.

일단은 할 수 있는 데까지 해보는 수밖에 없었다.

생명력—솔직히 말해 그렇다고 짐작을 하지만 정확하게 그것이 맞는지 자신할 수는 없었다—을 모으는 데 집중하다 보니 시간이 얼마나 흘렀는지도 모를 정도였다.

눈을 떠보니 푸르니에가 앞에서 날 쳐다보고 있었다.

"정신이 들어?"

느닷없는 말에 내가 영문을 모르겠다는 표정을 짓자 푸르니에가 재빨리 말을 이었다.

"너 지금 며칠 만에 눈을 뜬 건지 알고나 있는 거야?"

"무슨 소리야?"

정신을 차리고 보니 어느새 날이 훤하게 밝아 있었다.

주위를 둘러보니 발레리아나 일행은 물론 플로네이서스와 카르카스도 날 주시하고 있었는데, 눈치를 보니 계속 날 지켜본 것 같았다. 뿐만 아니라 다른 사람들도 날 쳐다보고 있어 그 어색함 때문에 나도 모르게 딴 소리를 하게 됐다.

"먼 길을 가야 할 것 같으니까 운공을 해두도록 해."

내 말에 제우비스와 트렉슨은 운공을 시작했지만 푸르니에는 멀뚱멀뚱 두 사람과 내 얼굴을 쳐다볼 뿐이었다. 하지만 오늘 이동할 거리를 생각해 보면 어쩔 수가 없었다.

푸르니에를 앞에 앉히고 강제로 마나를 순환시켜 약간의 마나를 보충해 주었다.

눈을 뜬 푸르니에는 상태가 변한 자신의 몸이 무척 신기한 듯 곳곳을 살펴봤다.

그러는 사이 제우비스와 트렉슨도 운공을 마쳤다.

그런 세 사람을 카르카스가 유심히 쳐다보는 반면 플로네이서스는 드러누운 채 주위를 둘러보고 있었다.

"어떻게 인간이 마나를 임의적으로 흡입하고 움직이는 것이 가능한 거지?"

우리를 유심히 쳐다보고 있던 카르카스는 도저히 자신의 눈을 믿을 수 없다는 듯 내게 질문을 던졌다. 하지만 내 입에서 순순한 대답이 나올 리 있겠는가?

"네가 우습고 하찮게 여겼던 인간이 자신의 뜻대로 마나를 흡입하고 움직이고 모을 수 있다니… 왜 믿을 수 없나?"

도발적인 내 말을 카르카스가 가만히 참고 있을 리 만무했다.

"뭐라고? 이 미천하기 짝이 없는 미물이 감히 누구에게……."

"까불지 마라. 네가 본체로 돌아간다면 모르겠지만 지금 상태라면 넌 나한테 죽어. 그 정도 나이를 먹었으면 화가 난다고 함부로 지껄이면 안 된다는 것을 모르나? 그래도 화를 내고 싶다면 화를 내. 차후의 일은 내가 책임지지 못해. 설사 내가 죽더라도 네가 손톱만큼의 상처라도 입으면 아마 제일 좋아할 것은 플로네이서스일걸. 그래도 상관없다면 어디 다시 한 번 지껄여 봐."

대답을 마치면서 극한으로 마나를 끌어올리자 주위로 뿜어진 마나가 요동쳤고, 그 때문에 사람들은 맥없이 뒤로 밀려났다. 하지만 그런 모습은 눈에 들어오지도 않았다.

얼굴이 시뻘게진 카르카스가 막 발작하려는 모습을 보였지만 무엇 때문인지 전혀 겁이 나지 않았다. 무기를 뽑을 필요도 없었다. 일반적인 무기가 통할 상대가 아니라는 것쯤은 나도 이미 알고 있었다.

마법처럼 대량 살상은 불가능하겠지만 소수의 적에게 강력한 타격을 주는 것쯤은 현재의 나에게도 충분히 가능한 일이었다.

상처를 주는 것이 쉽지는 않겠지만 지속적인 공격을 퍼붓는다면 상처 정도는 입힐 수 있지 않을까 하는 것이 내 생각이었다. 그렇기에 비록 그 상대가 지상에서는 적수가 없다고 알려진 드래곤이라고 하더라도 어느 정도까지는 상대가 가능할 거라고 생각했다.

분노를 참지 못하는 카르카스와 그런 그를 태연히 쳐다보고 있는 나.

호기심 가득한 표정으로 그 광경을 지켜보고 있는 플로네이서스는 여전히 방관자 입장이었지만 어느새인가 발레리아와 제우비스, 그리고 트렉슨은 각자의 무기를 뽑아 든 채 내 뒤에 서 있었다.

다만 상대의 정체를 모르는 푸르니에만이 카르카스를 쳐다보며 어리둥절한 표정을 감추지 못하고 있었다.

"푸르니에, 앞으로 다시 만나기 어려울지도 모르니 인사라도 해둬라. 골드 족에서 제일 나이를 먹은 드래곤 카르카스다."

"뭐! 드, 드래곤? 그것도 골드 드래곤이라고?"

내 말에 소스라치게 놀라던 푸르니에는 카르카스와 날 번갈아 쳐다보다가 황급히 옷매무새를 다듬더니 카르카스를 향해 정중하게 인사했다.

"위대하신 존재께 라크로스 제국의 황자인 푸르니에 폰 라크로스가 인사드립니다. 이렇게 인사를 드리게 되어 무한한 영광입니다."

"제국의 황자라고?"

"그렇습니다, 카르카스시여!"

대답을 하면서 천천히 내 쪽으로 다가온 푸르니에는 허리춤에서 롱 소드를 뽑아서는 가슴 앞에 세웠다. 그 모습에 카르카스는 어이없다는 표정을 감추지 못했다.

"지금 그 모습은 나에게 대항을 하겠다는 뜻이냐?"

"인간들이 드래곤에게 위대하다고 표현하며 어려워하는 것은 그들이 가진 어마어마한 힘 때문이기도 하지만 그보단 오랜 세월을 살아오면서 쌓아온 드래곤들의 경험과 지혜 때문입니다. 하지만 그런 존재가 인간에게 이유없이 적대감을 드러낸다면 설사 힘이 없다고 하더라도 그냥 당할 수만은 없는 일 아니겠습니까? 해서 제 친구를 돕기 위해 당신에게 검을 겨눈 것입니다."

"나의 마법 한 방이면 너희들은 모래보다 더 작은 가루가 될 것임을 알면서도 내게 대항하겠단 말이냐?"

"제가 드릴 말씀은 이미 다 드렸습니다. 비록 인간이 미약하고 힘도 없는 존재이기는 하지만 언제든 자신과 관계있는 사람을 돕기 위해서는 적을 향해 검을 겨눕니다. 그리고 그건 저 역시 마찬가집니다."

금방이라도 폭발할 듯 보였던 카르카스가 어느새 평정을 찾았는지 무표정한 얼굴을 하고 있었다. 비록 우리 쪽을 쳐다보고 있긴 했지만 뭔가를 생각하는 눈치였다.

굳이 도발하지 않는 상대를 자극할 필요는 없다는 생각에 제우비스와 트렉슨을 쳐다봤지만 긴장한 기색은 보여도 피곤한 기색은 보이지 않았기에 그냥 출발하기로 했다.

"레이디 발레리아, 저 때문에 지체되었습니다. 어제 말씀하셨던 곳으로 지금 이동하는 것은 어떻겠습니까?"

"알겠습니다, 주인님. 제가 먼저 갈 테니 절 따라오시면 됩니다."

말을 마친 발레리아는 허공에서 약간 뜬 채로 이동을 했고, 나와 일행은 그 뒤를 따라 빠르게 이동했다.

이동하면서 푸르니에게 경공에 대해서 자세히 설명해 주고 시범도 곁들였다.

소드 마스터이긴 해도 오러 블레이드를 만들 때를 제외하곤 한 번도 다른 방법으로 마나를 활용해 보지 않았으니, 경공에 대해서도 상세하게 설명을 해주는 수밖에 없었다.

그래도 나름 자질은 있었는지 곧잘 따라 했다.

우리가 그곳을 떠난 지 얼마 되지 않아 플로네이서스가 우리를 따라왔는데, 어느새 젊은 여자로 변신해 있었다.

생글생글 웃는 모습이 얼마나 얄미워 보이던지…….

그런 플로네이서스 뒤로 카르카스가 플라이 마법으로 따라오고 있었다.

그렇게 우리는 북쪽을 향해 이동했다.

간혹 푸르니에의 자세를 고쳐 주거나 도움이 될 만한 이야기를 해줄 때를 제외하곤 일행은 목적지에 도착할 때까지 말 한마디도 나누지 않았다.

전혀 어울리지 않는 일행은 거의 하루를 꼬박 달려서야 목적지에 도착할 수 있었다.

Chapter 5
암흑의 망토 브뢰엄

The Duel of Master
마스터 대전

$\boxed{1}$

발레리아가 지적한 곳에 도착하고 보니 역시나 며칠 전 만 났던 리치의 거처처럼 나무는 물론 풀포기 하나 자라지 않는 황 무지였다. 유일하게 다른 점은 예전에는 돌산 정상이었지만 지 금은 토굴이었다는 것뿐이다.

마법 트랩 때문이었는지 아니면, 본인의 능력 때문이었는지 땅거미가 질 무렵 비교적 젊어 보이는 마법사 복장의 청년이 모 습을 드러냈다.

청년은 나타나자마자 일행 가운데 정확하게 플로네이서스에 게 인사를 했다.

"아홉 하늘의 주인이신 플로네이서스님에게 네기사가 인사 를 올립니다."

청년의 정중한 인사에 플로네이서스는 그를 유심히 쳐다보고는 곧 고개를 끄덕였다.

"넌 막심 라벡스의 종이구나."

"그렇사옵니다, 마왕이시여!"

"알았다. 오늘 벌어질 일에 대해서 난 개입하지 않을 테니 네 마음대로 해보거라."

"감사하옵니다, 마왕 플로네이서스여."

플로네이서스에게 인사를 할 때까지만 하더라도 예의가 깍듯해 보이던 청년—그래 봐야 30대였다—네기사가 고개를 돌려 우리를 쳐다보는 순간 눈동자부터 검게 변하기 시작하더니 순식간에 몸 전체가 검게 변했다. 그와 동시에 우리에게 손을 내미는 순간 상당한 양의 흑마력이 뿜어져 나왔다.

"다크 캐논!"

쾅!

시동어를 외치는 순간 검은색의 흑마력 덩어리가 날아왔고, 지면과 부딪쳐 상당히 강력한 폭발을 일으켰다.

그것만 봐도 네기사가 며칠 전 리치보다 실력이 나은 자임을 쉽게 알 수 있었다.

발레리아는 날아올랐고, 우리 넷은 사방으로 이동해 네기사의 공격을 피했다.

피함과 동시에 은밀하게 오러 샷을 네기사에게 날렸다.

오러 샷의 존재를 느꼈기 때문일까?

일행에게 재차 공격을 하려던 네기사가 흠칫 놀라는 순간 정면에서 폭발했다.

쾅!

꽤 강한 폭발이었기에 이번에도 손쉽게 사로잡을 수 있을지 모른다고 기대했지만, 드러난 결과는 전혀 예상 밖이었다.

손으로 폭발의 피해를 막았는지 오른팔만 산산조각 났을 뿐 다른 곳은 멀쩡했다. 또한 아무런 통증도 느끼지 않는지 표정에는 아무런 변화도 없었다. 그저 네기사가 잘린 팔을 다시 쳐다보자 잘린 부분에서 뭔가가 솟아나더니 새롭게 팔로 변하기 시작했다.

변한 것은 가루가 된 겉옷밖에 없었다.

확실히 저번 리치보다도 윗줄의 실력을 가지고 있었다.

그가 리치인지 아닌지는 알 수 없었지만 어설픈 방법으로는 상대할 수 없을 듯했다.

그를 향해 달려가자 갑자기 지면이 출렁거려 멈칫했더니 족히 4미터는 훨씬 넘을 듯한 흙덩이 셋이 솟구쳤다. 흙과 자갈이 섞인 골렘이었다.

골렘들은 모습을 드러내자마자 나와 일행에게 달려들었다.

네기사의 명령을 받은 것인지 하나는 일행을 향했지만, 둘은 나에게 달려들었다. 하지만 이전의 돌 골렘과 마찬가지로 속도는 형편없이 느렸다.

두 골렘 사이를 빠져나가 흑마법사 청년에게로 달려들었다.

그때 위급한 상황에서 네기사가 보인 동작은 일반인들과 다를 것이 없었다.

5미터 내로 접근하자마자 수십 개의 오러 샷을 날렸다.

조금 전보다 거리도 더 가까웠고, 더 빠르게 오러 샷을 날렸기에 공격이 성공할 것은 믿어 의심치 않았다. 그러나 내 공격에 네기사가 보인 반응은 그저 걸치고 있던 망토를 끌어 올려 전신을 가렸을 뿐이다.

쾅! 쾅! 쾅!

요란한 폭발음과 주위로 전해진 충격파 때문에 흙먼지가 자욱하게 일어났지만 그 속에서 느껴지는 네기사의 존재감은 여전했다. 아니, 이전보다 급속하게 커졌다.

뿐만 아니라 그렇지 않아도 자욱하게 일어난 흙먼지 때문에 어두워진 주위에 언제부턴가 짙은 검은색의 암흑이 깔리기 시작했다. 나야 기감으로 상대의 위치나 존재를 느낄 수 있었기 때문에 상관없었지만 푸르니에와 두 제자 녀석들은 갑자기 주위가 어두워져 시야가 제한되자 상당히 당황해했을 것이 분명했다.

뭔가가 어둠 속에서 빠르게 날아왔다.

기감을 극한으로 넓혔음에도 불구하고 네기사의 공격을 느낀 것은 겨우 몇 미터 앞이었다. 호신강기를 펼치며 몸을 피하려던 난 주위의 압력이 급격하게 높아져 몸놀림이 상당히 둔해졌다는 것을 깨달을 수 있었다.

마나를 끌어올려 간발의 차로 상대의 공격을 피한 난 공격이 날아온 쪽을 향해 오러 샷을 날렸다. 하지만 네기사가 공격을 피한 것인지, 아니면 엉뚱한 곳으로 날아간 것인지 폭발음이 전혀 들리지 않았다.

오러 샷은 내 통제하에 있기 때문에 다시 회수할 수가 있음에도 어느 정도 날아가자 마치 늪에 빠진 돌처럼 존재를 느낄 수 없었다.

이 황당한 사태에 당황하면서도 난 마나를 끌어올려 홀뢰보의 묘리대로 이리저리 빠르게 몸을 이동시키면서 동료들의 존재를 찾았다. 하지만 어떻게 된 일인지 그들의 존재감 역시 전혀 느낄 수 없었다.

모든 것이 네기사의 농간이 분명했지만 그것이 그의 능력인지, 아니면 그가 가진 아티펙트의 힘인지는 알 수 없었다. 그리고 현재로서는 이 암흑을 없앨 능력이 없으니 어떻게든 그에게 접근할 틈을 노리는 수밖에 없었다.

그런 생각을 하는 동안에도 갖가지 마법이 내게 날아들었다.

마법 공격이 날아오는 속도도 점점 빨라졌을 뿐 아니라 공격의 영향권 또한 넓었기 때문에 피하는 것만 해도 쉬운 일이 아니었다. 동료들의 안전도 걱정이 되었지만 일단은 내가 미끼가되어 네기사의 이목을 끄는 수밖에 없었다.

휘리리릭!

바람으로 이뤄진 수십 개의 칼날이 어둠을 난자하며 날아왔다.

일부는 회피로, 나머지는 호신강기로 막는 수밖에 없었다.

번쩍!

분명 섬광도 일었고, 폭발 지점에서 전해진 충격파도 느낄 수 있었지만 어떻게 된 일인지 소리는 전혀 들리지 않았다. 소리없는 폭발이 이어지는 동안 난 마법의 궤적을 역추적해 드디어 네기사의 위치를 파악하는 데 성공했다.

재차 많은 수의 마법이 날아드는 것을 느끼며 난 내가 낼 수 있는 최대한의 속도로 몸을 움직여 네기사에게로 접근해 손을 뻗었다. 그리고 뭔가가 손에 잡히자마자 그대로 휘감으며 내 체중까지 실어 지면에 패대기쳤다.

쿵!

쓰러진 녀석의 가슴에 올라타 녀석의 얼굴을, 특히 입과 목으로 짐작되는 곳을 향해 사정없이 주먹을 휘둘렀다.

퍽! 퍽!

오러로 감싼 주먹을 통해 달걀 껍질처럼 뭔가가 부서지는 것이 느껴졌다. 동시에 네기사의 몸이 굳어지더니 꼼짝도 하지 않았다.

상대를 별다른 피해 없이 제압하려면 지금밖에 없다는 생각에 극음지기로 몸속부터 완전히 얼려 버렸다(특히 마법을 발휘하지 못하도록 얼굴과 목을 집중적으로 얼렸다). 하지만 그럼에도 불구하고 주위에 드리워진 어둠은 조금도 걷히지 않았다.

어쩔 수 없이 꽁꽁 얼은 네기사를 둘러멘 채 어둠을 벗어나기 위해 어둠이 드리워지기 전의 지형지물을 떠올리며 비교적 평탄한 곳을 향해 몸을 날렸다.

한 번의 도약으로 수십 미터는 더 이동할 수 있는 내가 벌써 몇 분이나 몸을 날렸음에도 불구하고 주위는 여전히 어둠뿐이었다.

이때만큼은 나도 당황할 수밖에 없었다.

더욱 속도를 높여봤지만 마치 진(陣)에 갇히기라도 한 것처럼 어둠에서 조금도 벗어날 수 없었다. 진정해야 한다는 생각을 하면서 먼저 걸음을 멈추고 오러 샷을 만들어 날려보았다.

수백 미터를 넘어 거의 2킬로미터 이상을 날아갔지만 역시나 어둠에서 벗어날 수는 없었다. 만약 내가 어깨에 메고 있는 네 기사의 무게감을 느끼지 못했더라면 뭐에 홀린 것이 아닐까 고민했을 정도로 혼란스러운 상황이었다.

살아오면서 이때만큼 당황스럽고 막막했던 적이 없었다.

일단 녀석을 내려놓고 그 앞에 가부좌를 틀고 앉아 흥분한 마음부터 진정시켰다. 그리고는 기감을 극한까지 넓혀보았다.

그러던 중 언젠가 스톤힐에서 경험했던 것처럼 갑자기 갑갑했던 곳으로부터 빠져나와 허공으로 떠오르는 것이 느껴졌다.

다시 한 번 경험해 보니 내 영혼이 육체를 빠져나온 것이 확실히 느껴졌다. 그러나 자유롭던 이전과는 달리 날 억누르는 듯한 암흑의 기운 때문에 답답함을 떨쳐 버릴 수 없었다.

일행의 기를 찾으려 했지만 찾을 수 없어 황당한 생각밖에 들지 않았다. 황당함은 곧 분노로 바뀌었다.

갑자기 치민 극도의 분노에 마나를 끌어올려 날 가두고 있는 어둠을 향해 오러 블레이드를 만들어 휘두르려고 했다. 하지만 만들어진 것은 이전과는 다른 오러 블레이드가 만들어졌고, 그 오러 블레이드에는 마나가 대부분이었지만 머리로부터 나온 힘도 섞여 있었다.

진한 녹색이던 이전까지와는 달리 밝은 흰색의 오러 블레이드가 휘둘러진 순간 거짓말처럼 어둠이 갈라지며, 비록 아주 잠깐이긴 했지만 주변 풍경이 환상처럼 보였다 곧 사라졌다.

믿을 수 없는 광경에 잠시 내 눈을 의심하다 다시 한 번 오러 블레이드를 만들려고 했지만 가지고 있던 기운의 부족으로 더 이상은 만들 수 없었다.

다른 곳으로 이동할 수도 없고, 이 악몽 같은 어둠을 물리칠 방법도 당장은 없으니 일단은 몸으로 돌아갈 수밖에 없었다. 다시 육신으로 돌아간 난 만약을 위해 재차 네기사의 목과 사지를 자른 후 통째로 얼렸다. 그러다 네기사가 걸치고 있던 망토가 멀쩡한 것을 보고 그것 역시 찢어버리려 했지만 재질이 뭔지 도무지 찢겨지지 않았다.

약간 뻣뻣한 것으로, 도무지 어떤 짐승의 가죽인지 알 수 없었다.

그렇게 잠시 망토를 살펴보고 있을 때 갑자기 뒤쪽에서 강한 빛이 쏟아졌다.

재빨리 돌아서 오러 샷을 만들어 혹시 있을지도 모르는 기습에 대비했다.

눈부신 빛과 함께 모습을 드러낸 이는 플로네이서스와 카르카스였다.

그들을 중심으로 짙게 드리워졌던 어둠이 빠르게 걷히기 시작했고, 답답하게 나를 짓눌렀던 괴상한 힘도 곧 감쪽같이 사라졌다.

뭐가 그렇게 못마땅한지 잔뜩 표정을 굳히고 있는 카르카스와는 달리 플로네이서스는 곧장 내게 다가와서는 망토를 집어 들었다. 그리고는 미친 듯이 웃기 시작했다.

"크하하하!"

어둠이 완전히 사라지자 주위에 흩어져 있던 일행이 내게로 달려오다 미친 듯이 웃고 있는 플로네이서스의 모습을 보곤 찜찜한 표정을 감추지 못했다.

"골렘은?"

"암흑의 결계가 걷히자마자 사라졌습니다."

"다친 사람은?"

"레이디 발레리아께서 도와주셔서 다친 사람은 없습니다."

"다행이군. 레이디 발레리아, 다시 부탁 좀 드리겠습니다."

"프리즈!"

발레리아의 시동어가 끝나자마자 주위의 마나가 모여들더니 네 기사의 잘린 머리와 팔다리, 몸뚱이를 통째로 얼려 큼직한 얼음 덩어리로 만들었다.

얼음 속에서 눈동자를 굴리는 청년의 모습을 보며 확실히 인간이 아니라는 생각이 들었지만, 이미 리치가 된 발레리아가 함께 있었기 때문에 말을 조심할 수밖에 없었다.

"이곳의 일이 대충 마무리되었으니 이만 돌아가자."

"잠깐."

"뭐냐?"

미친놈처럼 웃고 있던 플로네이서스가 갑자기 날 불러 세웠다.

"내가 왜 이렇게 웃고 있는지 궁금하지 않느냐?"

"전혀 안 궁금해."

퉁명스러운 내 대답에도 플로네이서스는 자신이 할 말만 했다.

"이 망토 때문이다. 이 망토는 암흑의 결계를 칠 수 있는 브뢰엄이란 마계의 아티펙트인데, 마계에서조차 이 사실을 아는 마족이 드물 정도로 귀한 것이지. 나도 우연하게 이런 사실을 알게 된 것이지만, 브뢰엄이 가진 힘은 단순히 어둠의 결계를 치는 것만이 아니다. 결계 안에 잡힌 존재의 힘을 빨아들이는 것은 물론 그의 능력마저 복제할 수 있지. 만약 저 멍청한 자식이 이 브뢰엄의 능력을 제대로 알고 암흑의 결계를 펼쳤다면 네가 아무리 인간 가운데 최강의 존재니 뭐니 떠들어도 속수무책으로 모든 힘을 빼앗긴 채 목숨을 잃었을 것이다."

"좋은 물건을 얻은 모양이군."

내가 별것 아닌 것처럼 이야기하자 희희낙락하고 있는 플로네이서스보다 곁에 있던 카르카스가 오히려 더 광분했다.

"넌 플로네이서스가 왜 이렇게 좋아하는 줄 아느냐? 바로 대마왕이 될 수 있기 때문이다. 그럼 대마왕이 뭔지는 알고 있는 거냐? 마계의 모든 것을 다스리는 존재, 마신이 되기 바로 직전의 존재가 바로 대마왕이란 말이다. 이 지상계의 모든 생명체의 안전을 위해서 대마왕의 힘을 줄이지는 못한다 하더라도 마계의 아티펙트까지 그냥 순순히 넘겨줘? 너 정신이 있는 놈이냐?"

광분해 날뛰는 카르카스의 모습을 보면서 난 내가 그에게 비난을 들어야 할 정도로 뭘 잘못했나를 생각해 보았지만 뭐가 잘못인지 이해가 되지 않았다. 대꾸를 했다가 또 결론도 나지 않는 일로 귀찮게 떠들고 싶은 생각이 없기에 모른 척했지만.

그런 내 모습이 보기 안 좋았던지 곁에 있던 발레리아가 나섰다.

"카르카스님, 묻고 싶은 것이 있어요."

"뭐냐?"

"만약 주인님이 카르카스님의 물건을 가지고 있다면 어떻게 하시겠어요?"

"한낱 인간 따위가 감히 내 물건을 가지고 있다는 것이 말이
된다고 생각하나?"

"그럼 다시 물을게요. 만약 플로네이서스님께서 브뢰엄을 가
지고 있었는데 카르카스님께서 그 물건을 말도 없이 가지고 가
셨다면 어떻게 되었을까요?"

잠시 생각하는 척하더니 곧 대답했다.

"보나마나 날 죽이려고 하겠지."

"그럼 다시 한 번 말해보죠. 인간쯤은 우습게 여기는 카르카
스님을 서슴지 않고 죽일 정도의 힘과 능력을 가진 플로네이서
스님께서 카르카스님이 순순히 도망치게 그냥 두셨을까요? 중
간계 최강의 존재라는 드래곤조차 간단히 죽일 수 있는 힘을 가
진 플로네이서스님이 가지고자 한 물건을 주인님께서 정말 막
을 수 있다고 생각하시나요?"

발레리아가 조목조목 이유를 대며 따지자 카르카스는 기가
막힌 듯이 그녀를 쳐다봤다. 이번엔 내가 그녀를 거들었다.

"그냥 가만히 있으려고 했는데 안 되겠군. 한마디만 하지. 따
지려면 이 따위 물건을 만들어낸 놈을 찾아가 따지든지 죽이든
지 하지, 왜 그 잘못을 내게 따져? 그리고 넌 플로네이서스가 대
마왕이 되면 마계와 중간계의 경계가 무너뜨릴 거라고 했는데,
하찮은 인간이 왜 그런 일까지 신경 써야 하는데? 세계의 평화
는 너희들 드래곤하고 잘난 신이나 신경 쓰라고 해. 난 인간들
이 저지른 일을 처리하는 것만 해도 힘들고 벅차니까."

내가 몸을 돌리자 곁에 있던 발레리아가 흑마법사 청년이

얼어붙은 얼음 덩어리를 아공간에 집어넣고는 내 뒤를 따랐다.

"갈 길이 제법 머니까 빨리 움직여야 할 거야."

나와 발레리아가 앞장을 섰고, 다른 녀석들은 우릴 따라왔다.

일행 가운데 경공이 가장 떨어지는 푸르니에의 속도에 맞춰 이동하다 보니 속도가 그리 빠르지는 않았지만 그래도 대략 전마가 달리는 속도만큼은 되었다.

가르쳐 준 경공의 묘리를 어느 정도 깨우쳤는지 조금씩이지만 속도가 점점 빨라지고 있었다. 하지만 거의 저녁 무렵이 되어서야 우리는 야영 준비를 하던 황태자 일행과 마주할 수 있었다.

푸르니에가 황태자를 만나러 간 사이 우린 근처 풀밭에서 휴식을 취했다.

근처의 생명력을 끌어모으고 있는 동안 황태자를 만나러 갔던 푸르니에가 돌아왔다. 하지만 내가 생명력을 모으고 있는 것을 보고는 근처에 앉았다. 그렇지만 그렇지 않은 사람도 있었다. 내가 모으고 있는 생명력과 비슷한 기운을 가진 자들이 다가오는 것이 느껴졌다. 기운이 가지고 있는 독특한 특성 때문에 그들을 구별하는 것은 그리 어려운 일이 아니었다.

"여긴 어쩐 일이시오?"

"어제 저지른 저희들의 무례를 사과하기 위해서 왔습니다."

"프리스트 나이아스, 귀하와 함께 온 다른 프리스트들께서는 제 친구와 그 일행에게 너무 큰 실수를 했습니다. 이건 단순히 그들의 일행 가운데 리치인 레이디가 끼었기 때문만이 아닙니다. 신의 말씀을 따라 인간들의 어리석음을 깨우쳐 주셔야 할 프리스트들께서 단지 믿고 따르는 교리에서 인정하지 않는 자라고 해서 무조건 공격을 한 것은 누가 뭐라 해도 여러분의 실수가 아니겠습니까? 게다가 여러분들은 상대의 왕국이 작다고 무시하는 결례까지 범했습니다. 얼마나 대단하고 훌륭한 분들인가 하는 것은 여러분들이 각 교단의 하이 프리스트라는 것만 봐도 충분히 알 수 있습니다. 하지만 이번의 일이 상당히 실망스러운 일인 것도 분명한 사실입니다."

평소와는 달리 한껏 무거운 음성으로 말하는 푸르니에의 모습에 상대도 켕기는 것이 있는지 한동안 아무런 말도 없었다. 하지만 궁금증을 참을 수 없었는지 타로란 프리스트가 조심스럽게 푸르니에에게 물었다.

"푸르니에 황자 전하, 죄송하지만 지금 저 사람이 뭘 하고 있는 겁니까?"

"나도 모릅니다. 워낙 신비한 구석이 있는 친구라서 저도 아는 것보다 모르는 것이 많답니다. 그보다 묻고 싶은 것이 있습니다."

"말씀하십시오, 황자 전하."

"흑마법사나 리치가 나타나면 누구보다 먼저 그 기운을 느끼기 때문에 하이 프리스트들의 눈을 절대 피할 수 없다고들 하던데… 내 말이 맞습니까?"

"물론입니다. 저희들은 신의 은총을 받고 있기 때문에 신의 기운에 반하는 자들의 존재에 대해서는 무척이나 민감하게 느낍니다. 교단에 따라 약간 차이가 있긴 하지만 하이 프리스트는 고사하고 일반 프리스트들도 흑마법사나 리치의 존재에 대해서는 금방 알아챌 수 있습니다."

"그럼 다시 묻겠습니다. 지금 이곳에 있는 사람들 가운데 방금 말씀한 흑마법사나 리치처럼 신의 은총에 반하는 이가 있습니까?"

대체 푸르니에가 무슨 뜻으로 그런 것을 묻는 것인지 궁금해서 더 이상 운공에 집중할 수 없었다. 눈을 떠보니 자연의 신 엥게로슨을 믿는다는 타로란 하이 프리스트가 눈을 감은 채 기도를 하고 있었다.

푸르니에의 말에 프리스트 타로는 볼 것도 없다는 듯 발레리아를 쳐다봤지만 뭐가 이상한지 잠시 고개를 갸웃거렸다.

"뭐가 이상합니까?"

"물론 저 레이디에게서 부정한 기운이 약간 느껴지기는 하지만 전과는 비교할 수도 없을 만큼 미약하군요. 마치 스스로 자신의 기운을 모두 숨긴 것처럼 말입니다."

"그럼 저 레이디 말고 다른 사람은 모두 괜찮은 겁니까?"

타로는 일행을 쭉 둘러보다 카르카스를 보고 조금은 놀란 표정을 짓다가 플로네이서스를 보고는 이해할 수는 없다는 표정을 지었다.

"왜 그러십니까?"

"저기 있는 저 금발 청년은 처음 보는 소드 마스터시군요. 그의 몸에 있는 마나 량을 보면 소드 마스터가 된 지 제법 오래되신 것 같은데 저로서는 처음 봅니다. 그리고 저 검은머리 레이디는 믿을 수 없게도 아무런 기운이 없군요. 하다못해 길가의 돌멩이도 가지고 있는 마나를 인간이 가지고 있지 않다니… 솔직히 직접 보고도 믿기 힘들군요."

"그렇습니까?"

푸르니에의 대꾸가 심드렁했다.

그런 푸르니에의 태도가 이상했는지 타로는 물론 근처에 있던 다른 프리스트들도 푸르니에를 쳐다봤다.

"혹시 제가 무슨 실례라도 했습니까?"

"그렇지는 않습니다. 나무는 보면서 숲은 보지 못하다니… 조금은 실망감이 들어서 말입니다. 전 프리스트 타로는 물론 다른 분들도 신의 은총을 받았기에 비록 저분들께서 스스로의 기운을 감추셨다고 하더라도 본모습쯤은 단숨에 꿰뚫어 볼 줄 알았습니다."

푸르니에의 대답에 타로는 금발 청년과 검은머리 소녀 가운데에서 금발 청년을 쳐다보았다. 그의 몸에서 환한 빛이 뿜어져 나온다고 느낀 순간 빛은 감쪽같이 사라졌다. 그리고는 놀란 표정으로 금발 청년, 카르카스를 쳐다봤다.

"마나 속에 더욱 거대한 마나가 한껏 응축되어 있는 것이 보였습니다. 로드 미스디 2, 30명 정도의 미니를 합친다고 해도 비교가 되지 않을 정도로 어마어마한 마나가, 하지만 이 정도의 마나는 도저히 인간이 가질 수 없는 양인데… 어떻게 가지고 있을 수 있는 것인지 의문이 아닐 수 없군요."

"인간이라면 당연히 불가능하겠지요. 프리스트 여러분께서 제국의 종말을 바라지 않는다면 절대 저분의 기분을 거스를 생각하지 마십시오."

"호, 혹시 위대하신 존재입니까?"

끄덕.

나직하고 조심스러운 타로의 물음에 푸르니에는 고개를 끄덕이면서 카르카스의 눈치를 살폈다.

"그, 그렇다면 저 검은머리 레이디도 혹시 같은 종족이십니까?"

절레절레.

"그럼?"

"내가 비록 제국의 황자라고는 하지만 감히 저 레이디의 존함을, 그것도 저분의 허락없이 함부로 거론할 자격이 내겐 없습니다. 그러니 내게도, 또 저 레이디께도 절대 묻지도 말고, 아니, 아예 접근할 생각을 하지 마십시오. 이건 충고가 아니라 엄중한 경고니까 절대로 잊지 않는 것이 좋을 겁니다. 만약 일전처럼 레이디 발레리아에게 저질렀던 무례를 또다시 저지른다면 그 순간 라크로스 제국엔 불타는 대지와 무너진 벽돌만이 가득할 겁니다. 제 경고를 절대 잊지 마시고 다른 교단의 형제들에게도 분명히 경고하십시오. 제 말을 알아들으시겠습니까?"

푸르니에의 말에 타로는 잠시 얼빠진 표정을 짓다가 황급히 일행이 있는 곳으로 달려가 뭐라고 열심히 설명했다.

그러는 사이 젊은 기사 하나가 푸르니에를 데리러 왔다.

"형님이 날 찾는다는군. 같이 갈래?"

"별로 그들을 보고 싶지 않군. 그보다는 먼저 잡은 그 리치에게서 알아낸 것이 없는지 물어봐."

"맞아, 그걸 깜박 잊고 있었네. 잠깐만 기다려 봐. 내가 자세히 알아보고 올게."

푸르니에가 젊은 기사와 함께 사라진 후 난 다시 생명력을 끌어모으기 시작했다.

가부좌를 틀고 앉아 호흡을 통해 힘을 모으는 것이 마나를 모으는 것에는 효용이 있었지만 과연 생명력을 끌어모을 때도 도움이 될지는 자신이 없었다.

이것저것 해보면서 내게 맞는 것을 찾을 수밖에 없었다.

즉시 코로의 호흡을 멈추고 피부로 호흡을 시도해 보았다.

물론 쉬운 일은 아니었지만 전혀 불가능한 것도 아니었다.

처음엔 힘들었지만 조금 시간이 지나자 다시 편안함이 느껴졌다.

단전에 마나를 모으는 방법이 아닌 전신으로 받아들인 마나와 생명력을 우선 머리 쪽으로 보냈다. 머리로 이동하면서 마나는 자연스럽게 체외로 배출되었고, 생명력은 머리에 모여들었다. 원하던 만큼 빠른 속도는 아니었지만 그래도 적정한 속도로 내 전신 모공을 통해 생명력이 스며들고 있었다.

한 가지 신기한 것은 내가 받아들이고 있는 생명력이 과연 어디에서부터 온 것인지는 정확히 알 수 없다는 것이었다. 대자연의 것을 받아들인 것인지, 아니면 리치처럼 주위에 있는 인간이나 다른 생명체에서 생명력을 빨아들인 것인지 말이다.

인간이 가진 생명력과 다른 생명체들이 가진 생명력의 차이역시 구별할 수 없었다.

인간과 다른 생명체들이 가진 생명력의 근원이 같기 때문인지, 아니면 생명력의 차이를 구별할 실력이 없기 때문인지는 모르겠지만 내 생각에는 모든 생명의 탄생과 관련된 좀 더 근원적인 문제가 아닐까 생각되었다.

이런 것을 보면 인간이 아무리 잘난 척을 해도 아는 것보단 모르는 것이 너무나 많다는 것을 새삼스럽게 깨닫는 것이다.

그러는 사이 푸르니에가 돌아왔는데 표정이 조금 이상했다.

"다녀왔는데… 문제가 좀 생겼다."

내가 말을 하지 않자 푸르니에가 어쩔 수 없다는 표정으로 입을 열었다.

"저번에 사로잡은 리치에게서 이번 사태를 일으킨 흑마법사나 리치들에 대한 정보를 얻으려고 했는데… 그게 잘못돼서 그만 그 리치를 재로 만들어 버렸대."

하도 기가 막혀 내가 어이없어하는 표정을 짓자 푸르니에가 서둘러 변명하듯 허둥거렸다.

"리치는 일반적인 방법으로는 정보를 알아낼 수 없잖아. 그래서 프리스트들한테 그 일을 맡겼는데, 신성력을 제대로 다루지 못해 리치를 그만 잿더미로 만들어 버렸대."

"한심하군."

"그래도 다행히 신속하게 조치를 취해서 다시 재생하지는 못하게 만들었대."

"확실한 거야?"

"뭐가?"

"재생하지 못한다는 것 말이다."

내 질문에 푸르니에가 대답을 했는데 그리 자신있어하는 표정은 아니었다.

"프리스트들이 그렇다니까 그런가 보다 하는 거지 뭐. 하지만 흑마법사가 재가 되는 순간 그 지역 전체를 신성 마법진으로 봉인을 했다니까 다시 살아나지는 못할 거야."

"그렇지 않아요, 황자 전하."

"예? 그게 무슨 말씀이십니까, 레이디 발레리아."

근처에 있던 발레리아가 어느새 다가와 있었다.

"흑마법사나 리치에게 육체는 흑마력을 저장할 하나의 그릇에 불과해요. 비록 신성력을 접해 육체가 가루가 되었다고 해도 자신의 라이프베슬이 있는 비밀 장소에 재생할 때를 대비해 육체가 될 시체를 미리 마련해 두었다면 얼마든지 새로운 존재로 부활할 수 있어요. 만약 그런 경우에 리치가 모습을 감춰 버린다면 상대를 찾는 것은 아예 불가능할 수도 있어요."

발레리아의 대답에 그제야 푸르니에도 상황의 심각성을 깨달은 것 같았다.

신성력을 접해 재가 된 리치가 다시 재생하는 것으로도 모자라 시체만 있으면 얼마든지 부활할 수 있다니… 잘난 척했던 나 역시 리치에 대해서는 아무것도 아는 것이 없음을 새롭게 깨닫게 되었다.

"그렇다면 신성 마법진으로 리치를 봉인했을 가능성은 거의 없겠군요."

"물론이에요. 신성 마법진이라는 것은 리치의 물리력이나 육체를 가두는 것이지 영혼까지 봉인하지는 못해요. 제 예상이 틀리지 않다면 아마 이미 영혼 상태로 신성 마법진을 벗어난 지 오래일 거예요."

"리치가 영혼 상태로 빠져나갔다면 일전에 보여주셨던 팬텀이나 고스트, 혹은 스펙터와 같은 상태가 되는 겁니까?"

"새로운 육체를 가지기 전까지는 그것들과 마찬가지예요. 물론 일정 시간 이상 육체를 가지지 못한다면 소멸할 가능성도 있어요. 그리고 설사 육체를 가진다고 하더라도 금세 이전과 같은 힘을 발휘할 수 있는 것도 아니고요. 대부분의 경우에는 힘을 되찾기 위해 인간이나 다른 생명체의 생명력을 갈취하는 것으로 알고 있어요. 하지만 저도 아직 그런 경험은 해본 적이 없어 자세히 설명하기는 곤란해요."

발레리아의 말을 들으면서 난 생명력을 이용한 공격—난 이걸 영혼의 검이라고 이름지었다—이 영혼 상태의 리치에게도 통할까 하는 생각을 하고 있었다.

만약 그것이 가능하다면 플로네이서스에게도 통할 공격을 찾아낸 것이기 때문이었다. 그렇지만 그것이 다가 아니었다.

생명력과 마나, 그리고 흑마력 간의 상관관계에 대해서 좀 더 자세히 알아야만 플로네이서스와 싸울 때 조금이라도 도움이 될 거라는 생각을 버릴 수 없었다.

이런 생각을 하게 된 것은 발레리아에게서 들은 말 때문이었다.

마왕 플로네이서스가 발레리아의 소환에 응했을 때 플로네이서스는 육체를 마계에 남겨둔 채 영체만 지상에 강림했기 때문에 지금도 영체에 마나로 만든 가짜 육체를 가지고 있어 마나로

된 공격은 통하지 않을 거라고 발레리아가 귀띔을 해주었다.

결론적으로 내게 유일한 무기는 생명력으로 공격할 수 있는 방법, 그중에서도 가장 확실하고 강한 타격을 줄 수 있는 방법을 찾아야만 했다. 그러기 위해서는 우선 생명력부터 최대한 모아야 했다.

일행에게 양해를 구한 뒤 난 다시 생명력을 끌어모으기 시작했다.

얼마나 그러고 있었을까?

눈을 떠보니 발레리아가 막 아공간에서 우리가 사로잡은 네 기사를 얽매고 있는 얼음 덩어리에서 꺼내려 하고 있었다.

몸속까지 꽁꽁 언데다 팔다리까지 잘렸으면서도 눈을 굴리고 있는 상당히 괴기스러운 광경이었지만 그 자리에 모인 사람들 가운데 그 모습에 신경 쓰는 사람은 아무도 없었다.

"현재는 이자가 우리에게 남은 유일한 단서입니다. 그렇기 때문에 어떻게든 이 리치에게서 보다 많은 정보를 알아내야만 합니다. 일전에 알렉스가 사로잡은 리치는 프리스트들의 부주의 때문에 아무런 정보도 얻지 못했을 뿐 아니라 레이디 발레리아의 말을 들으니 그때 봉인된 것이 아니라 달아난 것 같습니다. 또한 모습을 바꿨을 가능성까지 있어 다시 찾기는 쉬운 일이 아닐 것 같습니다. 다시 말해 어떠한 실수도 인정되지 않는 상황이라는 것을 명심하시기 바랍니다. 어느 분께서 먼저 심문을 해보시겠습니까?"

푸르니에의 말에 삼남일녀의 하이 프리스트들은 서로의 눈치만 볼 뿐 선뜻 나서는 이가 없었다. 그 모습을 보면서 내가 익혔던 목령마공에 혹시 상대의 정신을 제압하는 섭혼술의 구결이 없었나 기억을 떠올려 봤지만, 강제로 상대와 접촉해 생기를 빨아내는 구결뿐이었다.

당시에는 부모 형제들이 내 병에 도움이 될 만한 무공을 찾았기에 섭혼술의 구결이 있는 마공이나 사공의 비급은 전혀 없었다. 고통을 모르는 리치이니 고문을 할 수도 없고, 섭혼술은 기본 묘리를 모르니 쓸 수도 없는 답답한 상황이었다.

일단은 지켜보는 수밖에 없었다.

황태자의 명령에 정신계 마법에서 나름 이름을 날리고 있다는 블레키란 마법사가 나서 리치의 정신을 제압하려 했다. 하지만 이제 5클래스의 익스퍼트에 불과한 블레키가 리치의 정신을 제압하기란 애초부터 불가능한 일이었다.

땀을 뻘뻘 흘리며 리치의 정신을 제압하려던 블레키는 결국 맥없이 물러나야만 했다. 그나마 모여 있던 프리스트들이 흑마력이 모이려고 할 때마다 신성력으로 흩어버렸기에 무사할 수 있었지 그렇지 않았다면 오히려 리치에게 정신이 제압당했을 것이다.

마법사가 능력이 되지 않아 물러나자 프리스트들은 눈치만 보고 있었고, 난 리치에게서 정보를 얻을 방법을 고민했지만 솔직히 별다른 방법이 없었다.

"내가 도와줄까?"

플로네이서스였다.

"무슨 속셈이지?"

"세상을 얼마 살지도 못한 녀석이 의심도 많군. 때에 따라서는 이유를 묻지 말고 상대를 무조건 믿을 수는 없는 건가?"

"처음 만났을 때부터 나이를 들먹거리는데 따지고 보면 전생을 기억하기 때문에 나도 너 못지않게 나이가 많아, 자식아. 그리고 방금 이유를 묻지 말고 무조건 상대를 믿으라고 했는데, 그것도 상대 나름이야. 네가 대가없이 남을 도와준 적이 단 한 번이라도 있어? 그런 널 내가 믿을 수 있다고 생각하냐?"

"멍청한 놈. 그래, 네 말대로 네가 나만큼이나 오래 살았다고 치자. 넌 태생이라는 것도 모르냐? 네가 만약 인간으로 태어나지 않았다면, 아니, 네가 만약 그토록 경멸하는 마계의 어떤 존재로 태어났다면 지금 어떻게 살고 있었을 것 같으냐? 만일 네가 전생을 기억하지 못했어도 지금처럼 살았을 것 같으냐? 난 원래 그런 존재로 태어났고, 또 그렇게 살고 있고, 또 앞으로도 그렇게 살 것이다. 내가 나로서 살지 않는다는 것이 어떤 의미인 줄 알고나 있냐? 스스로의 존재를 부정하는 자가 세상에 존재할 필요가 있다고 생각하느냐?"

비웃는 듯한 플로네이서스의 반응에 처음엔 화가 났지만 사실 그의 말이 틀린 것이 아니기에 참을 수밖에 없었다.

내가 느닷없이 여자로 변신해 있는 플로네이서스와 싸우자 일행이 아닌 다른 사람들은 나를 한심하게 쳐다보다가 대화의 내용이 이상한 것을 느꼈는지 우리 둘의 얼굴만 쳐다보고 있었다.

"그래도 한 가지만은 날 정확하게 봤다. 대가없이 남을 돕지 않는다는 것 말이야."

그 말을 하면서 싱글거리며 웃는 플로네이서스의 모습은 사랑스러운 소녀 그 자체였다.

"네가 리치들을 사로잡고 그들에게서 얻은 마계의 물건을 넘겨준 것에 약간의 보답을 해주겠다는 거다. 물론 거기에는 앞으로 얻게 될 마계의 물건 또한 내게 넘기기를 바란다는 내 속마음이 포함되었다는 것을 감추지는 않겠다. 호호호."

득의만만한 표정을 짓던 플로네이서스는 가증스럽게 어린 여자애들처럼 웃음을 터뜨렸다. 그리고 앞으로 마계의 물건을 얻게 되느니 마느니 들먹이는 것을 보면 앞으로도 쭉 쫓아다닐 모양이었다.

"다크 플레어."

플로네이서스의 손에서 불꽃처럼 생긴 검은색 연기 같은 것이 얼음덩이 위로 쏟아지자 얼음이 순식간에 녹더니 잘려 있던 리치의 머리와 팔다리가 순식간에 이어졌다.

그렇지 않아도 눈을 희번덕거리고 있던 리치는 몸이 원상태로 돌아오자마자 벌떡 자리에서 일어났다. 그 모습에 프리스트들은 당연하게 신성력을 끌어올려 리치를 공격하려고 했다. 하지만 내가 보기에 리치에게선 공격할 의사가 전혀 느껴지지 않았다.

"모두 그 자리에서 움직이지 마시오."

경고를 하지 않을 수 없었다.

물론 골드 드래곤 카르카스의 정체야 알고 있으니 알아서 조심은 하겠지만, 갑작스런 상황에 당황하다 보면 본의 아니게 실수를 저지를지도 모르기에.

사람들이 멍하니 날 쳐다보는 사이 다시 부활한 리치는 플로네이서스 앞에 무릎을 꿇고 머리를 조아렸다.

우리를 위험에 빠뜨렸을 때의 당당한 모습은 어디로 갔는지 얼굴을 지면에 박힐 정도로 붙인 채 경건한 태도를 유지하고 있었다. 막말로 플로네이서스의 허락이 떨어지지 않는다면 평생을 그렇게 있을 것처럼 그 자세로 꼼짝도 하지 않고 있었다.

그 모습을 굽어보고 있던 플로네이서스가 거만한 표정으로 고개를 까닥였다.

"일어나라."

말이 끝나자마자 리치, 네기사는 고개도 들지 못한 채 플로네이서스 앞에 공손하게 섰다.

찬찬히 네기사의 얼굴을 쳐다보던 플로네이서스의 얼굴이 묘한 표정으로 굳어졌다.

"넌 검은 사막의 레기오네를 따르는 추종자의 부하냐?"

"그렇습니다, 마계의 왕이시여."

"레기오네라… 막심 라벡스가 드디어 미친 건가? 레기오네를 꽤 아낀다는 소문을 들은 적이 있는데 그 녀석을 지상으로 내려보낼 생각을 하다니……."

"막심 라벡스님 역시 마계의 일곱 군주 가운데 한 분이십니다. 그분에 대한 예의를 지켜주시기 바랍니다."

콱!

"흐흐흐, 미천한 버러지 주제에 건방지게 감히 누구 앞에서 뭐라고 나불거리는 거냐? 마계에서 너 같은 녀석을 어떻게 죽이는지 가르쳐 줄까?"

콱! 화르르~

작은 소음과 함께 갑자기 검은색 불길이 치솟더니 순식간에 네기사의 몸을 태우기 시작했다. 리치가 되면 아무 감각도 느끼지 못한다고 알려졌던 것과는 달리 불길에 휩싸이자마자 네기사는 고통 때문인지 온몸을 사정없이 비틀기 시작했다. 하지만 플로네이서스에게 목이 잡혀 있었기 때문에 소리를 지를 수도, 도망을 칠 수도 없었다.

"막심 라벡스 따위가 나와 함께 마계의 일곱 군주 중 하나라 불린다고 해서 가지고 있는 능력과 힘마저 나와 같은 줄 아느냐? 내가 막심 라벡스를 그대로 둔 것은 다른 녀석들에게 날 공격할 빌미를 줄까 신경 쓰였기 때문이지, 그 녀석이 가진 힘이나 능력 따위가 두려워서가 결코 아니다. 하지만 그 녀석이 절대 건드려서는 안 될 대마왕 발레키우스의 3대 성물을 건드린 이상 내가 그 자식을 없앤다 해도 감히 날 건드릴 놈들은 없을 것이다."

쿵!

둘이 주고받는 대화 가운데 들리는 마계의 군주란 말에 사람들은 하나같이 안색이 창백하게 변했다. 특히 프리스트들의 안색은 백지장을 연상케 할 정도로 하얗게 질려 있었다.

그런 사람들의 반응에는 신경도 쓰지 않은 채 한껏 폼을 잡고 있는 녀석의 꼴이 보기 싫어서 가볍게 분뢰권의 구결대로 마나를 날려 충격을 주었다.

"정신 차려. 여기 너밖에 없는 줄 알아?"

녀석이 내 공격에 상처를 입을 가능성은 전혀 없었기에 다그치는 내 태도는 여전했다.

"그만 떠들고 빨리 다른 흑마법사나 리치의 위치부터 알아내."

내 행동이 기가 막혔는지 그 자리에 모인 사람들은 하나같이 나만 쳐다볼 뿐이었다.

"막심 라벡스 때문에 잠시 흥분한 것 같군. 이번 일은 마계의 일곱 군주 가운데 하나인 암흑의 마왕 막심 라벡스의 부하 하나와 관련된 일인 것 같다. 그 자식의 부하 중 암흑 사막의 레기오네란 녀석이 있는데, 그 녀석과 맹약을 맺은 놈이 이번 일을 저지른 것 같군. 참, 한 가지 더, 레기오네란 놈이 소환되었을 가능성도 있다."

"으음~ 레기오네란 놈이 강한 놈인가?"

"마계에서 왕, 혹은 군주란 너희 인간들이 말하는 왕이나 황제보다 훨씬 더 막강한 존재로 마계에서는 하지 못할 일이 없는 존재들이다. 그런 존재들이 선택한 녀석들이 그저 그런 놈일 리 만무하잖아. 레기오네란 놈은 특히 사막에서는 거의 무적이라고 일컬어지는 놈인데 가히 막심 라벡스의 왼팔이라고 할 수 있지. 하지만 내가 기억하거나 거론할 정도로 대단한 녀석은 아니야."

말과는 다르게 필요한 것을 다 알 수 있도록 떠들어대는 녀석의 말에 레기오네란 녀석에 대해 조금이지만 정보를 얻을 수 있었다.

마계 일곱 군주 가운데 하나의 왼팔과 맹약을 맺다니…….

일단 마계에 대해서 아무것도 모르니 레기오네란 자식이 얼마나 대단한 녀석인지 알 도리가 없었다. 다만 아무리 허접해도 마왕의 부하고, 그런 녀석과 맹약을 맺을 정도의 능력을 가진 녀석이니 절대 만만할 리 없다는 녀석의 말만큼은 틀림없을 것이다.

내가 잠시 생각을 하는 동안 네기사의 머리를 움켜잡고 있던 플로네이서스의 몸에서 검은 안개 같은 것이 뿜어져 나왔다. 그리고는 순식간에 네기사의 몸으로 스며들었다. 그때부터 네기사는 온몸을 비틀며 고통스러워했는데, 플로네이서스는 꼼짝도 하지 않았다. 그리고 어느 순간 팍 하는 작은 소리와 함께 네기사의 몸이 재가 되어 바닥으로 떨어졌다.

갑작스러운 상황에 플로네이서스의 행동을 지켜보고 있던 사람들은 깜짝 놀랐다. 하지만 어느 누구도 감히 그에게 물어볼 생각을 하지 못하고 있었다.

"라이프베슬을 파괴시킨 거냐?"

내 물음에 플로네이서스는 놀랐다는 표정으로 내 얼굴을 빤히 쳐다봤다.

"어떻게 알았지?"

"뻔한 것 아니야? 리치가 잿더미가 될 수 있는 경우는 두 가지밖에 없잖아. 과도한 신성력에 노출되었거나 라이프베슬이 깨졌을 때. 마왕인 네가 신성력을 가지고 있을 리 만무하니 결국 저 리치 녀석을 잿더미로 만들 수 있는 방법은 라이프베슬을 깨버린 것밖에 없잖아. 어떤 방법을 사용했는지는 모르지만 말이야."

"호오~ 하여간 넌 보면 볼수록 신기한 녀석이야. 방금 내가 무슨 일을 했는지 어렴풋하게나마 짐작하는 사람은 아마 너뿐일 거다. 그래, 네 말대로 이 녀석이 모처에 감춰놓은 라이프베슬을 파괴했다. 네 덕분에 얻은 물건에 대한 보답이라고 생각해라. 그리고 리치 녀석의 기억에 따르면 카데인 산맥에 하나, 루인 계곡에 하나, 그리고 블루스톤 영지에 하나 등등 아직 열한 명의 흑마법사와 리치들이 사방에 흩어져 있다고 하는군. 그리고 그 녀석들이 주인으로 믿고 따르는 녀석은 조엘 산맥에 있다는군."

"레이디 발레리아, 지금처럼 마족과 계약을 맺은 리치가 부하에게 힘을 주었을 경우 흑마법사와 리치들이 주인으로 따르는 자를 제거하면 어떻게 됩니까?"

"아직 그런 경험이 없어서 잘 모르겠어요."

"주인에게서 물려받은 능력은 사라지지만 이전부터 가지고 있던 능력은 사용할 수 있지. 하지만 물려받은 힘이 강제로 사라지게 되면 한동안은 몸을 추스를 시간이 반드시 필요하게 되는데, 특히 몸에 부담이 가는 것도 모른 채 마계의 아티펙트를 마구 사용했다간 몸의 일부가 망가져 마법사로의 생명이 끝나는 경우도 적지 않다."

플로네이서스의 말을 들으면서 난 푸르니에게 플로네이서스가 말한 장소에 대해 물어보았다.

가장 가까운 곳은 루인 계곡이었고, 나머지는 제국의 북쪽 지방에 골고루 흩어져 있었다. 그리고 흑마법사와 리치의 주인이라고 알려진 자가 있다는 조엘 산맥은 약 7백 킬로미터쯤 떨어진 곳이었다.

생각할 것도 없었다.

"그럼 우리는 리치들의 주인이라는 자가 있는 조엘 산맥으로 가야겠군."

"그래야 될 것 같다. 황태자 전하, 저희 일행은 조엘 산맥으로 먼저 가도록 하겠습니다. 그러니 황태자 전하께서는 나머지 프리스트들과 병력들을 데리고 다른 곳에 있다는 리치들을 없애는 것이 어떻겠습니까?"

"알겠다. 그런데 흑마법사와 리치들이 있다는 곳의 지명을 다시 한 번 알려주겠소?"

황태자의 말에 발레리아에게 정확한 지명을 알아내서 명단을 넘겨주었다.

"황태자 전하, 저희 일행은 오늘 이곳에서 쉬고, 내일 아침 일찍 출발하겠습니다."

"그렇게 해라. 그리고 다른 사람도 필요한 것이 있으면 뭐든 요구하시오. 리든 경."

황태자의 부름에 근처에 있던 젊은 기사가 신속하게 달려와 한쪽 무릎을 꿇고 고개를 숙였다.

"하명하십시오, 황태자 전하."

"이분들이 필요하다고 한 것은 뭐든 지원해 드리도록 하게."

"명심하겠습니다, 황태자 전하."

"부디 제국에 드리워진 암운을 해결하는 데 도움을 주시길 부탁하겠소."

황태자는 플로네이서스와 카르카스 쪽은 의식적으로 외면한 채 내게 부탁하고는 부하들과 함께 그 자리를 떠났다. 우리 일행과 황태자 일행을 번갈아 쳐다보던 프리스트들은 슬금슬금 물러서더니 곧 황태자 일행의 뒤를 따라 황급히 사라졌다.

"황자 전하, 필요하신 것이 있으시면 말씀해 주십시오. 당장 준비해 오겠습니다."

"그럼 일단 저녁 식사하고 함께 마실 술도 한두 병 가져오도록 해주게."

"알겠습니다. 곧 준비할 테니 잠시만 기다려 주십시오."

잠시 후 야전에서는 결코 구경하기 힘든 음식들이 줄줄이 배달되어 왔다.

물론 그전에 커다란 천막과 식탁이 마련되었다.

열 명도 되지 않는 우리 일행이 먹기엔 먹고 남을 만큼의 음식이 식탁에 가득 차려졌다.

소드 마스터가 된 후엔 며칠에 한 끼만 먹어도 충분했기에 이렇게 많은 양의 음식은 필요가 없었다. 그렇기에 일행의 식사량은 적을 수밖에 없었다.

더욱이 먹지 않는 사람까지 있으니 음식은 더욱 많이 남을 수밖에 없었지만 결과적으로 음식은 거의 남지 않았다. 지금 음식을 먹고 있는 사람(?)은 플로네이서스 단 한 명이었지만 식탁 위의 음식은 벌써 절반가량이나 없어졌다.

"인간들의 음식은 너무 달아. 왜 이렇게 달게 만드는 거지?"

"심하게 익히지 않은 음식이 있었으면 좋겠는데……."

"평소에 이렇게 부드러운 음식을 먹으니 인간들이 그렇게 약하지, 쯧쯧쯧."

"그런데 이렇게 약한 술밖에 없나?"

쉴 새 없이 음식을 밀어 넣으면서도 잠시도 쉬지 않고 떠들어

댔다.

플로네이서스의 말에 발레리아가 아공간 창고에서 술을 몇 병 꺼냈다.

나이트메어와 엔젤키스, 그리고 해피로드였는데 플로네이서스는 나이트메어를, 카르카스는 엔젤키스를, 그리고 나와 일행은 해피로드를 마셨다.

술이 마음에 드는지 플로네이서스는 그제야 입을 닫고 식사에 열중했다.

결국 저녁 식사로 나온 음식은 플로네이서스가 거의 혼자 해치웠다.

몇 잔의 술을 나눠 마시고 일행은 일찍 잠자리에 들었다.

대부분 잠자리에 들었지만 잠이 필요없는 몇몇은 술을 마시던지, 아니면 운공을 하면서 시간을 보냈다.

발레리아가 운공하는 모습을 지켜보던 플로네이서스는 고개를 갸웃거렸다.

"리치가 되면 심장이 없기 때문에 혈액이 순환되지 않아 부패하는 것이 당연한데 왜 저 녀석은 이전과 상태가 똑같은 거지?"

혼잣말처럼 중얼거리고는 날 빤히 쳐다봤다.

"자연의 생명 에너지를 계속 받아들이면 혈액이 굳는 것을 방지할 수 있을 뿐 아니라 새로운 피를 만들어낼 수는 없지만 강제로 순환시킬 수는 있다. 적어도 피가 굳거나 부패하는 것은 충분히 방지할 수 있다."

"그런 방법이 있을 줄은 몰랐군. 그나저나 어째서 흑마력과 자연계의 마나가 충돌하지 않는지 의문이군."

"그건 나도 모르는 일이니 혼자 잘 연구해 봐."

그 대답을 끝으로 난 생명력을 끌어모으면서 영혼의 검에 대한 생각에 빠져들었다.

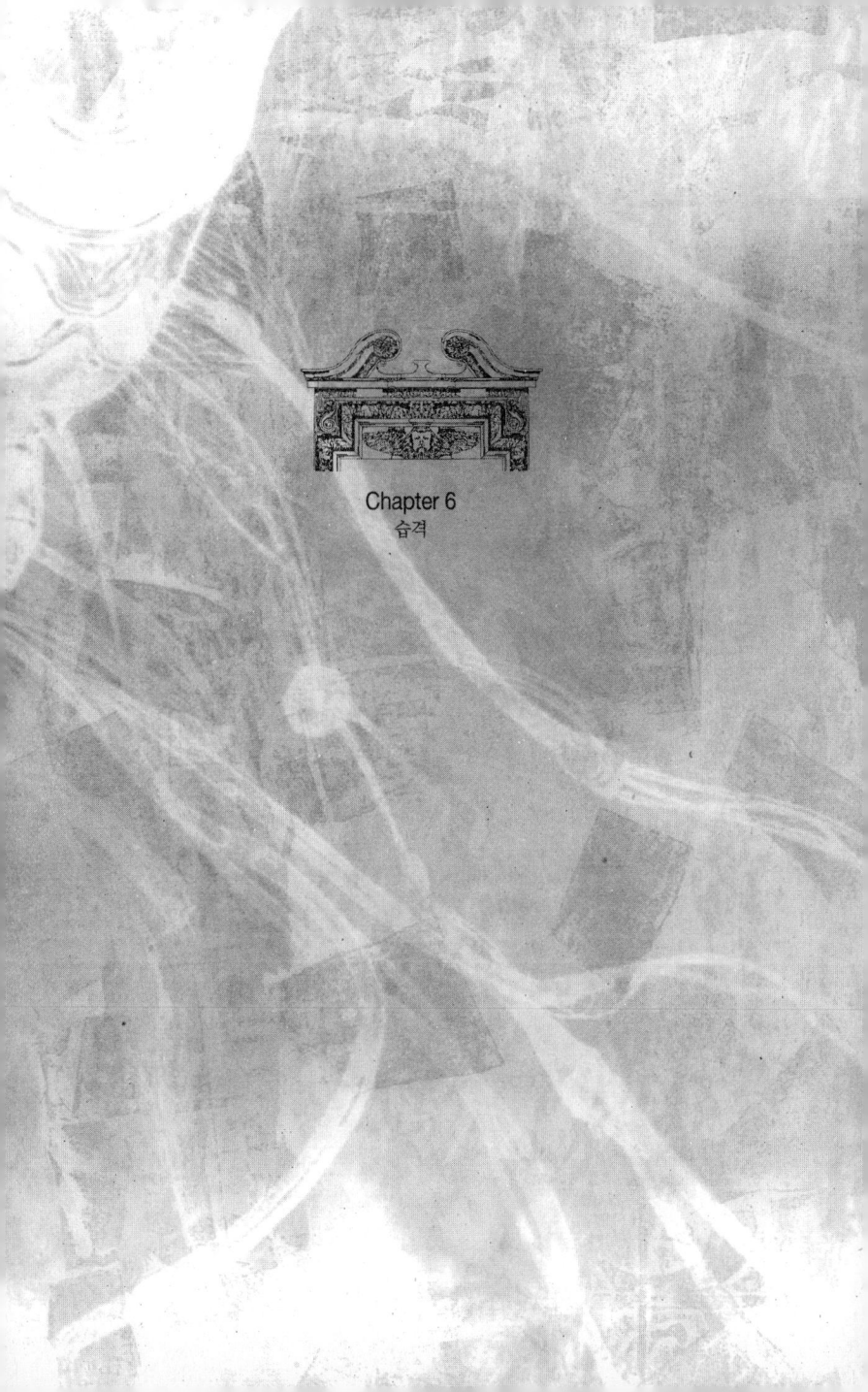

Chapter 6
습격

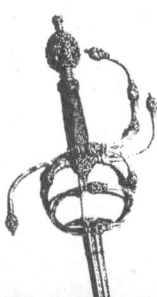

The Duel of Master
마스터 대전

1

어느 때보다 운공에 치중을 했기 때문인지 눈을 떴을 때 다른 사람들은 이미 아침식사까지 마친 상태였다.

"오늘은 왜 이렇게 길었어? 다른 때보다 명상이 잘 됐나 보네."

"신경을 좀 썼더니 평소보다 좀 길어졌어."

"그래? 그럼 빨리 식사부터 해. 다른 사람들은 벌써 다 했어."

푸르니에의 말에 난 자리에서 일어나 가볍게 고개와 팔다리 관절부터 풀어주었다. 그러면서 슬쩍 밖을 보니 텅 비어 있었다.

"황태자 전하와 기사들은?"

"먼저 루인 계곡으로 출발했어. 그리고 프리스트들과 성기사들도 따라갔다."

푸르니에의 대답을 들으면서 과연 그들이 리치를 상대로 얼마만큼 싸울 수 있을지 불안한 생각이 들지 않을 수 없었다.

가장 큰 문제는 바로 모두들 리치라는 존재를 너무 가볍게 생각하고 있다는 것이었다.

리치가 사역시키는 언데드의 수도 적지 않은데다 마계의 아티펙트까지 가지고 있다면 동원되는 언데드의 수가 기하급수적으로 늘어날 것이 분명하다. 물론 프리스트와 성기사들이 함께 간다니 약간의 도움은 될 테지만 큰 도움은 되지 않을 것이다. 게다가 만약 리치가 함정이나 기습이라도 준비하고 있다면 큰 타격을 받을 것은 뻔한 일이다.

푸르니에에게 그런 이야기를 했더니 슬쩍 뒤를 따라가 잠시만 살펴보자는 말을 했다.

황태자 일행이 무난히 리치를 상대하면 그냥 조엘 산맥으로 출발해 우리가 할 일을 하고, 상황이 좋지 않으면 조금만 도와주자고 했다. 제국의 황태자가 참가하는 토벌전이었다. 만약 그에게 무슨 일이 생긴다면 푸르니에는 물론 나까지 영향이 있을지도 모른다는 생각에 그렇게 하는 것이 좋을 것 같아 승낙을 했다. 그리고 어차피 조엘 산맥으로 가려면 루인 계곡을 지나야만 했기에 결론은 이미 나와 있었다.

우린 곧 황태자가 우리를 위해 남겨둔 말을 타고 황태자 일행을 따라갔다.

지면에 흔적이 남아 있기에 그들의 뒤를 쫓아가는 것은 문제가 없었고, 얼마 지나지 않아 루인 계곡에 도착했다.

루인 계곡은 마치 분노한 신이 거대한 쟁기로 대지를 헤집어놓은 것처럼 깊은 고랑이 끝도 없이 이어져 있었다. 우리는 황태자 일행의 말 발자국이 계곡으로 이어진 것을 금방 발견할 수 있었다.

발자국을 따라가 보니 계곡이 시작되는 초입에서 조금은 이른 야영 준비를 하고 있었다.

계곡이기 때문인지 해가 일찍 져서 계곡 안은 벌써 어두워지기 시작했다.

5백여 명의 인원이 모여 있었지만 자신들이 맡은 임무 때문인지 야영지는 질식할 것 같은 침묵에 잠겨 있었다. 저녁을 준비하고, 야영 장소를 손보느라 사람들이 움직이고 있었지만 대화가 전혀 없어 마치 좀비가 어슬렁거리고 있는 것처럼 보였다.

푸르니에는 황태자에게 갔고, 우리 일행을 발견한 젊은 기사 하나가 몇 명의 기사들과 부랴부랴 야영 장비를 가져와 천막을 치고 야전침대와 탁자와 의자를 늘어놓았다.

그러는 동안 황태자를 만나러 갔던 푸르니에가 돌아왔다.

"야간에 정보도 없이 리치의 공격을 받는 것은 위험할 수 있다는 것이 형님 전하나 수뇌부의 판단이야. 해서 내일 아침에 공격을 할 거래."

"그래도 조심성은 있군. 난 내일 아침까지 명상을 할 테니까 그렇게 알아."

내가 운공을 시작하자 제자 녀석들도 운공을 시작했다.

플로네이서스와 카르카스는 발레리아에게 술을 준비하도록 지시했고, 술을 마시며 시간을 보냈다.

아마도 새벽쯤이라고 생각되었다.

정적을 깨고 처절한 비명소리가 들려왔다.

"크아악~"

"적이다!"

비명소리에 서둘러 운공을 마치고 밖으로 나가려던 난 뭔가가 어둠 속에서 사람들을 노리고 있음을 직감적으로 깨달을 수 있었다.

"뭔가가 어둠 속에서 우릴 노리고 있으니까 방심하지 마라."

"주인님, 주위를 밝힐까요?"

"그렇게 해주시겠습니까, 레이디 발레리아."

"라이트 볼!"

발레리아가 시동어를 외치자 막사 입구에는 당장 서너 개의 라이트 볼이 생기며 주위가 대낮처럼 밝혀졌다. 그러자 정체불명의 물체에게 공격을 받는 사람들의 모습이 드러났다.

"멈춰!"

푸르니에와 제자들이 당장 뛰어나가려는 것을 제지한 난 어두운 허공을 샅샅이 살폈고, 까마득히 높은 곳에 떠 있는 엄청나게 많은 무엇인가를 곧 발견할 수 있었다.

뭐라고 할까?

벌을 수십 배로 확대시켜 놓은 것같은 괴생명체가 기감에 느껴졌다.

단순히 크기만 큰 것이 아니었다.

믿을 수 없을 만큼 빨랐고, 검은색의 몸체는 생명체라고는 믿기 힘들 정도로 단단했다. 가끔 병사나 기사들의 무기에 적중당하기도 했지만 생명을 잃은 녀석들은 발견되지 않았다. 더구나 몸의 색이 어두워 잘 보이지도 않았다.

"호오~ 암흑의 가시가 여기에 있었나? 참 재미있는 것을 소
환했군."

"암흑의 가시?"

"중간계의 벌과 비슷한 놈들이라고 볼 수 있지. 다크버먼이
라고 불리는 놈들인데 마계에서 살던 놈이라 절대 쉬운 놈들은
아니지. 아마 조심하는 것이 좋을 거다. 흐흐흐, 인간들이 암흑
의 가시라고 불리는 저놈들을 어떻게 상대할지 정말 궁금하
군."

플로네이서스가 벌이라고 하니 조금 크고 이상하게 생기기는
했어도 벌레에 불과하다는 생각에 별로 걱정은 하지 않았다. 하
지만 내 예상과는 달리 황태자 일행이 있는 야영지에서 처절한
비명소리가 끊이지 않고 들려왔다.

계속해서 들려오는 비명소리 때문에 도저히 무시할 수가 없
었다.

"우선 황태자 전하부터 구한다."

말과 함께 황태자 일행의 야영지에 가보니 야영지는 이미 다
크버먼인지 벌인지의 공격에 엉망이 된 지 오래였다. 게다가 지
면에는 이미 수십 명의 기사와 성기사가 상처 부위를 움켜잡고
뒹굴고 있었는데, 조금 전에 들었던 비명소리의 주인들 같았다.

붕~

부웅~

"막아라!"

"대열을 흐트러뜨리지 마라!"

"마법사들은 주위를 밝혀라!"

쾅!

화살만큼이나 빠른 다크버먼의 공격에 기사와 성기사들은 방패와 갑옷을 이용해 방어를 하면서 검을 휘두르고 있었지만, 그들의 검에 맞아떨어진 다크버먼의 수는 겨우 몇 마리에 불과했다.

수만, 혹은 수십만은 족히 될 듯 보이는 다크버먼들이 밤하늘을 까맣게 덮으며 공격할 준비를 마치고 있었다.

프리스트와 마법사들은 황태자 주위에서 방어벽을 만들고 주변을 밝히며 다크버먼의 공격에 대비했다. 하지만 다크버먼의 위력에 꽤나 놀랐는지 그들 대부분의 표정은 어둡기 이를 데 없었다.

황태자 일행과 합류한 다른 사람과는 달리 조금 떨어진 곳에서 내가 서자마자 기다렸다는 듯 다크버먼들의 공격이 시작되었다.

그제야 다크버먼이라고 불리는 마계의 벌을 자세히 볼 수 있었다.

시커먼 몸 색깔이나 어른 주먹보다 더 큰 몸체, 여섯 장의 날개, 송곳을 박아놓은 듯 보이는 꼬리의 침, 온몸에 돋아 있는 시커먼 가시들은 보기만 해도 으스스할 정도였다. 더구나 속도까지 엄청나게 빠르니 상대하는 것이 쉽지 않을 것 같았다.

먼저 구환도로 상대를 해보았다.

퍼퍼픽!

둔탁한 소리와 함께 두세 마리의 다크버먼이 두 동강이 나 지면에 떨어졌다.

시선을 돌려 다른 다크버먼을 쳐다보다가 이상한 생각이 들어 지면을 보니 두 동강이 났던 다크버먼들이 어느 틈엔가 다시 하나로 합쳐지고 있었다.

몇 분이 걸리긴 했어도 결국 이전의 모습으로 되살아나 무리에 합류했다.

오러 블레이드로 상대하는 것도 결과는 마찬가지라고 생각되었기에 구환도를 회수하고는 오러 샷을 준비했다. 십여 개의 오러 샷으로 다시 다크버먼들을 공격했다.

퍼퍼펑!

요란스러운 폭음과 함께 다크버먼들이 터져 나갔다. 하지만 내가 없앤 다크버먼은 겨우 십여 마리밖에 안 되었다. 몸이 터져 나간 다크버먼 가운데 몇 마리가 터진 몸을 다시 합치기 위해 모여드는 것이 보였다. 그리고 그런 녀석들은 예외없이 머리가 달려 있었다.

확인을 위해 재차 오러 샷을 날려 머리를 파괴시키자 짐작대로 움직임이 사라졌다.

처치할 방법은 알았지만 까맣게 밤하늘을 덮고 있는 다크버먼의 수가 너무 많다는 것이 문제였다. 그리고 다크버먼을 처치할 능력을 가진 사람이 너무 없다는 것 또한 문제였다.

그런 생각을 하는 동안에도 피해는 계속해서 늘어나고 있었다.

사람들이 제대로 대처를 할 수 있을까 의심이 되긴 했지만 일단 내가 알아낸 사실을 알려주었다. 처음엔 제법 괜찮게 대응을 하던 그들도 워낙 많은 수가 공격을 계속해서 퍼붓자 피해를 입을 수밖에 없었다. 그래도 한 가지 다행인 점은 부상자가 속출하긴 했지만 사망자는 아직 나오지 않고 있다는 것이었다.

소드 익스퍼트들은 제대로 대응도 못한 채 스스로를 지키기에도 힘들어했고, 소드 마스터들이 나서서야 겨우 약간의 피해를 입힐 수 있었지만 그 피해란 것이 워낙 미미해 과연 다크버먼의 공격을 무사히 막아낼 수 있을까 걱정하지 않을 수 없었다.

만약 다크버먼이 언데드의 일종이었다면 프리스트들의 공격에 상당한 피해를 입었겠지만 살아 있는 마계의 생명체였기에 아무리 신성력으로 공격해도 물리적인 타격을 제외하고는 전혀 타격을 받지 않았다.

제국과 각 왕국의 소드 마스터 중급 이상의 실력자들이 일행 앞에서 다크버먼과 싸우고 있었지만 예상대로 성과는 상당히 미미했다. 내가 잠시 다크버먼을 상대할 방법을 강구하는 사이 기사들의 외침이 들려왔다.

"마물이 물러간다!"

"프리스트들의 신성력에 겁을 먹고 마물들이 도망친다!"

"와~ 제국 만세! 황태자 전하 만세!"

"만세! 만세!"

물러가는 다크버먼들에 환호성을 울리는 기사들을 보며 참으로 한심스럽기 그지없었다.

자신들의 힘으로 물리친 것도 아니고 스스로 물러난 것뿐임을 알면서도 마치 자신들의 능력으로 물리친 것처럼 으스대는 꼴은 기가 막힐 뿐이었다. 물론 죽음의 순간을 넘겼으니 기뻐하는 것까지는 이해할 수 있지만 물리친 것도 아니요, 상대가 스스로 물러난 것을 자신의 능력 때문이라고 생각하는 것 자체가 짜증스럽고 한심스럽기 그지없었다.

그렇지 않아도 인간을 하찮게 여기는 카르카스와 플로네이서스가 저 모습을 보고 인간들을 더 하찮게 여기지는 않을까 은근히 신경이 쓰였다. 하지만 그런 내 걱정과는 달리 둘은 신경도 쓰지 않은 채 술병째 들고 마시며 황태자 일행을 쳐다보고 있었다.

"부상자들을 한쪽으로 모아라."

"프리스트들을 모셔와라."

사르트 후작과 메리스 공작은 연신 기사들에게 지시를 내려 부상자들을 모았다.

하이 프리스트 엘리슨을 비롯한 프리스트들이 부상을 입은 기사 곁으로 달려와 재빨리 신성력으로 치료하려고 했지만 기사들은 여전히 부상 부위를 움켜잡은 채 신음을 흘리고 있을 뿐이었다.

"하하하, 인간들은 약하구나, 정말 약해. 쏘여봐야 따끔하지도 않은 저런 쪼그만 잡벌레에게 조금 쏘였다고 저렇게 비명을 지르다니… 인간이 이런 것에 약할 줄은 몰랐군. 이런 기가 막힌 방법을 어떻게 알았는지 칭찬을 해주고 싶구나."

고통스러워하는 기사들을 보고 태연하게 지껄이는 플로네이서스의 행동에 드러내놓고 화를 터뜨릴 수도 없고, 참자니 짜증이 치민 상태였다. 신성력도 통하지 않고, 마법사들의 치료마법도 통하지 않는 상처에 모두들 곤혹스러워하며 서로의 얼굴만 쳐다볼 뿐이었다.

"대체 어떻게 된 일입니까?"

"저 괴상한 마계곤충에게 쏘인 기사들은 쏘인 부위에 지독한 통증을 느끼고 있어요. 쏘인 부위가 붓거나 지독한 통증에 시달리고는 있지만 아직 사망자가 없는 것을 보면 분명히 독은 아닌 것 같은데… 독사에게 물렸을 때보다 더 지독한 통증 때문에 숨쉬기조차 힘이 든다고 괴로워하고 있어요."

푸르니에의 질문에 엘리슨의 얼굴이 어두워졌다.

불과 30분도 안 된 시간에 다크버먼에게 당한 기사들의 수가 거의 백여 명에 가까웠기 때문이다. 더구나 자신들이 가진 힘으로 치료마저 할 수 없다 보니 부상자들은 그대로 전력 약화를 뜻하는 것이었다.

적의 기습에 이렇게 속수무책으로 당할 수밖에 없다는 사실에 어이가 없었다.

불행 중 다행으로 두 시간 정도가 지나자 통증이 점점 미약해져 갔고 그제야 부상자들은 겨우 잠을 이룰 수 있었다.

마법사들은 야영지 외곽에 마법트랩을 설치하느라 여념이 없었고, 사르트 후작은 기사들로 하여금 외각 경계를 맡도록 지시를 내렸다. 프리스트들도 각자 순번을 정해 경계를 서는 기사들처럼 경계를 서도록 했다.

나름 급습에 대해 조심하는 것까지는 좋았지만 그것이 과연 얼마나 도움이 될지는 알 수 없었다. 그리고 그런 내 걱정은 잠시 후 그대로 맞아떨어졌다.

②

새벽 3시를 넘은 시간.

대부분의 사람들이 잠에 빠졌을 때 지축을 흔드는 작은 흔들림에 눈을 떴다.

물론 안 자고 있었기 때문에 금세 일어날 수 있었고, 다른 이들도 내가 일어나는 소리를 들었는지 즉시 일어났다.

"무슨 일 있어?"

"뭔가가 야영지를 향해 달려오는 것 같은데… 수가 적지 않다."

"몬스터들이다. 그리고 괴상하게 생긴 녀석들도 약간 섞여 있다."

웬일인지 좀처럼 입을 열지 않던 카르카스가 우리에게 주의를 주었다.

"괴상하게 생긴 녀석?"

"내가 볼 때는… 마계의 마수들인 것 같다."

카르카스의 말에 플로네이서스를 쳐다봤지만 또 밤새 술을 마셨는지 빈 술병이 몇 개나 보였고, 손에는 역시나 나이트메어가 들려 있었다. 내가 쳐다보자 플로네이서스는 어깨만 잠시 으쓱거렸을 뿐 술만 계속해서 들이켰다.

"푸르니에, 황태자 전하께 주의를 주는 것이 좋겠다."

"알았어."

푸르니에가 나간 후 우리 일행도 막사를 빠져나갔다.

잠시 소란스럽더니 황태자 일행이 기습을 막을 준비를 마친 모습이 보였다. 그리고 얼마 지나지 않아 족히 천여 마리는 되어 보이는 몬스터들이 달려드는 모습을 목격할 수 있었다. 좀처럼 보기 힘든 대형 몬스터들도 보였고, 괴상하게 생긴 마수들의 모습도 보였다.

　특히 가장 앞쪽에서 달려오는 마수의 생김새는 무시무시하기 이를 데 없었다.

　거대한 몸집에, 여섯 개의 다리, 그리고 이마에 달린 네 개의 뿔이 무척이나 인상적으로 보였다. 마치 성난 황소처럼 앞을 가로막는 바위든, 나무든, 사람이든 이마의 뿔로 들이받아 파괴하면서 돌진했다.

　파괴된 바위들이 허공을 비산하고 있었는데 기사들이라고 예외가 될 수는 없었다.

　"파이어 볼!"

　"매직 미사일!"

　"체인 라이트닝!"

　펑! 퍼퍼펑～

　마법사들의 장거리 마법이 쏟아졌지만 이름도 모르는 마수는 아랑곳하지 않고 달려들었다.

　"기사들 전면 방진!"

　누군가의 외침에 기사와 성기사들은 각자의 방패를 지면에 박아 넣은 채 방벽을 급조했다. 그리고 프리스트들은 기사들의 방패에 신성력을 쏟아 부어 더욱 단단하게 만들었지만 야영지로 난입한 몬스터의 공격을 막아내기에 역부족이었다.

쾅!

소음과 함께 방진의 한쪽이 단번에 무너졌다.

상황이 이쯤 되자 어쩔 수 없이 소드 마스터들이 전면에 나설 수밖에 없었다.

"마나를 함부로 낭비하지 마라!"

"방진을 풀지 마라!"

음성을 들어보니 메리스 공작의 음성이었다.

고개를 돌려보니 하이 프리스트들만이 황태자를 보호하고 있을 뿐 모든 기사들과 마법사, 프리스트들은 달려드는 몬스터들과 싸우느라 정신이 없었다.

각자의 전력은 기사들이 앞섰지만 야영지에 난입한 몬스터들의 수가 너무 많아 기사들은 점차 밀릴 수밖에 없었다.

"레이디 발레리아, 잠시만 도와주시겠습니까?"

"말씀만 하세요, 주인님."

"잠깐 동안만 몬스터들을 막아주시겠습니까?"

"알겠어요."

대답을 한 발레리아는 허공으로 몸을 띄운 후 몬스터들을 향해 양손을 뻗고는 천천히 캐스팅을 했다. 영창이 길어질수록 그녀 주위로 모여드는 마나와 흑마력의 양은 급격하게 늘어나 그녀 주위를 맴돌았다.

"트리플 다크 파이어 월!"

발레리아의 영창이 끝나자마자 야영지 외곽에 거대한 불길이 세 겹으로 솟구쳐 올랐다.

화르르~

보통의 야생 동물이나 맹수였다면 불길이 솟구치는 순간 도망을 쳤을 테지만 지금 기사들을 공격하고 있는 몬스터들은 리치의 명령을 받고 있는 마수들이기에 자신들의 생명은 아랑곳하지 않은 채 그저 돌진만 할 뿐이었다. 하지만 거의 20미터에 이를 정도로 높고 맹렬하게 타오르는 세 겹의 불의 장벽을 통과하는 불가능한 일이었다. 때문에 상당수의 몬스터들이 발레리아가 만든 불의 장벽에 숯덩이가 되어 쓰러져 갔고, 그 모습을 보고서야 기사들은 겨우 한숨을 돌릴 수 있었다.

그 모습을 보면서도 난 긴장을 풀 수 없었다.

지금 몬스터의 공격이 겨우 시작에 불과하다는 것을 알기 때문이었다.

그런 내 짐작을 증명이라도 하듯 조금씩 밝기 시작한 동쪽 하늘을 온통 뒤덮으며 다크버먼들이 다시 모습을 드러냈다. 다크버먼의 날갯짓 소리가 마치 천둥처럼 사방을 울렸다.

"어, 언데드다!"

"날이 밝아오는데 어떻게 저것들이 다시?"

"멍청한 소리. 저것들은 언데드가 아니라 마계의 마수란 말이야. 닥치고 어서 황태자 전하를 보호하기나 해."

멍청한 소리를 내뱉는 기사들에게 쓴소리를 하고는 제자들에게 지시를 내렸다.

"제우비스, 트렉슨. 너희들도 푸르니에와 레이디 발레리아를 모시고 황태자 전하가 있는 곳으로 이동해라."

"마스터, 저희들은 이곳에서……."

"너희들의 실력으로는 저것들의 공격을 막을 수 없다. 프리스트들이 얼마나 버틸지는 모르겠지만 일단은 그들이 있는 곳이 안전하다. 어서 가라."

잠시 머뭇거리던 제우비스와 트렉슨이 푸르니에와 함께 발레리아에게 가기를 권했지만 발레리아는 고개를 저었다.

"저는 주인님 곁에 있겠어요. 저들만으로는 나를 어떻게 할 수 없으니까 걱정하지 말고 어서 몸을 피하세요."

난처한 표정으로 날 쳐다보던 둘은 내가 고개를 끄덕이자 그제야 황태자 쪽으로 이동했다. 잠시 발레리아를 쳐다본 난 곧 오러 샷을 준비했다.

까마득히 높은 곳에 떠 있는 다크버먼들을 공격하기는 결코 쉬운 일이 아니었다.

거리가 멀면 오러 샷을 조종하는데도 문제가 있었고, 특히 지금처럼 상대해야 할 것들의 수가 엄청나게 많을 경우 제대로 된 파괴력을 내기 힘들기 때문이었다.

많은 수의 오러 샷을 선택할 것인지 아니면 파괴력을 위해 오러 샷의 숫자를 줄이더라도 크게 만들어 공격할 것인지를 선택해야 했다.

차라리 몬스터처럼 커다란 덩치를 가진 것이라면 상대하기가 편할 텐데… 비록 몬스터들보다 작긴 했지만 수가 모래알만큼 많은 저것들을 과연 오러 샷으로 처리할 수 있을까 걱정이 되었다.

다시 한 번 단전의 마나를 확인하고는 주먹만큼 크게 만든 오러 샷을 다크버먼을 향해 날렸다. 내 조종을 받은 오러 덩어리는 다크버먼들을 향해 날아갔고, 가장 낮은 곳에서 날고 있던 다크버먼과 충돌하면서 그대로 폭발을 일으켰다.

번쩍!

쾅~ 우우웅~

심하게 압축했던 오러 샷이기 때문일까?

섬광과 함께 거대한 폭발이 일어났다.

하늘을 가득 메우고 있던 다크버먼으로 이뤄진 검은 구름에 구멍이 뻥 뚫렸다. 하지만 전체를 생각해 보면 사라진 것은 마치 커다란 모래밭에서 작은 자갈 하나를 골라낸 것처럼 미미한 흔적밖에 되지 않았다.

자신들이 공격을 받았기 때문일까?

다크버먼 떼 가운데 일부가 공격하기 위해 내게로 날아오는 것이 보였고 난 호신강기, 즉 오러 아머를 만들었다. 다크버몬 떼가 눈 깜짝할 사이에 날 까맣게 뒤덮었다.

비록 오러 아머 때문에 직접적으로 날 공격할 수는 없었지만 기사들의 강철 플레이트 메일마저 뚫어버리는 장미의 가시를 닮은 다크버먼의 가시들은 하나하나가 살벌하기 이를 데 없었다.

그대로 오러 아머를 반탄시켜 공격하려던 난 뇌리를 스치는 생각에 오러 아머에 분뢰권의 묘리를 실었다. 그러자 내 주위를 빼곡하게 덮고 있던 다크버먼의 무리가 삽시간에 불길에 휩싸였다.

그 모습을 보면서 난 다크버먼의 지독한 생명력에 놀라지 않을 수 없었다.

가까이 있던 것들은 삽시간에 타올라 숯덩이가 됐지만 조금 떨어져 있던 것들은 날개만 타 지면에 떨어졌을 뿐 죽지는 않았다. 땅 위를 기어다니는 다크버먼의 머리를 짓밟아 죽이긴 했지만 전체들의 수에 비하면 내가 해치울 수 있는 수는 너무 적었다.

"크악!"

"악!"

갑자기 들려온 비명소리에 고개를 돌려보니 다크버먼의 공격을 받은 사람들이 상처 부위를 움켜잡으며 지면을 뒹굴고 있었다.

기사도, 마법사도, 프리스트들도 예외가 없었다.

마법사들이 실드 마법이나 화염 마법으로 잠시 버티기는 했지만 그 시간은 그야말로 잠시에 불과했다. 실드는 다크버먼들이 몸으로 몇 번 부딪치자 힘없이 부서졌고, 그들은 곧 달려드는 다크버먼들로 까맣게 뒤덮였다.

마법사들은 다크버먼의 가시에 쏘여 버둥거리다가 기절을 했는지 곧 축 늘어졌다. 그렇기는 다른 사람들 역시 마찬가지였다.

소규모 공격을 했던 이전과는 달리 끝장을 보려는 것인지 다크버먼들의 공격은 끊이지 않고 이어졌다.

단순히 고통을 호소하던 것과는 달리 대부분은 기절을 함으로써 극악한 통증에서 벗어날 수 있었다. 방진이 급속하게 무너지자 황태자를 보호하는 사람의 수도 빠르게 줄어들었다.

불과 숨을 몇 번 몰아쉴 짧은 시간 만에 5백 명이 넘던 황태자 일행 가운데 서 있는 사람은 겨우 7, 80명밖에 남지 않았다.

"레이디 발레리아, 황태자 전하를……."

말이 끝나기도 전에 발레리아는 거대한 불길로 황태자와 아직 공격당하지 않은 사람들을 보호했다. 자신이 보호하고 있던 사람들이 안전한 것을 확인한 발레리아는 재차 마법을 발현시켰다.

"블리자드!"

발레리아의 음성이 들린 순간 대기가 무섭게 흔들리더니 곧이어 회오리바람이 불기 시작했다. 거의 동시에 주위의 온도가 급격하게 떨어지며 곧 세찬 바람과 함께 눈이 쏟아지기 시작했다.

다크버먼들도 급격한 온도 변화에 잠시 우왕좌왕했지만 소환자의 명령 때문인지 다른 곳으로 날아가지는 않았다. 하지만 거대한 회오리바람의 세찬 흡입력에 휘말려 빨려 들어가기 시작했고, 회오리바람에 빨려 들어간 다크버먼들은 날개가 얼거나 몸 전체가 얼어 지면에 하나둘 떨어지기 시작했다.

갑작스런 변화에 처음엔 다크버먼들이 속수무책으로 당하는 것처럼 보였다. 하지만 곧 살아남은 것들은 일제히 다른 곳으로 이동한 채 다시 공격할 준비를 하고 있었다.

그 모습을 보면 도저히 본능에 따르는 곤충이라고 보기 힘들 정도였다.

무슨 이유로 모습을 드러내지 않고 있는 것인지는 모르지만 내 생각으로는 근처에 리치가 와 있는 것이 분명했다.

"레이디 발레리아, 근처에서 리치가 지시를 내리고 있는 것 같습니다. 주변을 한번 살펴봐 주시겠습니까?"

내 전음에 발레리아는 주위를 둘러보다 곧 북쪽의 계곡 깊숙한 곳을 가리켰다.

그쪽으로 출발하기 전 황태자 쪽을 쳐다보니, 발레리아가 꺼져 가던 검붉은 마법불꽃을 되살려 다크버먼들의 공격을 철저하게 막고 있어 당분간은 안전할 듯 보였다. 해서 극도의 은신술을 발휘해 일단 모습부터 감추고는 발레리아가 가리킨 곳을 향해 전속력으로 달려갔다.

동시에 기감을 넓혀 주위를 살폈더니 발레리아가 가리킨 방향으로부터 다크버먼 쪽으로 희미하게 흑마력이 뿜어지고 있음을 느낄 수 있었다. 발레리아에게서 느껴졌던 흑마력보다는 약하긴 했지만 나름대론 상당히 강력한 힘이었다.

최대한 은밀하게 접근하기 위해 잠시 동안 심장의 작동도, 숨도 참았다.

해골에 인간의 가죽을 입혀놓은 것처럼 보이는 말라깽이 하나가 허공을 향해 연신 손을 뻗은 채 알아듣지도 못할 낮은 음성으로 뭔가를 열심히 중얼거리고 있었다.

모습을 보아하니 아직까지 내 접근을 모르고 있는 듯 보였다.

마나의 파동 때문에 내 접근을 알게 될지도 모른다는 염려 때문에 구환도의 손잡이를 부셔져라 움켜잡고는 그대로 리치를 향해 몸을 날렸다. 그리고는 리치의 목을 향해 힘껏 휘둘렀다.

휙!

하지만 구환도는 허공을 갈랐을 뿐이었다.

리치는 어느 틈엔가 20미터 상공에 뜬 채 날 쳐다보며 비릿한 미소를 짓고 있었다.

"기척을 감추고 숨을 참는다고 네가 접근하는 것을 내가 몰랐을 것 같으냐? 체온도 감출 줄 모르는 자식."

리치의 말에 화를 나거나 머뭇거리고 있을 사이가 없었다.

달리던 탄력을 이용해 지면을 박찼다가 다시 절벽을 박차며 허공으로 몸을 날렸다.

이미 들킨 이상 최대한 빨리 상대를 제거하는 수밖에 없었다.

"귀곡참살!"

쩌러렁!

구환도에 매달려 있던 아홉 개의 강철 환들이 서로 부딪치며 우렁찬 소리가 났다. 아니, 공력을 주입했기 때문인지 엄청난 충격파가 리치에게로 집중되었다.

만약 상대가 인간이었다면 당장 고막이 터지고 전신 혈맥이 끊어지게 만들었을 굉음이었지만 리치는 멀쩡했다. 아니, 멀쩡한 것처럼 보였다. 하지만 중얼거리려던 리치는 충격을 받았는지 잠시 몸을 부르르 떨었다.

비록 짧은 순간이지만 그 순간을 놓치지 않았다.

"귀곡난살!"

휘리리릭!

날카로운 소음과 함께 순식간에 리치가 몇 조각 나 지면으로 떨어졌다.

조각나 떨어지는 리치를 즉시 극빙장으로 얼렸다. 리치를 계속 얼리면서 황태자 쪽의 상공을 쳐다봤다. 조금 전 발레리아가 만든 거대한 블리자드로 인해 주위는 하얗게 눈이 쌓여 있었고, 살아남은 다크버먼들은 아까보다 훨씬 우왕좌왕하고 있었다.

내가 봤을 때는 더 이상 사람들을 공격할 것 같지는 않아 보였다.

다크버먼 쪽으로 시선을 돌린 것은 그야말로 잠시에 불과했다. 그런데 리치의 기운이 갑자기 약해지기 시작한 것이다.

리치의 상태를 확인하니 얼음 속에서 리치의 몸이 부서지고 있었다.

황급히 기감을 넓혀보니 근처 어디에도 리치의 기운은 느껴지지 않았다.

내가 너무 안이했다.

지금까지 이 방법으로 리치를 사로잡았었기에 이번에도 그렇게 했던 것인데, 설마 몸이 조각난 후에도 움직일 수 있을 줄은 미처 예상하지 못했다.

이미 기감에도 잡히지 않으니 어쩔 수 없었다. 그러다 공간의 일부가 왜곡되기 시작한 것을 발견했지만 현재의 내 실력으로는 속수무책이라 하지 않을 수 없었다.

"프리즈 게이트!"

누군가의 외침이 들린 후 비록 눈에 보이진 않았지만 주위의 모든 것이 굳어진 것을 느낄 수 있었다. 심지어는 왜곡된 공간마저 원래대로 돌아오지 않아 더욱 괴상하게 보였다. 그리고 예상대로 플로네이서스와 카르카스가 모습을 드러냈다.

"멍청한 자식, 흑마력과 마나가 다르다는 것을 아직도 모르겠냐? 나잇살이나 먹은 드래곤이라는 자식이 마족들은 흑마력을 얻어 쓰기 때문에 안티 매직 셀 같은 허접한 마법으로는 도망치는 것을 막을 수 없다는 것도 모르다니… 그래도 오래 살았기에 제법 똑똑할 거라고 생각했었는데, 아무래도 내가 잘못 생각한 모양이군."

비릿한 미소를 지으며 깐죽거리는 플로네이서스의 말에도 카르카스는 인상을 쓸 뿐 아무런 대꾸도 하지 못했다.

"해제!"

플로네이서스의 말에 주위는 원래대로 돌아왔다.

그런 플로네이서스의 손에 조금 전 보았던 리치의 목이 잡혀 있었다.

숨을 쉬거나 음식을 먹지 않으니 목을 조른다고 숨이 막히거나 답답해지는 않았다. 그렇지만 플로네이서스의 전신에서 쏟아지는 무시무시한 기세에 짓눌려 몸부림도 치지 않은 채 플로네이서스의 손아귀에 고스란히 잡혀 있었다.

"건방진 놈, 감히 저렇게 지저분한 벌레 따위를 풀어놓다니… 너 같은 놈이 리치라는 사실이 창피하구나."

"다, 당신은 누구십니까? 대체 누구기에 이렇게 어마어마한 힘을 가지고 계신 겁니까?"

"흥! 감히 너 따위가 주제넘게 내 정체를 알 자격이 된다고 생각하느냐?"

플로네이서스가 리치의 멱살을 잡아끌어 눈에서 마주 대한 채 말을 하자 리치는 반항할 생각도 하지 못하고 플로네이서스의 행패를 고스란히 당할 수밖에 없었다. 그러다 무엇이 생각났는지 조심스럽게 입을 열었다. 하지만 고개는 여전히 들지도 못했다.

"혹시 마, 마왕이십니까?"

"막심 라벡스가 아끼는 레기오네의 맹약자라고 하기에 제법 쓸 만한 놈인가 했더니… 하는 짓도 마음에 들지 않고, 보는 눈이 형편없는 놈이구나. 레기오네는 물론 막심 라벡스까지 내게 무례를 저지른 죄를 물어 소멸시켜 주도록 하지. 이만 죽어라."

화르르~

사르르~

순식간에 리치의 몸에 불이 붙더니 눈 깜짝할 사이에 잿더미가 되어버렸다. 그리고 플로네이서스가 손을 뻗자 밝아오는 하늘에 작은 동심원을 가진 충격파가 생겼고, 곧 다크버먼들 전체를 휘감을 수 있을 정도로 거대해졌다. 다크버먼들은 미처 도망갈 사이도 없이 충격파에 휘말려 전신이 터져 나가 시체조차 남기지 못하는 신세가 돼버렸다.

플로네이서스가 다크버먼들을 해치우는 동안에도 황태자는 멀쩡한 기사들을 지휘해 부상자들을 분류하는 데 여념이 없었다. 비교적 체력이 약한 마법사들은 다크버먼들에게 쏘이자마자 기절했고, 기사나 성기사들은 서너 방씩 쏘이지 않은 사람이 없었다.

불행 중 다행인 것은 고통이 심해 기절한 사람들이 적지 않았지만 그래도 죽은 사람은 없다는 것이었다. 물론 너무 많이 쏘여 기절도 하지 못한 사람들은 이를 악물며 신음조차 흘리지 못할 정도로 괴로워하고 있었다.

보지 못했다면 모르겠지만 본 이상 모른 척할 수는 없었다. 하지만 내겐 그들을 치료할 수 있는 능력이 없는 이상 재울 수밖에 없었다.

몇 명을 강제로 재우면서 제우비스와 트렉슨에게도 부상자들을 재우라고 지시했다.

부상자들이 적지 않았지만 셋이서 수혈을 제압하자 부상자들은 곧 세상모르고 잠에 빠져들었다. 신음 소리가 끊이지 않고 들리다가 그들이 잠에 빠지자 세상이 조용해졌다.

내 행동을 유심히 보던 플로네이서스가 곧 한마디를 했다.

"다크버먼의 가시엔 비록 독은 아니지만 다크버먼의 체액이 묻어 있어 찔리면 근육이 굳어지고 찔린 부위가 상당히 고통스러운데, 그걸 마나를 이용해 강제로 억제시키는 방법이 있다니… 인간들은 상당히 재미있는 기술을 가지고 있군."

녀석이 뭐라고 지껄이든 난 도망치던 리치를 제압하지 못했던 것에 대해 고심하고 있었다. 지금까지 도망치지 못하고 내게 잡혔던 리치들은 아마도 수준이 낮았기 때문이 아닐까 하고 짐작할 뿐이었다.

물론 나도 인간인 이상 불완전할 수밖에 없고, 아무리 노력해도 되지 않는 일이 있다는 것을 모르지는 않는다. 하지만 조금 전처럼 다급한 상황에서 도망치는 상대를 사로잡지 못한다면 오히려 적들에게 반격을 받을 것이 뻔하기에 마음이 편할 리 없었다.

결론은 역시 아직까지는 내 실력이 부족하다는 것이다.

지금은 어느새 목표가 되어 버렸지만, 현재 내 실력으로 플로네이서스와 대결을 벌인다는 것은 그야말로 어불성설이었다.

타격은 고사하고 털끝이라도 상하게 할 수 있을까?

솔직히 자신이 없었다.

물론 녀석은 내 실력에 맞춰 상대해 주겠다고 했지만 그래도 녀석을 상대할 자신은 좀처럼 없었다. 오기—사실은 객기요, 만용이었다—로 버티고 있었지만 사실 플로네이서스의 믿을 수 없을 만큼 강한 능력을 속으로는 이미 인정하고 있었다.

잠시 내가 생각에 빠져 있을 때 황태자는 부상을 입지 않은 귀족들과 앞으로의 대책에 대해 이야기를 나누고 있었다.

둥!

"엇?"

조금은 당황한 듯한 플로네이서스의 반응에 나도 모르게 고개를 돌려 그를 쳐다봤다.

심장 부근에 손을 댄 채 동북쪽을 쳐다보는 플로네이서스는 꽤나 놀란 표정이 역력했다.

조금 전 느껴졌던 그 괴상한 진동과 연관이 있는 것 같은데, 대체 그것이 무엇인지 전혀 짐작이 되지 않았다. 하지만 그동안 놀란 적이 없었던 플로네이서스가 놀란 것을 보면서 혹시 무슨 일이 벌어진 것은 아닐까 하는 걱정이 앞섰다.

심혼을 울리는 듯한 괴상한 진동.

내 예상이 틀리지 않다면 마나와 같은 거대한 힘의 진동이 틀림없었지만 그 진원지는 알 수 없었다. 그리고 발레리아도 조금 전의 진동을 느꼈는지 플로네이서스가 바라본 방향을 쳐다보고 있었다.

"레이디 발레리아, 혹시 조금 전 진동이 뭔지 아시겠습니까?"

"저도 확실한 것은 알 수 없지만 아마도 마족들과 관련된 일 같아요. 조금 전 무서울 정도로 강력한 흑마력의 진동이 있었어요. 그 정도 힘이 느껴지려면……."

발레리아는 흘깃 플로네이서스를 훔쳐보다 작은 음성으로 말을 이었다.

"플로네이서스님만큼 강한 존재이거나 혹은 더 강할지도 모르는 존재가 틀림없어요. 마족들은 자신의 힘을 의도적으로 외부로 드러낼 수 있는데, 그때 마족의 심장에서 강력한 흑마력의 진동이 일어나게 돼요. 플로네이서스님이 저렇게 놀랄 정도라면 상당히 강력한 존재가 틀림없어요."

"이미 마계의 군주인 플로네이서스가 지상에 강림한 상태인데, 마왕에 비견될 만한 존재가 중간계에 또 있다는 겁니까?"

"아무래도 그런 것 같아요. 하지만 정확한 것은 모르겠어요."

"흐흐흐, 마신의 축복이 확실히 내게 이어지는 모양이군."

느닷없이 괴소를 터뜨리는 플로네이서스.

"무슨 일이야? 좋은 일이라도 있는 모양이지?"

"좋은 일? 흐흐흐. 그렇지, 좋은 일은 확실히 좋은 일이지."

대답을 하는 모양새를 보니 무슨 일인지 이야기할 생각은 없는 듯 보였다. 하긴 내가 알아봐야 좋을 것도 없고, 꼭 알고 싶은 것도 아니라서 더 이상 묻지는 않았지만 조금 전 느꼈던 진동의 주인이 누구인지 궁금한 것은 사실이었다.

황태자 일행이 이곳에서 잠시 머물다 부상자들이 회복한 다음에 다른 리치가 있는 곳으로 이동할 거라는 이야기를 푸르니에가 전해주었다.

날이 밝는 대로 출발할 거라는 내 말에 특별히 반대를 하는 사람은 없었다.

그때 플로네이서스가 슬쩍 날 쳐다보더니 지나가는 말로 한 마디를 지껄였다.

"이번에 상대할 놈은 조심하는 것이 좋을 거다. 어쩌면……"

말꼬리를 흐리는 꼴이 왠지 수상했다.

"말을 시작했으면 확실히 끝내."

"이건 내 짐작이지만… 이번에 일을 일으킨 주모자를 만날 가능성이 있거든. 레기오네의 계약자, 혹은 레기오네를 직접 만날 수도 있다는 말이다. 지금 네 실력 정도라면 그 레기오네란 녀석을 만나자마자 죽을 확률이 큰데… 지금처럼 그냥 모른 척하고 있어야 하는 건지 모르겠다."

그 말을 지껄이는 플로네이서스의 표정을 보니, 말과는 달리 조금도 걱정하는 빛이 보이지 않았다. 하기야 하찮게 여기는 인간을 걱정한다는 것은 웃긴 일이라 하지 않을 수 없다. 그런 걸 보면 굿이나 보고 실속이나 챙기겠다는 심보 같은데… 그걸 알면서도 따질 수가 없었다.

눈치없는 푸르니에 녀석이 플로네이서스의 말에 조금은 감격했다는 표정을 짓고 있는 것을 보고도 사실은 그게 아니라는 말을 할 수 없었다. 아니, 하지 않았다.

부상자가 너무 많아 후퇴를 결정한 황태자는 출발하기 전날 저녁 늦게 날 찾아왔다.

"알렉스, 자나?"

"아닙니다. 들어오십시오."

막사 안으로 들어온 황태자는 휑뎅그렁한 막사 안의 모습에 잠시 고개를 흔들고는 내 앞에 앉아서 찾아온 용건을 이야기했다.

"내일 아침에 떠날 생각이냐?"

"그럴 생각입니다만… 하실 말씀이 있으십니까?"

"우리는 부상자가 너무 많이 이만 철수할 생각이다. 다시 정비해서 오려면 시간이 거릴 것 같아 미리 작별 인사를 하려고 왔다."

씁쓸한 표정으로 이야기하는 황태자는 일이 마음대로 처리되지 않은 탓인지 얼마 전에 보았던 것보다 풀이 많이 죽어 있었다.

"앞으로는 어떻게 하실 생각입니까?"

"다른 사람들과 이야기를 해봤는데, 일단은 후퇴했다가 전열을 재정비해서 다시 올 생각이다. 그렇게 해서 토벌보다는 각 지역의 언데드들이 더 이상 남하하는 것을 저지하는 데 치중할 생각이다. 그래서 하는 말인데… 앞으로 우리가 할 일은 네 일행이 이번 사건의 주모자를 처치할 때까지 언데드들이 남하하는 것을 저지하는 것뿐이니, 네게 일부의 병력을 지원할 생각이다."

황태자는 조심스럽게 말을 꺼내며 내 눈치를 보았다.

"황태자 전하께서도 알고 계시겠지만 제가 가려는 곳은 저조차도 살아온다고 장담할 수 없는 곳입니다. 단순히 수가 많다고 해서 해결될 일이 아닙니다. 병력을 지원해 주시겠다는 황태자 전하의 말씀은 감사합니다만… 많은 수가 가봐야 이번 사태를 해결하는 데 도움이 되지 않을 것은 물론 오히려 짐만 될 것 같은데…… 황태자 전하께서는 그렇게 생각하지 않으십니까?"

내 말에 잠시 곰곰이 뭔가를 생각하던 황태자는 곧 고개를 들었다.

"무슨 말인지 잘 알겠네. 하지만 제국의 일을 남에게만 맡길 수는 없는 일. 소드 마스터인 메리스 공작과 6클래스 마스터인 뒤비니에 후작, 그리고 발로키 교단의 검인 하이 프리스트 라멜 폴로님, 그리고 소드 익스퍼트 중급 이상의 성기사들로 이뤄진 기사단과 함께 가도록 하게. 그리고 그들 모두가 이번 일에 목숨을 걸었으니 최소 그들이 네게 짐이 되지는 않을 거다."

웬만하면 거절하려고 했지만 황태자의 얼굴에는 자존심과 간절함이 함께 어려 있어 거절하기가 마땅치 않았다.

"알겠습니다, 황태자 전하. 후의에 감사드리겠습니다."

황태자가 막사를 빠져나간 후 앞으로의 일 때문에 한동안 잠을 이룰 수 없었다.

다음날 아침 일어나 보니 황태자가 말한 메리스 공작을 비롯한 지원조가 벌써부터 우릴 기다리고 있었다. 일행에게 사정 이야기를 한 후 야영지를 떠났는데 모두들 분위기 탓인지 침묵만 지킨 채 묵묵히 말을 몰았다. 다만 플로네이서스만이 말을 탄 채 술을 마시며 흥얼거리면서 주위의 풍경을 즐기고 있을 뿐이었다.

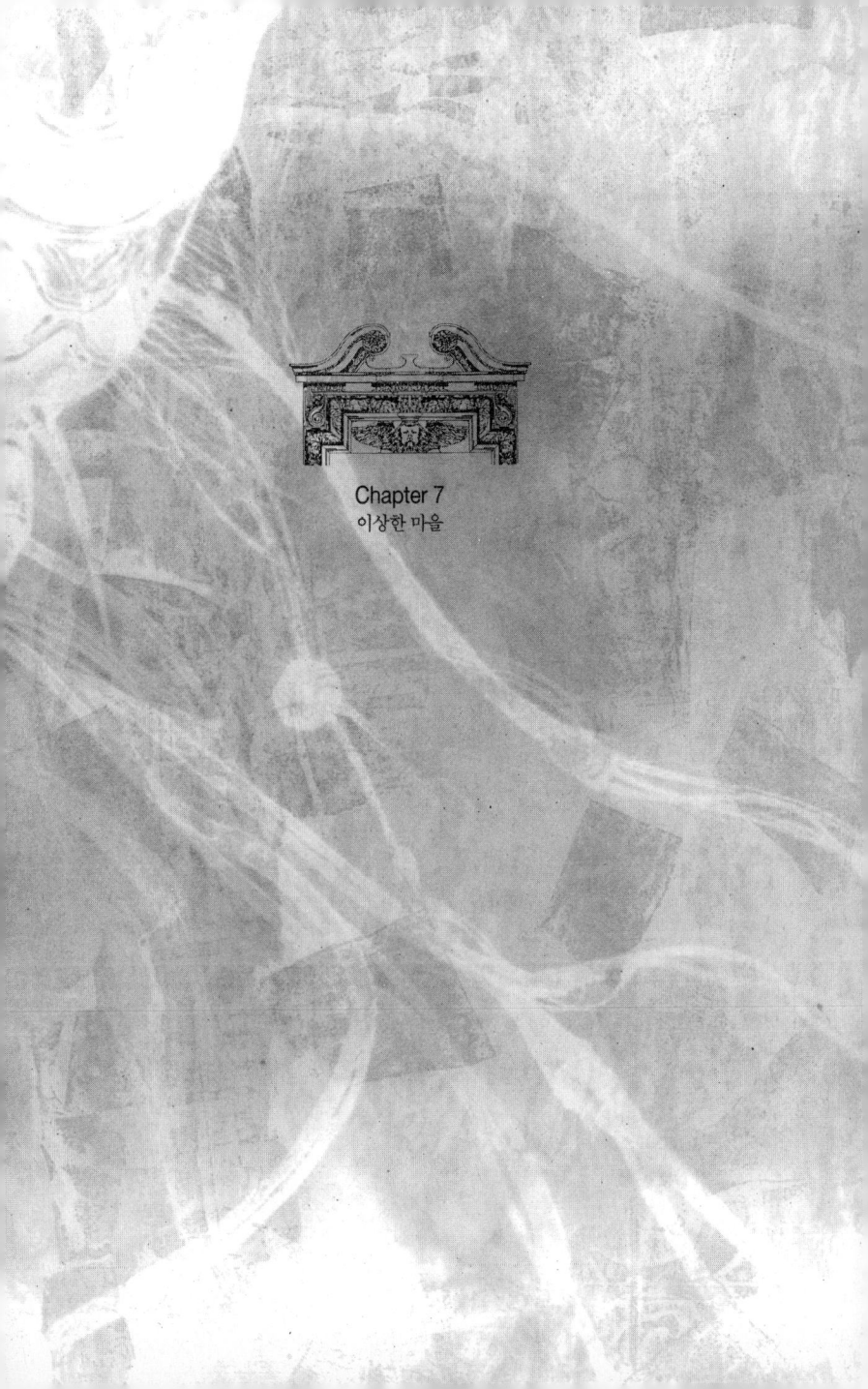

Chapter 7
이상한 마을

The Duel of Master
마스터 대전

루인 계곡을 출발한 후로 3일 동안 잠시도 쉬지 않고 계속 말을 몰았다.

목적지가 북쪽에 위치한 탓인지 아침저녁으로 꽤나 쌀쌀했다.

일행 가운데 이 정도 날씨에 추위를 느낄 사람은 없었기에 이 동하는 데 큰 문제가 되진 않았다. 다만 플로네이서스만이 이동 할수록 주위가 점차 황폐해지며 을씨년스러워지자 뭐가 마음에 들지 않는지 연신 툴툴거렸을 뿐이다.

주위를 경계하면서도 각자의 생각에 빠져 있었기에 사람들은 서로 한마디도 나누지 않은 채 말을 모는 것에만 집중했다.

끝없이 펼쳐진 황무지, 먹구름이 잔뜩 끼어 있어 금방이라도 뭔가 쏟아질 것 같은 날씨, 쉴 새 없이 불어오는 칼날같이 차가

운 바람, 그리고 자욱하게 일어난 흙먼지 속에서 움직이고 있는
생명체는 오직 우리 일행뿐이었다.

너무도 황량하고 적적한 상황에 차라리 몬스터라도 나타났으
면 하는 생각마저 들 정도였다. 그리고 주위가 더욱 어두워진다
고 느낀 순간 커다란 굉음이 황무지를 가득 메웠다.

우르르~

우르르~ 쾅! 콰르르~

번쩍!

후두두둑!

쏴아~

먹구름 속에서 요란하게 천둥이 치더니 기다렸다는 듯 모습
을 드러낸 번개가 천공을 갈가리 찢어버렸다. 그리고는 굵은 빗
줄기를 쏟아내기 시작했다.

픽! 픽!

지면과 부딪친 후 주먹만 한 흔적을 남기는 빗방울은 정말 컸
다.

본격적으로 비가 내리기도 전에 대지는 벌써 흠뻑 젖어버렸
다.

비를 피할 나무도, 또한 동굴도 보이지 않는 이런 허허벌판에
서 억수같이 쏟아질 소나기를 피한다는 것은 불가능한 일이었
다.

나나 플로네이서스, 카르카스는 각자 가지고 있던 기운을 외
부로 방출하고 있었기 때문에 비에 젖을 일이 없었다. 하지만
푸르니에와 제우비스, 그리고 트렉슨은 금세 비에 젖어 후줄근

해졌다. 발레리아는 아무것도 느끼지 못하는 것인지 그저 말을 몰고 있었지만 젖은 옷과 머리카락이 몸에 달라붙어 그리 보기 좋은 모습은 아니었다. 그렇기는 우리를 지원하기 위해 따라온 메리스 공작 일행도 마찬가지였다.

"잠깐 비를 피했다 가는 것이 좋을 것 같은데… 다른 사람들 생각은 어때?"

"비를 피하는 것은 당연하지만 어디서 비를 피하려고? 비를 피할 데도 없잖아."

"주인님, 죄송해요. 제가 생각이 짧아 미처 비를 피할 곳을 만들어두지 못했어요. 지금 당장 비를 피할 곳을 만들게요."

"레이디 발레리아, 그게 가능합니까?"

"잠시만 기다려 주세요."

푸르니에의 푸념 섞인 말에 발레리아가 나섰다.

"스톤 스피어!"

쿠쿠쿠~쿵!

발레리아의 시동어에 당장 대지에서 우람하고 거대한 돌창 수십 개가 솟아올랐다.

"아이스 필드!"

"윈드 카터!"

"리버스 그래비티!"

발레리아의 영창에 황무지의 한 부분이 꽁꽁 얼어붙었다. 하지만 곧이어 날아온 윈드 커터에 큼직하게 잘렸고, 둥글게 잘린 땅덩어리는 발레리아의 손짓에 따라 떠올라서는 스톤 스피어 위에 건물의 지붕처럼 얹혀졌다. 그리고 중앙에 마법으로 모닥

불을 만들었다.

급조해서 만든 것이지만 잠시 동안 비를 피하기는 너무나 훌륭한 임시 대피처였다.

비를 피할 곳이 만들어지자마자 사람들이 서둘러 얼음 지붕 아래로 몸을 피했고, 각자 갑옷과 무기에 묻은 빗물을 닦기에 여념이 없었다.

"마스터, 간단히 요기할 것을 만들까요?"

"금방 그칠 비는 아닐 것 같으니 그러는 것이 좋을 것 같다. 레이디 발레리아, 혹시 보관하신 음식이 있습니까?"

"요리된 음식은 없고, 일전에 미리 잡아놓은 사냥감이 여러 마리 있어요."

"그렇습니까? 그럼 쉬어가는 김에 아예 요기라도 하는 것이 좋을 것 같군요."

"여기 있어요."

발레리아가 내놓은 사냥감은 제법 큰 새 열 마리와 사슴 두 마리, 커다란 멧돼지가 두 마리였다. 이미 가죽과 내장은 제거되어 있었기에 불에 굽는 일만 남았다. 하지만 불을 피울 만한 땔감이 없었다.

어딘가로 텔레포트를 했던 발레리아가 돌아왔을 때 그녀의 손에는 잘 마른 땔감이 들려 있었다. 아마 세상을 다 뒤져도 땔감을 구하기 위해 텔레포트를 사용하는 사람은 아마 발레리아뿐일 것이다.

어찌 되었든 발레리아가 구해온 땔감들은 사람들에게 나눠졌고, 마법과 삼매진화로 모닥불을 피우자 생각보다 주위가 금세 훈훈해졌다.

불과 삼매진화를 이용해 고기를 익히는 동안 발레리아는 술과 술잔, 그리고 식기들을 꺼내놓았다.

소나기가 세차게 임시 지붕을 사정없이 때리고 있었고, 우리 일행은 임시 지붕 아래에서 모닥불 주위에 둘러앉아 고기와 한 잔의 술로 몸을 녹였다.

간단하게 요기를 하며 술을 마신 후 모닥불이 전하는 온기를 즐겼다.

망할 놈의 리치를 처치하러 가는 길만 아니었다면, 그리고 이 자리에 다른 사람들 대신 로안나만 있었다면 아마 그야말로 환상적이었을 것이다.

아쉬운 마음은 들었지만 현실적으로 불가능한 것을 아쉬워만 할 수는 없는 일이었다.

제우비스와 트렉슨에게 운공을 지시하고는 고기를 마저 익혀서 푸르니에게 내밀었다.

새롭게 일행이 된 메리스 공작을 비롯한 사람들이 녀석들이 운공하는 모습을 유심히 살피는 것을 봤지만, 본다고 알 수 있는 것이 아니기에 발레리아에게 안전을 부탁하고 나도 운공에 들어갔다.

생명력을 마나와 분리해 상단전에 생명력을 모으면서 한편으로는 영혼의 검에 대한 생각에 빠졌다.

마나와는 성질이 다르다는 것을 알면서도 운용은 마나로 운기를 할 때처럼 하고 있었는데 과연 그것이 제대로 된 방법인지 확신이 서지 않았다.

무림의 무공들은 영적인 존재들을 상대하기 위해 만들어진 것이 아니기 때문이었다. 또한 무엇보다 생명력이 마나와 다른 것은 존재감도 확실하게 느껴지지 않았지만, 전체적인 양이 전혀 짐작이 되지 않는다는 점도 문제였다. 또한 마나처럼 생명력을 원활하게 사용할 수 있는 것도 아니었다. 결론적으로는 아직까지 생명력을 마음대로 사용할 수 없다는 점 때문에 지금처럼 조바심을 느끼지 않을 수 없는 것이다.

떨어지는 빗방울을 쳐다보다 문득 내가 초보자들이나 저지를 수 있는 실수를 하고 있는 것은 아닐까 하는 생각이 들었다.

난 이미 주변의 마나에 대한 확실한 지배력과 통제력을 가지고 있다. 때문에 누구보다 빨리 마나를 보충할 수 있을 뿐만 아니라 그것을 마음먹은 대로 사용할 수도 있었다.

이런 나에게 마나를 어떻게 사용할 수 있냐고 묻는 것은 마치 사람들에게 어떻게 숨을 쉬면 되냐고 묻는 것과 마찬가지로 멍청한 질문이다.

마나와 생명력은 다른 것이라고 여기고 애초부터 생각을 하지 않았기 때문에 엉뚱한 방법을 찾고 있을지도 모른다는 생각에 우선 마음을 진정시켰다.

내가 내린 결론은 의지력이었다.

물론 그러려면 마나와 생명력에 대한 보다 깊은 이해도 필요했지만 말이다.

우선 생명력에 모든 의지를 집중시켰다. 그리고 모든 의지를 실어 명령했다.

'모여라, 생명력!'

오직 생명력의 집중에만 신경 쓰느라 얼마만큼의 시간이 지났는지는 알 수 없었지만 이전보단 훨씬 빠르게 생명력이 몸으로 스며드는 것이 느껴졌다.

군이 생명력을 모으기 위해 운공을 하고 있어야 할 필요가 없었다.

운공보단 의지력 강화가 차라리 더 도움이 될 거라는 생각에 생명력 집중에 내 모든 의지를 모으고 또 모았다. 아무것도 의식하지 못하고 있다가 그저 꽤 시간이 지났을 거란 생각에 눈을 떠보니 조금은 어두운 하늘에 어느샌가 비는 그쳐 있었다.

눈을 떠보니 세 사람(?)만이 눈을 뜨고 있었는데, 플로네이서스와 카르카스는 술을 마시고 있었고, 발레리아는 연신 빈 술병을 치우고 새 술병을 꺼내고 있었다.

"태평스러운 놈, 드디어 깨어났군."

플로네이서스의 핀잔에 발레리아가 말을 거들었다.

"벌써 하루가 넘게 지났어요, 주인님."

"예? 벌써 말입니까?"

발레리아의 말에 솔직히 당황하지 않을 수 없었다.

마나에 대한 통제력이 커진 이후에는 오랜 시간 동안 운공을 해본 적이 거의 없었다. 그런데 운공도 아니고 명상을 통한 의지력에만 집중했는데 하루가 지났다는 것을 몰랐다니…… 난 의외의 상황에 당황했다.

"그럼 지금 날이 밝아오는 중인 겁니까?"

"예, 조금 전에 비가 그쳤고, 아침이 되려면 아직 몇 시간이 더 지나야 돼요."

"그럼 저 사람들은 언제부터 저렇게 있었던 겁니까?"

"어제저녁에 나타났어요. 하지만 더 이상 접근하지 않은 채 저쪽에서 쳐다보고만 있어서 굳이 쫓지는 않았어요."

이미 알고 있었던 것인지 발레리아는 보지도 않고 대답했다.

내가 가리킨 곳에는 남루한 복장을 한 사람들이 우리 일행이 있는 곳을 바라보고 있었다. 모습이 남루한 것은 물론 퀭해 보이는 것이 며칠은 족히 굶은 듯 보였다. 게다가 비를 피하기 위해 곳곳에 임시로 대피처를 만들었지만 워낙 엉성해 사람들 대부분은 비에 흠뻑 젖어 안쓰러워 보였다.

남녀노소 약 100여 명 정도 되는 사람들이 곳곳에 피워놓은 모닥불 주위에 몰려 있었는데, 일부는 자고 있었고, 일부는 불침번을 맡았는지 깨어 있었다.

검을 들고 있는 사람들이 다수 보였는데, 그들이 용병들인지 아니면 마을의 자경단들인지 구별이 쉽지 않았다. 비록 비를 맞아 안되어 보였지만 우리 일행이 있는 곳으로 함부로 접근하지 않은 조심성은 칭찬해 줄만 했다.

만약 내가 명상에 집중해 있는 사이 조심성없이 함부로 접근했다간 플로네이서스나 카르카스의 손짓 한 번에 몰살당했을 것이 뻔하기 때문이다. 하지만 누군가 우릴 계속 쳐다보고 있다는 점이 그리 마음 편하게 느껴지진 않았다.

"잠깐 다녀오겠습니다."

거의 5백 미터 이상 떨어진 곳에 있던 그들에게 다가가자 불침번을 서고 있던 사람들은 황급히 자고 있던 사람들을 깨웠고, 내가 도착했을 땐 무기를 든 사람들이 전면에 나섰다.

괜히 그들을 자극하기 싫어 걸음을 멈췄다.

"무슨 이유로 우릴 쳐다보고 있는 건가?"

긴장한 표정이 역력해 보이는 사내들은 내 말에도 서로의 얼굴만 쳐다볼 뿐 좀처럼 대꾸를 하지 못했다.

"잠깐 비켜주게."

뒤에 있던 족히 70은 돼 보이는 노인 하나가 지팡이에 몸을 의지한 채 모습을 드러냈다.

그냥 보기에도 평생 동안 농사만 지어왔을 것처럼 보이는 노인이었다.

"나으리, 저희들은 고향을 떠나온 사람들입니다요. 급하게 고향을 떠나느라 제대로 쉬지도 못했고, 여자와 아이들이 지쳐서 이곳에서 잠시 쉬고 있던 중이였습니다요. 날이 밝으면 곧 떠날 테니까 조금만 더 쉴 수 있도록 해주십시오. 노약자가 많아서 그러니 조금만 양해해 주시면 날이 밝는 대로 금방 떠나겠습니다요. 정말입니다요, 나으리."

노인의 태도는 정중하다 못해 비굴해 보이기까지 했다. 하지만 그것이 자신을 위해서 그러는 것이 아니라는 것쯤을 짐작하지 못할 내가 아니었다.

문득 이들이 이곳에서 머문 시간이 길었다면 당연히 음식을 해먹었을 테고, 그렇다면 당연히 음식 냄새가 나야 할 텐데 어디에서도 음식 냄새가 나지 않는다는 것을 깨달았다. 그렇다는 이야기는 굶었다는 이야긴데, 남자들 뒤에 숨어 있는 노인, 여자, 어린아이들이 불쌍했다.

"식사는 했습니까?"

"예?"

"어제 저녁 식사는 했냐고 묻는 겁니다."

질문에 노인의 얼굴이 어두워졌다. 하지만 곧 얼굴을 펴면서 대답했다.

"마을을 떠날 때 식량을 제대로 챙겨 나올 틈이 없어서 제대로 식사를 하지 못했습니다요, 나으리."

"잠깐만 기다리십시오."

"레이디 발레리아, 혹 남은 식량이 있습니까?"

"요리된 음식은 없지만 사냥을 해둔 동물들은 꽤 있어요."

"백 명 정도가 먹을 수 있는 양이 됩니까?"

"모두 합치면 아마 한 끼 식사 정도는 될 거예요, 주인님."

"그럼 부탁을 드려도 되겠습니까?"

"금세 갈게요. 주인님, 잠깐만 기다려 주세요."

내 전음에 메시지 마법으로 대답을 한 그녀는 플라이 마법으로 곧 날아왔다.

그 모습을 본 사람들은 일제히 수군거렸는데 그런 그들의 얼굴에는 두려움이 가득했다.

"마, 마법사?"

"이제 우린 다 죽었어."

"엄마, 흑흑흑. 이제 우리 죽는 거야?"

챙! 챙!

불안해하던 사람들 가운데 특히 어린아이들이 급기야 울음을 터뜨리자 사내들이 즉시 무기를 뽑아 들었다. 그들로서는 불안하기 때문에 본인도 모르게 한 행동이겠지만 들고 있던 무기가 사정없이 떨리고 있는 것을 보면 꽤나 겁을 먹은 모양이었다.

그들의 모습에는 아랑곳하지 않은 채 발레리아가 아공간을 열어 사냥감들을 꺼내놓기 시작했는데, 사람들은 그 모습을 그저 바라보고 있었다. 마법사들이 가지고 있는 아공간이 어떻게 구성된 것인지는 몰라도 사냥감들이 잡힐 때 피를 흘리는 모습 그대로였다.

"아직 식사를 하지 못했을 테니 이것으로 식사를 만들어 나눠 먹도록 하십시오."

내 말이 뜻밖이었는지 앞에 나서 있던 노인은 금방 말을 잇지 못했다.

"그리고 아침 일찍 우리는 떠날 테니까 천천히 식사도 하고, 쉬다가 안전한 곳으로 피하도록 하십시오."

"감사합니다요, 나으리. 감사합니다요."

그렇지 않아도 구부정한 허리가 부러지는 것이 아닐까 걱정이 될 정도로 허리를 굽히며 노인은 나와 발레리아에게 감사의 인사를 했다. 그리고는 그때까지 눈치만 보고 있던 사람들에게 지시를 내려 사냥감들을 손보고 음식을 만들도록 지시했다.

음식을 만들 도구가 거의 없었기 때문에 요리는 내장을 제거하고 가죽을 벗긴 후 약간의 소금을 쳐서 불에 익히는 것이 고작이었다. 불에 익어가는 고기 주위로 사람들이 잔뜩 몰려 어서 고기가 익기만을 기다렸다.

잠시 후 고기가 익자 어른들이 고기를 모두에게 공평하게 나눠주었다.

먹고 남을 만큼의 양은 아니었지만 모두들 어느 정도 배를 채운 것처럼 보였다.

식사를 마친 사람들은 다시 노인의 지시대로 잠을 청했고, 대부분 금세 곯아떨어지자 노인이 내게 감사의 인사를 했다.

"감사합니다요, 나으리. 감사합니다요, 마법사님. 두 분 덕분으로 정말 오랜만에 사람들이 배를 채울 수 있었습니다요. 정말 감사합니다요."

"그런데 무슨 일로 고향을 떠난 겁니까?"

노인의 얼굴이 다시 어두워졌다.

"아마 한 달 전쯤이었을 겁니다요. 그렇지 않아도 농사지을 땅이 부족해 살기가 힘든 곳이었는데 얼마 전부터 마을에 괴변이 일어나서 도저히 그곳에서 살 수가 없었습니다요, 나으리."

"지금 괴변이라고 했습니까?"

"그렇습니다요, 나으리. 몬스터는 말할 것도 없고 죽은 자들이 살아나 저희들을 습격하기 시작했습니다요. 몇 번은 겨우겨우 막아낼 수 있었지만 나중에는 감당할 수 없을 만큼 수가 늘어나 어쩔 수 없이 고향을 떠날 수밖에 없었습니다요."

"그럼 여기 있는 사람들이 마을 사람 전부입니까?"

"아닙니다요, 나으리. 원래는 세 배 가까이 되었었는데, 몬스터들과 죽은 자들의 습격을 막다가 목숨을 잃기도 했고, 이곳까지 도망을 오는 도중에 부상이 도져 목숨을 잃기도 해서 살아남은 사람은 이들이 전부입니다요."

"그럼 고향 주위에 다른 마을들은 없었습니까?"

"마을이 서너 개쯤 있었는데 저희들이 도망칠 때 살펴보니 그들도 습격을 받았는지 마을은 벌써 텅 비어 있었습니다요. 마을 전체가 완전히 부서진 곳도 있었고, 죽은 자들로 가득 찬 곳도 있었습니다요. 지금까지 살아오면서 그렇게 끔찍한 모습은 정말 태어나서 처음 보았습니다요."

몸서리를 치며 대답하는 노인의 모습을 보니 상당히 끔찍한 경험을 한 모양이다.

"그곳에도 영주가 있었을 것 아닙니까? 도와달라고 요청을 하지 그랬습니까?"

"여기서 걸어서 열흘 거리에 영주님의 성이 있습니다요. 하지만 그곳도 이미 죽은 자들로 가득 차 있었습니다요. 그래서 도망을 치다 보니 여기까지 오게 되었습니다요, 나으리."

"고향이 저쪽 방향입니까?"

"맞습니다요, 나으리."

내가 북동쪽을 가리키자 노인은 얼른 고개를 끄덕였다.

"잘 알겠습니다. 그럼 이곳에서 충분히 쉬었다가 안전한 곳으로 대피하도록 하십시오."

"명심하겠습니다요, 나으리."

노인의 대답을 들으며 발레리아와 함께 돌아왔다.

"레이디 발레리아, 혹시 플로네이서스에게서 레기오네라는 마족에 대해서 들으신 것이 있습니까?"

"마왕님께서 전해준 힘에는 일부 기억도 섞여 있었는데, 마계의 일곱 군주 가운데 막심 라벡스 군주의 부하예요. 음모와 암계의 대명사인 마왕 막심 라벡스와는 다르게 막강한 무력을 가지고 있는 최상급 마족이라고 할 수 있어요."

"최상급 마족이 어느 정도의 힘을 가지고 있는지 전혀 짐작이 되지 않는군요."

"물론 마계를 다스리는 일곱 명의 군주는 어마어마한 힘을 가지고 있어요. 그들이 본래의 능력을 가지고 있다면 드래곤이 몇이나 달려들어도 상대가 안 될 거예요. 플로네이서스님 같은 경우에는 저에게 소환되어 본체를 마계에 두고 왔기 때문에 본래 본인이 가지고 있는 모든 능력은 사용할 수 없는 상태예요. 정확하게 얼마만큼의 능력과 힘을 사용할 수 있는지는 알 수 없지만 같이 다니는 카르카스라는 드래곤이 함부로 대하지 못하는 것을 보면 지금도 상당한 힘을 가지고 있는 것이 분명해요. 최상급 마족은 마왕이 되기 직전의 마족이니 절대 간단하게 생각해서는 안 되는 존재예요."

"그렇습니까? 조금은 의외이군요. 자신의 자리를 위협할지도 모르는 부하를 그냥 놔둔단 말입니까? 마왕이 아무리 강한 힘과 능력을 가지고 있다고 하더라도 언제 부하가 자신을 제거할지 모르는데 그런 부하를 그냥 둔다는 것이 저로서는 도저히 이해가 되지 않는군요."

"부하가 아무리 강해도 제거할 수 있는 능력이 있는 것인지, 아니면 다른 제재 방법이 있는 것인지 저도 잘 모르겠어요."

"그럼 일단 거의 마왕 급이라고 생각하는 것이 좋겠군요."

"저도 옆에서 돕겠지만 일단 조심하시는 것이 좋을 것 같아요."

일행이 있는 곳으로 가보니 어느새 모두들 일어나 있었다.

어제저녁에 먹던 것을 데워 조금 집어먹고는 뒷정리를 한 후 곧장 북동쪽을 향해 출발했다.

2

말로 이동한 지 열흘 만에 우리 일행은 작은 마을 하나를 만났다.

땅거미가 지기 시작할 무렵 마을 외곽에 도착했는데, 자연적인 어둠이 아닌 마력이 섞인 어둠이 마을 전체를 덮고 있었다. 그것만 해도 충분히 이상할 텐데 저녁 시간임에도 불구하고 불이 켜진 집이 하나도 없다는 것이 더욱 이상하게 보였다.

"조심해라. 아무래도 한바탕할 것 같다."

내 말에 무기를 뽑는 일행과 함께 일단 말에서 내려 마을로 들어섰다.

마을은 짐작대로 짙은 어둠에 싸여 있었는데, 우리가 들어서자마자 흐느적거리는 모습의 사람들이 골목으로부터 몰려나오기 시작했다. 족히 백 단위는 넘어 보이는 좀비들이었다.

죽기 전에 전투가 있었는지, 아니면 죽은 후에 다친 것인지 멀쩡한 모습을 하고 있는 좀비는 찾아볼 수가 없었다.

팔다리가 잘리거나 복부에 상처가 나서 내장이 흘러나온 좀비들도 있었다. 하지만 가장 끔찍한 모습은 몸이 썩기 시작해 눈알이 대롱대롱 매달려 있거나 몸에 구멍이 날 정도로 썩어 구더기가 득시글거리고 있는 좀비들이었다.

보통 사람들이었다면 이들을 보는 순간 뒤도 돌아보지 않은 채 달아났겠지만 우리는 이런 곳인지 알고 왔기에 좀비들을 보고도 무기를 잡은 손에 힘을 주었을 뿐이었다.

"일단 이것들부터 치워야겠지?"

"그러려고 온 거니까."

"이 정도는 나와 다른 사람들이 나서서 충분히 처리할 수 있으니까 넌 그냥 구경이나 하면서 쉬고 있어라."

후다닥!

미처 말릴 사이도 없이 푸르니에가 달려나갔고 제우비스와 트렉슨, 그리고 성기사단이 그 뒤를 따랐다. 그리고는 좀비들을 향해 성기사단이 먼저 돌진했다.

좀비를 퇴치하는 방법은 여러 가지가 있다.

프리스트들이 본인이 가진 신성력이나 아티펙트를 이용해 좀비를 터닝시키거나 머리를 제거해서 파괴시키면 된다. 무기로 좀비의 머리를 파괴하는 것이 주로 사용되지만 그것도 그리 간단한 일은 아니었다.

보통 좀비가 나타날 때에는 단위가 최소 백 단위 이상 되는 것이 일반적이기 때문이다.

수십 명이 사는 마을을 수백 마리의 좀비들이 공격한다면 아무리 좀비의 머리를 제거하는 방법을 안다고 하더라도 결국은 전멸당하는 경우가 허다했다. 하지만 그건 일반인들의 경우 이고, 지금 좀비를 해치우고 있는 녀석들처럼 마나를 이용할 줄 아는 소드 익스퍼트 급의 경우에는 눈 깜짝할 사이에 모두 제거할 수 있었다. 게다가 성기사들이 가지고 있는 신성력은 좀비 같은 언데드들에게는 천적 아닌가?

성기사들이 돌진하자 렌스에 꿰뚫린 좀비들은 머리를 제거하지 않았음에도 렌스에 실린 신성력 때문에 몸부림을 치다 쓰러

져 꼼짝도 못했고, 그런 좀비들을 푸르니에와 제우비스, 트렉슨
은 머리를 자르며 뒷정리를 했다.

다행히도 큰 어려움 없이 좀비들을 모두 제거할 수 있었다.

남은 좀비들이 있는지 찾기 위해 사람들이 흩어져 집들을 수
색하는 동안 좀비들의 몸에서는 느닷없이 검은색의 연기 같은
것이 뿜어져 나왔다. 검은색 연기가 좀비의 몸에서 빠져나오자
좀비들은 곧 녹아 지면으로 스며들었지만 마을을 감싸고 있던
마계의 기운은 조금도 걷히지 않고 있었다.

잠시 시간이 지나고 수색하러 갔던 사람들이 돌아왔다.

"쭉 돌아봤는데, 살아 있는 사람은 아무도 없는 것 같다. 집
안에 먼지가 제법 쌓인 것을 보면 오래전에 마을 사람들 모두가
몰살당했거나 마을을 떠난 모양이야."

푸르니에의 말에 제우비스와 트렉슨도 동조했다.

그들은 마을에 아무도 없다고 했지만 내 기감에는 뭔가가 몰
래 다가와 주위 건물의 그늘에 숨어드는 것이 느껴졌다.

보통 사람들보단 체온이 낮았지만 좀 전에 나타난 좀비들보
단 훨씬 체온이 높은 존재였는데, 하나같이 좀비들보단 훨씬 강
한 기운을 가지고 있었다.

물론 플로네이서스나 카르카스는 나보다 먼저 알았겠지만 마
치 아무것도 모르는 것처럼 여전히 말을 타고 있을 뿐이었다.
나나 우리 일행이 하는 일에 신경을 쓰지 않겠다고 했고, 또 나
역시 신경을 쓰지 않겠다고 생각은 하고 있었지만 귀띔조차 하
지 않는 것을 보면 지금도 계속 내 실력을 테스트하고 있는 것
은 아닐까 하는 생각이 들었다.

"모두 조심해, 근처에 뭔가가 있어."

일행에게 주의를 준 다음 난 구환도와 강철봉을 조립해 구환 언월도를 만들고는 기감에 느껴지는 것들을 향해 마을로 들어섰다.

마을로 들어서자 알 수 없는 것들이 날 노리고 있음을 확실히 느낄 수 있었다.

피부에 와 닿는 살기를 보면 날 노리는 것들이 적어도 20 이상은 되는 것 같았다.

굳이 마나를 끌어올리려고 하지 않아도 이젠 적을 발견하는 순간 언제든 마나를 움직여 공격할 수 있는 경지이기에 마치 그들을 발견하지 못한 양 그냥 서 있었다. 그래도 혹시나 하는 생각에 생명력의 기운도 살짝 넣어봤다.

그런 상태로 10여 걸음쯤 이동했을 때 어둠 속에 모습을 숨기고 있던 존재들이 드디어 모습을 드러냈다.

저걸 인간이라고 해야 할지, 아니면 인간이 아니라고 해야 할지 결론을 내릴 수 없었다.

일단 외형은 인간처럼 보였다. 아니, 인간이었다. 하지만 한 가지만은 인간과 달랐다.

그것은 보통 사람과는 전혀 다른 귀밑까지 찢어진 입이었다. 그것뿐만이 아니었다.

벌려진 입 사이로 보이는 것은 틀림없이 맹수의 날카로운 이빨이었다. 그리고 쉴 새 없이 날름거리는 것은 인간의 혀로는 볼 수 없는 긴 혀였다.

지붕과 담 위에 모습을 드러낸 그것들은 내 주위를 포위한 채 금방이라도 공격할 준비를 하고 있었다.

이름도 모를 것들의 접근에 푸르니에와 두 제자 녀석이 서둘러 다가오려고 했다. 바로 그때 그것들의 공격이 시작되었다.

껑충 뛰며 그대로 몸을 날린 그것들은 대거만큼이나 날카로운 손톱을 휘둘렀다.

일행에게 뒤로 물러나라고 주의를 주려던 난 갑작스러운 공격에 무의식적으로 구환언월도를 휘둘렀다.

채채채~챙!

번쩍!

구환언월도가 그들의 손톱과 부딪치며 날카로운 금속음과 불꽃이 피어났다.

믿을 수 없게도 그들의 손톱은 강철과 비견될 정도의 강도를 가지고 있었다.

재빨리 그들의 포위망을 뚫고 그들의 배후를 차지하려고 했다. 하지만 그들의 반응도 만만치 않았다.

거의 나와 비슷한 시간에 다시 포위망을 구축한 것이다. 그리고는 곧장 달려들었다.

비록 나를 공격한 것들은 10여 마리—아무리 봐도 인간이라 볼 수 없기에 그냥 마리라고 세겠다—밖에 되지 않았지만 미처 눈이 쫓아가기 힘들 정도의 빠른 몸놀림 때문에 마치 4, 50마리가 동시에 공격하는 것처럼 느껴졌다.

일단 구환언월도를 크게 휘둘러 그들과의 거리를 떨어뜨렸다. 그리고 그사이 슬쩍 일행을 살펴보니 소드 마스터인 세 녀석이 각자 한 마리씩 맡아 싸우면서도 좀처럼 상대를 압도하지 못하고 있었다.

그 모습을 지켜보던 성기사들은 끼어들 틈을 찾지 못해 주위에서 안절부절못하고 있었다. 그리고 그때까지 떨어져 있던 메리스 공작이 당장 뛰어들었는데, 보나마나 푸르니에를 구하려는 모양이었다.

마지막으로 일행 가운데 유일한 하이 프리스트인 라멜폴로가 두 손을 가슴 앞에 모으고 기도를 올리는 모습이 보였다. 또한 뒤비니에 후작도 언제든 공격할 수 있도록 마법을 준비하고 있는 것 같았다.

"차앗! 팔뢰만리!"

구환언월도에서 여덟 줄기의 번개가 뻗어 나와 주위를 휩쓸었다.

강력하지만 꽤나 빠른 공격으로, 소드 마스터라고 하더라도 피하기 힘들기 때문에 여러 마리를 제거할 수 있을 거라고 생각했지만 그건 내 착각이었다. 그것들은 믿을 수 없을 만큼 빠른 동작으로 내 공격을 피하면서 재차 공격하려고 했다.

결국 내 공격에 가장 앞쪽에 있던 한 마리만이 미처 피하지 못해 갈가리 찢겨 나갔을 뿐이었다. 마나를 이용해 속도를 좀 더 올렸다.

휘리리릭.

구환언월도가 대기를 찢어발기며 날카로운 소리를 냈다.

놀라 잠시 그것들이 멈칫하는 사이 근처에 있던 세 마리가 난도질되었지만 아직도 10여 마리나 남아 있었다.

적이 얼마나 남아 있을지 모르는 상황에 계속 저것들을 상대하고 있을 수는 없는 일이기에 오러 샷을 날렸다.

갑자기 이상한 것들이 날아오자 몬스터(?)들은 잠시 당황하기는 했지만 오러 샷을 공격하기보다는 그것들을 피하는 쪽을 택했다. 하지만 그렇다고 내 공격을 피할 수는 없었다.

오러 샷들을 조종해 그것들의 머리를 노렸다.

생각 같아서는 단번에 해치울 수 있을 것 같았지만, 사람인지 짐승인지 모를 몬스터들의 몸놀림은 너무나 빨랐다. 해치운 것은 불과 서너 마리. 공격의 효과를 높이기 위해 다시 만든 오러 샷으로는 철저하게 몬스터들의 몸통을 노렸다.

더욱 의지력을 높였기 때문인지 오러 샷의 속도는 더욱 빨라졌고, 몬스터들 대부분은 최초 공격은 피했지만 결국은 빨라진 오러 샷에 모두 몸에 커다란 구멍이 뚫렸다. 하지만 마을의 상공을 덮고 있는 마계의 기운 탓인지 몬스터들은 좀비들처럼 서서히 몸을 부활시키고 있었다.

결국은 좀비들처럼 머리를 박살 내고 잔재들을 삼매진화로 태워 버렸다.

머리가 없으면 어떤 생명체든 살아날 수 없다는 진리는 어디에서나 통용되는 모양이었다.

남은 몇 마리를 마저 처치한 후 일행에게 돌아갔을 때 푸르니에와 제우비스들도 자신의 상대들을 처리하고 돌아왔는데, 하나같이 지친 표정들이 역력했다.

아마도 소드 마스터가 된 후 이렇게 고생해 보긴 처음이었을 것이다. 그나마도 라멜폴로가 신성력으로 지원해 주지 않았다면 몬스터들을 처치하지도 못했을 것이다.

"헉헉헉!"

"가자."

"잠깐 아직 끝나지 않았다."

지금까지 구경만 하고 있던 플로네이서스가 날 제지했다.

"끝나지 않았다니? 무슨 소리야?"

"주인님, 뱀피스트들을 만든 마족이 이곳에 나타날 것 같아요."

"지금 뱀피스트라고 하셨습니까?"

"예, 인간에게 강제로 마계의 마수 뱀피스트의 피를 주입해서 만든 일종의 짐승들이에요. 그리고 그 뱀피스트들은 그들을 만든 마족과 심령으로 연결되어 있어요. 다시 말해 주인님께서 뱀피스트를 제거하셨으니 그들을 만든 마족도 알아챘을 거에요."

발레리아의 말이 끝남과 동시에 마을 상공에 상당히 강력한 힘을 가진 뭔가가 모습을 드러냈다.

모습을 드러낸 그것은 일반적으로 사람들이 말하는 마족과 똑같은 모습을 하고 있었다.

거대한 박쥐의 날개, 그리 크진 않지만 멀리서도 분명히 알아볼 수 있는 두 개의 뿔, 짐승의 꼬리, 시커먼 피부, 날카로운 손톱과 발톱을 가지고 있었다.

주위를 둘러보던 마족은 우리 일행을 발견하고는 곧장 날아왔다.

"너희들이냐? 감히 너희들이 내 귀염둥이들에게 손을 쓴 놈들이 맞느냔 말이다."

"그런데… 넌 누구냐?"

"나? 난 불사의 발테우스란 분이시다."

내 질문에 녀석은 거만한 표정으로 대답했다.

그 모습을 보면서 왜 녀석이 플로네이서스를 보고도 아무런 말이 없는지 궁금해 고개를 돌려 일행을 살폈다.

언제 사라졌는지 플로네이서스와 카르카스는 보이지 않았다.

설사 사라지지 않았다고 해서 나나 우리 일행을 도울 거란 생각은 하지도 않았지만, 마치 장난이라도 치듯 일만 생기면 뒤로 물러나 구경하는 그들의 태도에 짜증이 나지 않을 수 없었다.

그렇지만 어떻게 하겠는가? 둘 다 어떻게 하기에는 내 능력이 부족하니… 휴우~

"레이디 발레리아, 일행을 잠시만 돌봐주십시오."

"제가 도울게요."

"아닙니다. 레이디 발레리아께서는 그냥 저 녀석들이나 살펴주십시오."

발레리아는 내 곁에서 떨어지지 않으려고 했지만 반복된 내 말에 어쩔 수 없이 뒤로 물러섰다. 다시 한 번 신경 써서 주위를 살펴봤지만 방금 나타난 발테우슨지 발바닥인지 하는 마족 외에 다른 존재들은 전혀 감지되지 않았다.

발레리아가 푸르니에들과 함께 뒤로 물러서자 발테우슨가 하는 녀석이 날 노려봤다.

근처에 있던 메리스 공작이나 뒤비니에 후작, 하이 프리스트 라멜폴로는 발테우스를 노려보면서 뒤로 물러났다. 그런 그들의 모습에 난 강철봉을 결합해 일행 앞을 가로막고 섰다.

"네가 가장 강한 것 같은데 네가 내 귀염둥이들을 죽였냐?"

"귀염둥이가 뭘 말하는 것인지는 몰라도 아가리가 크고 날카로운 이빨을 가진 놈들을 말하는 것이라면… 내가 죽였다. 모조리 밟아 으깨고 태워서."

내 대답에 마족 발테우스는 천천히 지상으로 내려왔다.

발이 지면에 닿자 몸보다 훨씬 컸던 날개는 순식간에 줄어들었다. 날 쳐다보며 걸음을 옮기는 순간 어느새 온몸을 둘러싸고 있던 각질이 딱딱하게 굳어지며 갑옷처럼 변형되었고, 그런 갑옷 곳곳에서 날카로운 스파이크가 솟아나 살벌한 외모로 변했다.

"내 귀염둥이를 감히 해치웠다니… 너 역시 내가 죽을 정도로 밟아준 후 지옥의 불로 태워서 죽여주마."

검은 불길이 피어오르기 시작한 손을 치켜든 발테우스는 그대로 날 향해 달려들었다. 그리고는 불길이 이는 손으로 날 공격했다.

소드 마스터라 해도 미처 눈으로 좇기 힘들 정도로 빠른 공격이었지만 감당할 수 없을 정도는 아니었다.

일단은 마족과의 싸움이 처음인지라 마족은 어떤 식으로 싸우는지 알아둘 필요가 있었기에 수비에 치중했다.

"죽어라!"

머리를 향해 날아오는 발테우스의 손을 슬쩍 피하며 옆으로 돌아서자 발테우스는 기다렸다는 듯이 재차 손을 휘둘렀다.

확실히 인간들과는 비교할 수도 없을 정도로 빠른 몸놀림이었다.

겨우 피한다는 인상을 주기 위해 뒤로 물러서면서 강철봉으로 발테우스의 공격을 막았다.

챙!

어느 정도 내공을 끌어올렸음에도 불구하고 손목에 상당한 충격이 전해졌다. 하지만 발테우스는 전혀 충격을 받지 않았는지 계속해서 손톱과 주먹을 휘둘러댔다.

그런 것을 보면 확실히 육체적인 능력은 인간과 비교가 되지 않았다.

단순히 손톱과 주먹만 사용하는 것이 아니었다. 때때로 발도 휘둘렀는데 발톱 역시도 상당히 길어 조금이라도 스치면 단검에 당한 것처럼 온몸이 넝마가 될 것이 분명했다.

무차별 공격과 아슬아슬한 회피가 계속되었지만 내가 계속 피하고 막아내자 화가 났는지 발테우스의 공격이 변하기 시작했다. 마력을 이용한 공격을 하기 시작했다.

"다크 캐논!"

쾅!

마법 공격이 갑자기 날아오자 순간적으로 당황하긴 했지만 강철봉에 마나를 주입해 막아낼 수 있었다. 만약 마나를 주입해 사용하지 않았다면 강철봉이 당장 휘어버렸을 정도로 강력한 공격이었다.

계속 뒤로 옆으로 피하면서 싸우고 있어 남들이 볼 땐 위험해 보일지는 모르겠지만, 적과 계속 일정한 거리를 유지하고 있는 나로서는 전혀 위험할 것이 없었다.

마나의 흐름이나 움직임 정도는 느낄 수 있었기에 발테우스가 마법을 날리려는 순간 이미 공격 범위는 물론 공격 방향이나 파괴력이 닿지 않는 곳으로 몸을 피할 수 있었다.

몇 차례 더 공격과 방어를 주고받았지만 시간이 지나도 더 이상 마족만의 특별한 공격은 찾아볼 수가 없었다.

그저 육체적인 능력이 뛰어난 검사가 가끔 마법을 사용한다는 느낌?

그 이상의 느낌은 없었다.

"에잇! 죽어라!"

쾅! 쾅!

자신의 공격을 계속해서 피하자 발테우스는 마구잡이로 공격을 날렸는데, 마치 내가 처음 오러 샷을 깨닫고 오러 덩이를 날렸듯이 마력 덩이—이하 마력탄이라 칭한다—를 날렸다.

마력탄에 지면이나 주위의 건물들이 부딪칠 때마다 굉장한 폭발을 일으키는 것을 보면 힘이 압축되어 있는 것인지는 확신할 수 없었지만, 상당한 폭발력을 가지고 있는 것만큼은 사실인 것 같았다. 하지만 감당할 수 없을 정도로 빠른 것도, 파괴력이 강한 것도 아니었기에 상대하는 것은 그리 어렵지 않았다.

강철봉에 오러 블레이드를 씌운 채 크게 휘둘렀다.

부웅~

느닷없는 공격에 발테우스는 깜짝 놀라며 뒤로 물러섰지만 애초부터 철저하게 노렸기에 공격권에서 완전히 벗어나는 것은 불가능한 일이었다.

물러서는 발테우스를 따라붙으며 이번엔 강철봉을 분리해 사정없이 휘두르기 시작했다.

처음에는 별 무리 없이 막아내던 발테우스도 내가 양손으로 강철봉을 휘두르는 속도를 조금씩 올리자 당황하기 시작하더니 제대로 방어하지 못했다.

퍼퍼퍼~퍽!

어느 순간 발테우스의 방어를 뚫은 강철봉이 녀석의 얼굴을 그대로 강타했다.

마족은 인간과는 생리구조가 다를 것이라고 생각했었는데, 얼굴을 강타당하자 발테우스가 보인 반응을 보면 꼭 그렇지도 않은 모양이었다.

움찔하며 행동을 멈추는 순간 내가 휘두른 강철봉은 녀석의 전신을 난타했다. 지금까지 익혀왔던 무공이 아직도 내 몸에 남아 있었던 것인지 강철봉은 인간의 급소라고 할 수 있는 곳을 강타하고 있었다.

머리에 있는 각종 사혈은 물론 몸을 움직이는 근간이 되는 각종 뼈와 근육이 집중된 곳을 무의식적이었지만 집중적으로 난타했다. 그리고 계속된 타격에 마족도 인간처럼 피를 흘린다는 것을 처음 알 수 있었다.

물론 발테우스의 검푸른 피는 공기 중에 노출되자마자 곧장 흩어지는 것이 인간과는 다르기는 했지만 말이다. 하지만 인간처럼 타격을 받았다고 정신을 잃는 일도, 대항할 수 없는 실신 상태가 되지 않는 것도 달랐다.

약간의 빈틈만 있어도 언제든 반격할 수 있는 것이 현재의 내 실력이었다.

그러니 타격을 받고 뒤로 물러서는 발테우스를 몰아붙이는 것은 문제도 아니었다.

발테우스를 난타하면서 의지력만을 이용해 10여 개의 오러 샷을 만들었다. 그리고는 발테우스가 움직이는 결정적인 부위인 머리와 관절 부위를 공격했다.

파파파~팡!

압축된 공기가 터지는 듯한 소리와 함께 발테우스의 몸 곳곳이 터져 나갔다.

비록 각질로 만들어진 갑옷 같은 외피를 걸치고 있었지만 오러 샷의 폭발력을 완전히 막을 수는 없었다. 전해진 충격이 발테우스 갑옷의 방어력 이상이었는지 갑옷은 순간적으로 걸레가 되었고, 충격을 받은 발테우스가 한순간 멈춰 선 것이 느껴졌다.

본능처럼, 무의식처럼 발테우스의 품으로 파고든 난 주먹에 분뢰권의 묘리를 담아 그대로 가슴을 가격했다.

펑!

조금은 경쾌한 소리와 함께 발테우스의 가슴에 구멍이 뻥 뚫렸다.

물론 가슴을 공격한 것은 사실이지만 설마 이렇게 간단하게 구멍이 뚫릴 것이라고는 전혀 예상하지 못했다.

구멍 뚫린 가슴을 보며 믿지 못하겠다는 표정을 짓는 발테우스를 보면서 난 눈에 보이는 발테우스의 외면보다 그에게서 느껴지는 마력의 양으로 그의 상태를 짐작했다.

역시나 예상대로 발테우스의 마력이 약간 줄어들기는 했지만 그리 큰 타격을 받지는 않았는지, 반격의 기회를 노리는 것이 분명해 보였다. 믿을 수 없을 만큼의 굉장한 회복력을 가지고 있는 녀석을 어떻게 끝장을 내느냐 하는 것이 문제였다. 생각을 하고 있는 사이에도 뻥 뚫렸던 녀석의 가슴 구멍이 급격하게 아물고 있는 것이 눈에 보였다.

더 이상 강철봉을 들고 있을 필요가 없어 강철봉을 뒤로 던지고는 주먹과 발에 마나를 실어 발테우스를 계속 공격했다.

퍽!

발차기를 얻어맞던 발테우스는 본인이 입은 타격은 무시한 채 드디어 반격을 시작했다.

녀석이 내 머리를 향해 주먹을 휘두르는 순간 한 걸음을 전진하며 몸을 회전시킨 난 녀석의 머리를 향해 그대로 팔꿈치를 휘둘렀다.

퍽!

소음과 함께 발테우스의 머리가 절반가량 날아갔다.

쿵!

마족도 머리의 충격만은 어쩔 수 없는 것인지 요란한 소리를 내며 뒤로 쓰러졌다.

너무나 간단하게 발테우스가 무력화되자 나조차 당황할 정도였다. 하지만 모든 것이 끝난 것은 아니었다. 박살이 난 발테우스의 머리가 흐물거리는 상태로 변하더니 급격하게 회복되는 모습이 눈에 들어왔다.

남은 것은 발테우스가 재생을 하지 못하도록 만드는 것뿐이었다.

"극빙장! 분뢰권!"

좌우의 손에 각기 다른 성질의 마나를 끌어올린 다음 생명력까지 포함시켜 발테우스의 몸을 얼려 부수고, 태우고, 또한 난도질했다.

조각조각 잘렸던 발테우스의 잔해들 가운데 일부는 검은색 연기로 변해 허공 속으로 흩어졌고, 나머지는 재생을 하려는지 꿈틀거리며 하나로 뭉쳐지고 있었다.

불사의 발테우스라고 하더니 이름답게 재생을 하려는 듯 보였다.

냉기보다는 태우는 것이 좋을 것 같아서 분뢰권의 묘리에다 삼매진화를 섞어 발테우스의 잔해를 태우고 또 태웠다. 타고난 재생력 때문인지 잔해들은 좀처럼 없어지지 않았다. 그리고 잔해를 태우고 난 후 생긴 검은 연기들은 잠시 흩어진 것처럼 보이더니 뭉쳐져 또다시 발테우스의 신체를 재구성하고 있었다.

불사의 존재라는 것을 증명하려 듯 발테우스는 잠깐 사이에 어느새 외형을 거의 다 구성하고 있었다.

발테우스를 제거할 방법을 찾던 난 혹시나 하는 생각에 마을 상공을 덮고 있던 검은 연기구름과 막 재생하고 있는 발테우스를 향해 분뢰권에 생명력을 실어 마구 날렸다.

당연히 주먹에 뭔가와 부딪친 느낌이든지, 충격음이든지 폭발음이 들릴 줄 알았는데 그저 검은 연기 구름에 구멍이 숭숭 뚫릴 뿐이었다.

모두들 긴장한 시선으로 검은 연기구름을 쳐다보고 있을 때 거의 몸이 완성되어 가던 발테우스가 갑자기 비명을 지르는 모습이 보였다.

"크아아악~!"

영원한 것은 없다는 것이 불멸의 진리인 것처럼 불사의 존재라는 발테우스의 몸은 곧 조각조각 흩어져 지면으로 떨어져 내렸고, 그 잔해들도 저절로 타더니 검은 연기로 변해 곧 허공 속으로 완전히 사라졌다.

불사의 존재니, 중급 마족이니 해서 긴장한 것도 사실이었지만, 발테우스 정도라면 소드 마스터 중급의 실력을 가진 사람이 프리스트들의 도움만 받는다면 충분히 상대할 수도 있을 것 같았다. 물론 인간보다 강한 물리력이나 자유로운 공격을 생각하면 조금은 힘들 수도 있겠지만 사전 지식과 약간의 경험만 있으면 상대하는 것이 그리 어렵지만은 않을 것 같았다. 하지만 내가 예상했던 것보다 약하다는 생각을 버릴 순 없었다.

내가 지금까지 너무 적을 과대평가했는지는 모르겠지만 역시 발테우스는 걱정을 할 만큼 강한 존재가 아니었다.

"조금 전에 그게 뭐였지?"

어느 틈엔가 모습을 드러낸 플로네이서스가 질문을 던졌다.

"뭐가?"

"발테우스란 놈의 뒤처리를 할 때 네가 쓴 수법 말이다. 발테우스가 비록 중급밖에 되지 않는 놈이긴 하지만 스스로 불사의 존재라고 할 정도로 재생력이 좋은 놈이었는데, 어떻게 인간이 발테우스를 처치할 수 있었던 거지?"

"자연이 가지고 있는 생명의 기운이다."

"생명의 기운이라… 난 마족들이 중간계에서 본인이 가진 힘을 제대로 사용하지 못하는 것이 마계에서 중간계로 차원을 이동했기 때문이라고 생각했었는데, 차원을 구성하는 기본적인 힘이 다르기 때문일 수도 있다는 생각은 미처 못했군.”

차원의 힘이니, 기본적인 힘이니 하는 말은 알아들을 수도 없었고, 또 신경 쓰고 싶지도 않았기에 아예 못 들은 척했다.

“중급 마족이란 놈이 이 정도라면 레기오네란 녀석도 별것 아닐 것 같군.”

“흐흐흐, 마족이라고 부를 수도 없는 중급 마족을 하나 없애고 잘난 척은 혼자 다 하는군. 이런 걸 보고 인간들은 가소롭다고 하던가?”

플로네이서스 녀석의 반응을 보니 내가 느낀 대로 발테우스는 그리 대단한 능력을 가지고 있던 녀석은 아니었던 모양이다. 문제는 발테우스를 부하로 데리고 있던 레기오네란 녀석이 얼마나 대단한 능력을 가지고 있느냐 하는 것이다.

그 레기오네란 놈이 정말 발레리아가 말한 것처럼 마왕에 비견될 정도로 강력한 힘을 가지고 있다면 정말 고민이 아닐 수 없었다. 더구나 어떻게 싸우는지, 또 어떤 능력을 가지고 있는지 전혀 알 수가 없으니 답답한 생각과 함께 조금 위축이 되는 것도 사실이었다.

마나를 주위로 흩어 마을에 다른 존재들이 있나 확인을 해보았지만 더 이상의 적은 느껴지지 않았다. 마을의 상공을 뒤덮고 있던 마계의 기운도 서서히 흩어지고 있었다.

“푸르니에, 조엘 산맥까지는 얼마나 걸리지?”

“글쎄, 우리가 지금까지 이동하는 속도로 본다면 열흘쯤 걸리지 않을까? 좀 더 빠를 수도 있고 말이야.”

"그곳에 영주의 성이 있나?"

"조엘 산맥과 국경선이 만나는 곳에 칼린 무예트 자작이 다스리는 영지가 있는데, 국경을 접하고 있기 때문에 약 2만의 병력들이 상주하고 있지. 근처에는 크고 작은 마을이 꽤 여러 개가 있어."

"2만 명의 병력이 주둔하고 있는 곳이라면 마을 사람들의 수도 적지 않겠군."

"한 3만 정도 될까? 듣긴 들었는데, 하도 오래 전에 들은 이야기라 지금은 어떻게 변했는지 나도 모르겠다."

"알았다. 오늘은 이곳에서 쉬고 내일 출발하도록 하지."

내 말에 제우비스와 트렉슨이 야영 준비를 했다.

간단하게 요기를 마치고 우리는 수면에 들어갔다.

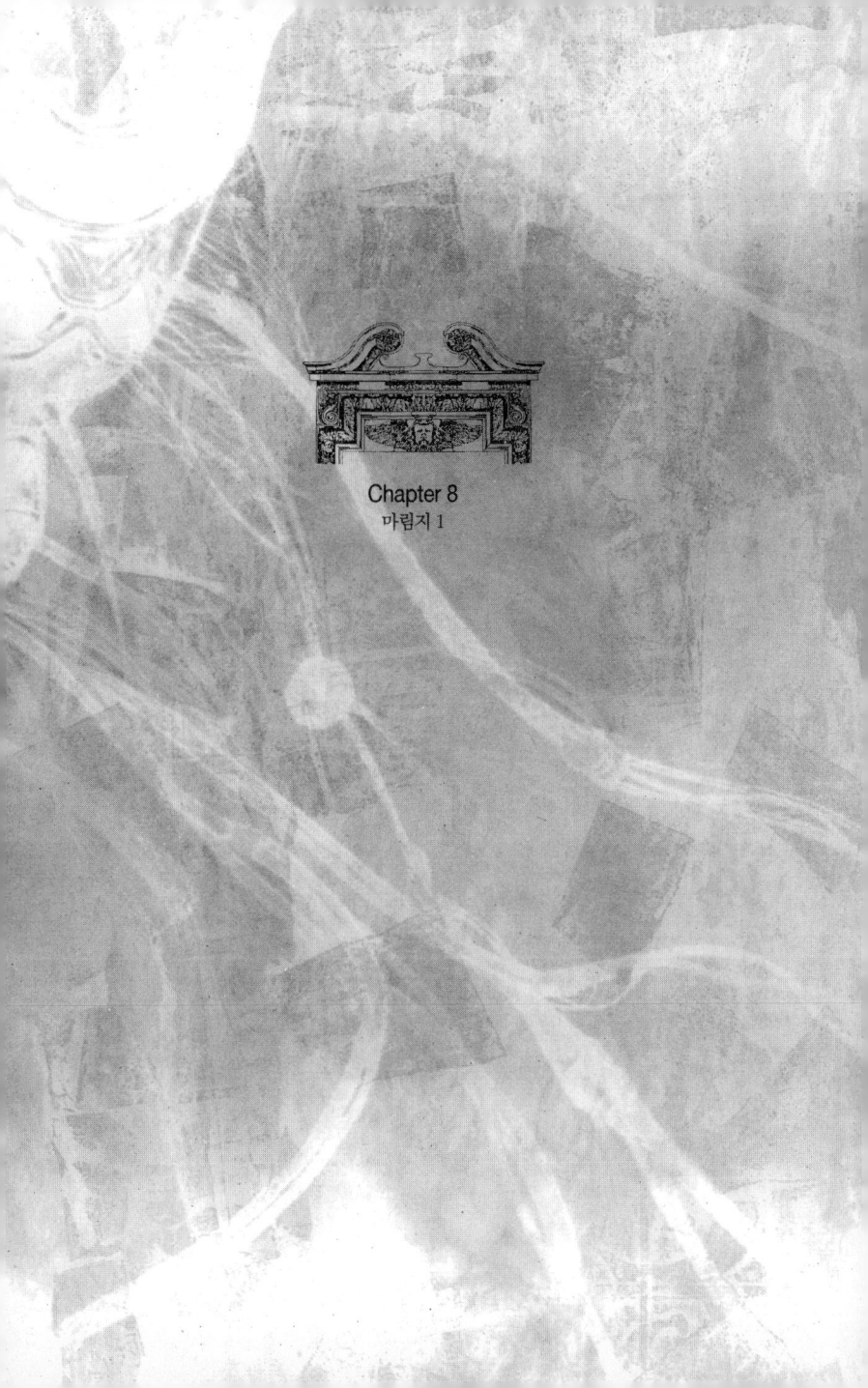

Chapter 8
마립지 1

The Duel of Master
마스터 대전

중급 마족 발테우스를 만난 후 3일이 지나면서부터 주위의 환경이 조금씩 변하기 시작했다.

푸른 숲과 잡목, 풀들이 서서히 사라지며 척박한 황무지로 변하더니 5일이 지나자 황무지마저도 사라져 버렸다. 그리고 서서히 모래가 보이기 시작했는데 그 양이 점점 늘어나 나중에는 거의 사막을 방불케 했다.

이곳이 대륙의 북쪽이며, 1년 중 절반은 겨울이 지배하는 이곳에, 그것도 시기적으로 겨울인 지금 사막은 무엇이며, 이 찌는 듯한 무더위는 다 뭐란 말인가?

"알렉스, 지금 세상이 거꾸로 돌아가는 거 맞지? 겨울에 이런 빌어먹을 날씨가 있을 수 있는 거냐? 게다가 이 모래는 또 뭐고?"

"아마도 레기오네란 놈의 세력권 안으로 들어섰기 때문에 이 무더운 날씨도, 그리고 이곳이 이렇게 모래땅이 된 것도 모두 그 녀석의 영향을 받는 것 같다."

"계절마저 거스를 정도로 그렇게 엄청난 능력을 가진 놈이었나? 그런데 모래 색은 왜 이렇게 칙칙한 거야?"

푸르니에가 투정처럼 내뱉은 말처럼 이제는 말의 발목까지 푹푹 빠지는 모래 지대가 눈앞에 펼쳐져 있었다. 그것도 일반적인 사막처럼 밝고 노란색의 모래가 아닌 짙은 암회색의 모래가 끝도 없이 펼쳐져 있었다.

유난히 인상을 찌푸리며 불쾌한 표정을 짓고 있던 하이 프리스트 라멜폴로가 눈을 감은 채 알아듣지도 못할 음성으로 계속해서 중얼거리고 있었는데, 아마도 기도를 하고 있는 모양이었다. 그렇기는 성기사들도 마찬가지였다.

간간이 보이는 나무들은 예외없이 앙상하게 마른 나뭇가지를 드러내고 있었다.

구름 한 점 없는 하늘.

쉴 새 없이 불어오는 세찬 바람.

사정없이 휘날리는 모래.

끝없이 피어오르는 아지랑이.

사람의 흔적이라고는 눈을 씻고 찾아보려고 해도 찾을 수 없었다.

비록 천공에 태양은 보이지 않았음에도 모래에서 전해지는 열기는 오히려 한여름의 태양보다 더 뜨거웠다. 그런 탓에 저녁이 되어도 날이 저물었다는 사실을 깨닫기 힘들었다.

그깟 조금 더운 날씨가 소드 마스터를 경험한 사람에게 무슨 문제가 되겠느냐고 생각을 할지도 모르겠지만 그건 날씨가 주는 두려움을 몰라서 하는 말이다.

물론 소드 마스터가 되면 일반인들과는 비교할 수도 없을 정도로 혹독한 날씨에 견디는 능력이 월등하게 늘어난다. 하지만 단지 오래 견딜 수 있을 뿐이지 그렇다고 날씨의 영향을 전혀 받지 않는 것은 아니었다.

주위의 온도가 올라가면 당연히 체온도 올라가게 되고, 그렇게 되면 당연히 체내의 수분이 증발하는 속도도 빨라지게 마련이다.

물론 주위의 온도에 전혀 영향을 받지 않는 존재들도 있긴 있었다.

플로네이서스와 카르카스는 물론 발레리아와 나까지 주위의 온도 변화에는 전혀 영향을 받지 않았다. 메리스 공작이나 뒤비니에 후작, 하이 프리스트 라멜폴로도 그런대로 괜찮아 보였다.

그렇지만 소드 마스터가 된 지 얼마 되지 않은 푸르니에와 제우비스, 그리고 트렉슨은 물론 성기사들도 처음엔 무더운 날씨임에도 곧잘 버텼지만 며칠 동안 높은 온도가 계속되자 지금은 완전히 삶아놓은 야채 꼴이 되어버렸다.

"정지! 여기서 잠깐 쉬었다 간다."

살인적인 더위를 피할 곳이 있을 리 없었다.

내 말에 성기사들이 눈치껏 야영 막사를 치기 시작했다.

막사라고 해봐야 햇볕을 피할 햇볕 가리개일 뿐이었지만 그것만으로도 푸르니에를 비롯한 성기사들의 표정은 당장 평온해졌다. 메리스 공작이나 뒤비니에 후작, 하이 프리스트 라멜폴로가 같은 막사 안에 있었지만 여행 초기의 조심스러워하는 모습은 찾아볼 수 없었다.

세 사람도 그런 성기사들의 모습을 보고 아무런 제지도 하지 않았다.

그런 그들의 모습을 보면서 난 적과 싸우는 것보다 어쩌면 이 더위가 더 큰 적이 될지도 모른다는 생각이 들었다. 그러면서도 정작 적은 무슨 방법으로 공격할까 궁금증이 들었다.

막사를 설치하고도 한참의 시간이 지났지만 대지에서 피어나는 지열은 조금도 줄어들지 않고 있었다.

시간이 흘러도 고개조차 들지 못할 정도로 지쳐 있는 그들을 쳐다보던 발레리아는 아공간에 저장하고 있던 물을 나눠주었다. 여행을 시작할 때 리치인 발레리아를 꺼림칙해하면서 피하던 모습은 어디에서도 찾아볼 수 없었다.

휴대하고 있던 식량으로 대충 요기를 한 후에야 겨우 기운을 차린 성기사들은 그제야 푸르니에와 세 사람에게 사죄를 하고는 조를 짜서 불침번을 정했다.

마치 성기사들이 그렇게 행동하기를 기다린 것처럼 순식간에 하늘이 어두워지더니 밤이 찾아왔다.

달은 물론 별마저 보이지 않는 어두운 밤하늘을 쳐다보면서 대체 최상급 마족이 가진 힘이란 것이 얼마나 대단한 것인지에 대해서 생각하고 또 생각했다.

말을 타고 달려도 며칠 동안이나 이동해야 할 정도로 거대한 땅덩이를 자신이 원하는 대지로 만들 수 있는 존재와 과연 내가 제대로 싸울 수 있을까 하는 생각이 머리에서 사라지지 않았다. 적에 대해서 모르기 때문인지 부정적인 생각이 자꾸만 들었다.

이런 생각을 해서는 안 된다는 것을 알지만 상대에 대해서 제대로 모른다는 것이 이렇게까지 사람을 불안하게 만드는 것인지는 미처 몰랐다.

아마도 새벽쯤이었다고 생각이 들었다.

스스스.

모래가 떨어지는 소리가 들렸다. 그리고 잔뜩 긴장한 청년의 외침이 들렸다.

"적이다! 적이 나타났다!"

②

누워 있거나 기대어 눈을 감고 있던 플로네이서스와 카르카스는 그저 눈을 떴을 뿐이지만 푸르니에와 제우비스, 트렉슨은 벌떡 일어나 무기를 뽑아 들고는 소리가 들린 곳으로 무기를 겨눴다.

비록 달도 별도 없었지만 주변을 살피는 데는 문제가 없었다. 하지만 성기사들은 아직 어둠을 꿰뚫어 볼 능력이 부족해 무기를 뽑아 들고 주위를 두리번거리고 있었다.

"라이트!"

뒤비니에 후작이 마법으로 주위를 밝히자 그제야 주위의 경물들이 드러났고, 주위를 살피던 성기사들은 뭔가를 보고 놀라서는 황급히 대열을 정비했다.

"저, 저게 대체 뭐냐?"

"몬스턴가?"

"몰라. 나도 난생처음 보는 거다."

성기사들은 난생처음 보는 광경에 웅성거리고는 어쩔 줄 몰라 했다. 그 모습을 지켜보던 푸르니에가 카르카스에게 조심스럽게 질문을 했다.

"카르카스님, 혹시 저렇게 생긴 생명체를 보신 적이 있으십니까?"

"내가 만 년이 넘도록 살았지만 저렇게 생긴 생물은 본 적이 없다. 내가 보기엔… 단순한 생명체라기보단 언데드 계열의 마물이 아닌가 생각된다."

카르카스의 말에 발레리아를 보니 그녀는 고개를 끄덕였다.

모래에서 솟아난 모래 언데드—생긴 형태가 거의 인간과 다를 것이 없었다—들은 하나둘이 아니었다. 좀비만큼이나 느릿하기는 했지만 계속해서 솟아나는 모래 언데드들의 행동은 마치 일행을 포위하려고 하는 듯 외곽을 둘러싸기 시작했다.

모래에서 솟아난 모래 언데드의 수가 점점 늘어나 80여 마리나 되었다.

일행을 둘러싼 모래 언데드들은 느릿하지만 멈추지 않은 채 일행에게 다가왔다.

어떤 식으로 일행을 공격하려는 것인지는 알 수 없었지만, 계속해서 다가오는 그들을 제우비스와 트렉슨이 먼저 공격했다.

"차앗!"

"얏!"

기합과 함께 둘은 각자의 무기를 힘껏 휘둘렀다.

스옥!

모래에 무기를 문지르는 소리와 함께 둘의 무기는 모래 언데드의 몸을 몇 개로 쪼갰다.

그 모습에 회심의 미소를 짓던 둘은 모래성처럼 허물어졌던 모래더미에서 모래 언데드들이 다시 솟아나는 모습을 발견하고는 재차 모래 언데드를 난도질했다. 하지만 산산조각 났던 모래 언데드는 어느 순간 다시 솟아나더니 계속해서 걸음을 옮겼다. 그리고는 팔을 들었는데 모래 언데드의 손은 어느새 검 모양으로 변해 있었다.

믿을 수 없는 모습에 제우비스와 트렉슨이 당황하며 뒤로 물러서자 이번엔 푸르니에가 앞으로 나서며 모래 언데드들을 향해 롱 소드를 휘둘렀다. 롱 소드는 모래 언데드들을 단숨에 두 동강 냈고 그 모습에 회심의 미소를 지었지만 역시나 잘린 것보다 더 빨리 하나로 합쳐졌다. 그리고는 그대로 팔을 휘둘렀다.

쾅!

하지만 그렇게 느린 공격에 당할 푸르니에가 아니었다.

푸르니에가 뒤로 물러서자마자 그가 서 있던 자리에 모래 언데드들의 모래로 만든 검과 도끼들이 떨어지며 큰 소리를 냈다. 하지만 이미 소드 마스터가 된 푸르니에가 그렇게 느린 공격에 당할 리 만무했다.

재빨리 물러서긴 했지만 그렇다고 모래 언데드들의 포위망을 완전히 벗어날 수는 없었다. 아니, 공방을 주고받는 사이에도 모래에서 계속 모래 언데드들이 솟아나 그 수를 점점 늘려 이제는 거의 2백여 마리나 될 정도였다.

더 이상 놔두면 계속 늘어날 것 같아 그냥 두고 볼 수가 없었다. 하지만 일반적인 무기나 공격으로는 죽일 수 없는 존재라는 것이 신경 쓰였다.

그 모습을 지켜보던 발로키의 검인 하이 프리스트 라멜폴로가 성기들에게 명령을 내렸다.

"기사들 공격 준비!"

라멜폴로의 명령에 기사들은 밀집 대형을 이루고는 모래 언데드들을 향해 천천히 전진했다. 동시에 자신의 무기에 신성력을 부여했다. 그리고는 자신들을 향해 몰려오는 모래 언데드들을 향해 각자의 무기를 휘둘렀다.

펑! 펑!

신성력이 실린 무기가 모래 언데드들의 몸에 작렬하자마자 작은 폭발음과 함께 모래 언데드들의 몸이 터져 나갔다. 폭발한 모래가 안개처럼 자욱하게 허공으로 솟구치며 주위의 시계를 완전히 가려 버렸다.

때마침 뒤편에서 대기하고 있던 뒤비니에 후작이 모래 안개를 향해 마법을 날렸다.

"거스트 오브 윈드."

적시에 불어온 바람이 성기사들의 앞을 가로막고 있던 모래 안개를 단숨에 날려 버렸다.

조금 전 소드 마스터인 푸르니에들의 공격에도 멀쩡했던 모래 언데드들은 성기사들의 검에 허무할 정도로 간단하게 허물어져 갔다. 신성력과 부딪치자 폭발하는 것을 보면 모래에서 솟

아닌 것들은 언데드가 틀림없었다. 그런 와중에도 언데드들은 계속 모래에서 솟아나 일행을 향해 다가오고 있었다.

비록 언데드들이 다가오기는 했지만 검의 파괴력보단 신성력의 힘이 더욱 컸기에 그들을 막는 것은 그리 어려운 일이 아니었다. 더구나 조금 떨어진 곳에서 하이 프리스트 라멜폴로가 성기사들에게 신성력을 전하고 있었고, 그 옆에는 뒤비니에 후작이 언제든 반격할 수 있도록 마나를 끌어올린 채 주위를 살피고 있었다.

이번엔 내가 미처 나설 사이도 없었다.

기도를 하면서 성기사들이 각자의 무기를 휘두를 때마다 모래 언데드들은 파도에 휩쓸린 모래성처럼 허물어져 갔다. 또한 라멜폴로의 몸 주위에 있던 기운들이 주위로 퍼져 가며 더 이상의 모래 언데드들이 생겨나는 것을 원천적으로 막고 있었다. 그렇지만 주위의 모래에서 솟구치는 언데드들의 수는 더욱 늘어지금은 거의 몇백이나 되는 언데드들이 우리 일행을 포위한 채서서히 다가오고 있었다.

성기사들만으로 막아내기에는 언데드들의 수가 너무나 많았다.

"일행을 보호할 수 있겠습니까?"

내 질문에 라멜폴로가 고개를 끄덕이긴 했지만 뭔가 내켜하지 않는 표정이 역력했다.

"일단 막는 것은 가능하지만 언제까지 가능할지는 모르겠습니다. 다른 지역이었다면 상당히 넓은 지역을 정화시킬 수 있었을 텐데… 이곳에서 제 능력으로는 겨우 십여 미터를 정화하는 것이 고작입니다."

"알겠습니다. 조금만 더 수고를 해주십시오. 제우비스, 트렉슨. 너희들도 일단 파괴력으로 언데드들의 접근을 막도록 해라."

제자들에게 주의를 준 후 나도 나서서 일단은 분뢰권부터 시작해 보았다.

쾅쾅!

양쪽 주먹에서 쏟아진 뜨거운 권기가 다가오던 모래 언데드들에게 작렬하며 요란한 소리를 냈다. 동시에 모래바람이 불어 순간적으로 시계(視界)를 차단했지만 난 분명히 모래 언데드들의 전신이 폭발하는 것을 보았다.

사방이 모래인 탓인지 금방 구별할 수는 없었지만 더 이상 재생하는 것 같지는 않았다. 일단 모래 언데드들의 접근을 막는다는 생각에 분뢰권의 파괴력을 높여 사방으로 난사했다.

콰콰콰~ 쾅!

폭음과 함께 모래 언데드들이 터져 사라졌다.

순식간에 주위가 훤해졌다.

"후후후, 과연 이렇게 허접한 것들뿐일까?"

언제부터인지 비스듬히 기대어 술을 마시고 있던 플로네이서스가 한마디를 했다.

그렇지 않아도 찜찜함을 느끼고 있었는데 플로네이서스의 한마디 때문에 주위를 훑어보지 않을 수 없었다.

주의 깊게 주위를 살펴보니 음습한 마기가 조금 전 모래 언데드들이 솟아났던 곳뿐만 아니라 일행 주변의 외곽 곳곳에서 느껴졌다. 그리고 그런 내 느낌을 확인시켜 주기라도 하듯 모래 곳곳에서 다시 모래 언데드들이 솟아나기 시작했다.

이번엔 그 수가 더 빨리 늘어 천 마리는 족히 되어 보였다.

"레이디 발레리아, 잠시만 일행을 보살펴 주십시오."

발레리아에게 일행을 부탁하고 내가 나서자 성기사들과 라멜 폴로가 전진을 멈추고 푸르니에와 메리스 공작들을 보호한 채 원진을 만들었다.

펑! 펑!

역시나 느릿하기 이를 데 없는 모래 언데드들은 내 공격을 막 아내지 못하고 맥없이 터져 나갔다. 내가 본신 내력만을 이용해 저들을 상대했다면 내력의 고갈을 느낄지도 모르겠지만 내 주 변의 마나를 받아들여 사용한 것이기에 내력 소모는 전혀 없었 다. 하지만 상대도 되지 않는 것들을 상대해야 한다는 것에 대 한 짜증은 좀처럼 가시지 않았다.

모래 언데드들을 대략 절반쯤 해치웠을 때 뭔가 위험한 것이 꽤 빠른 속도로 다가오는 것이 느껴졌다. 작은 동산을 이루며 모래 속으로 다가오던 그것은 나의 몇 미터 앞에서 몸을 일으켰 다. 그리고는 날 공격했다.

휙!

쾅!

내가 허공으로 몸을 띄우자마자 뭔가 무거운 것이 내가 서 있 던 곳으로 떨어지며 요란한 소리와 함께 모래먼지를 사방으로 날렸다.

재빨리 뒤로 물러서며 상대를 확인하고 보니 5미터도 넘어 보이는 스톤골렘이었다. 게다가 하나가 아니었다. 10여 기가 동시에 모래를 뚫고 지상에 모습을 드러냈다.

모래 언데드들로는 일행의 상대가 되지 않는다고 판단했는지 이번엔 골렘들을 투입한 것이다. 하지만 이미 골렘과 싸워봤던 적이 있던 나로서는 무조건 골렘과 싸우기보다는 우선 골렘의 핵을 찾는 데 기감을 집중시켰다.

골렘에게 신경 쓰다 보니 어느 틈엔가 모래 언데드들이 다가와 공격을 하려 하고 있었다.

재빨리 10여 마리에게 권력을 뿌리고는 물러서서 다시 골렘의 핵을 찾으려고 했다. 하지만 쉽게 찾을 수 있었던 예전과는 달리 골렘의 핵이 전혀 느껴지지 않았다. 남은 방법은 하나, 모조리 부숴 버리는 것뿐이었다.

강철봉을 분리해 양손에 잡고는 오러 블레이드를 만들었다.

부웅~

오러 블레이드가 2미터쯤 솟아나는 것을 보자마자 가장 가까운 곳에 있던 골렘을 향해 몸을 날렸다. 그리고는 우선 골렘의 관절 부분부터 집중적으로 공략했다.

"쌍룡난비!"

스슥~

쿵!

미약한 소리와 함께 골렘의 발목과 무릎이 거의 동시에 잘려 나갔다. 그리고는 통나무가 쓰러지듯 맥없이 쓰러졌다. 그런 골렘의 전신을 사정없이 난도질해 버렸다. 그리고는 잘려 나간 골렘의 조각 중 조금 큰 것은 오러 샷으로 모조리 파괴해 버렸다.

펑펑!

골렘을 난도질하고, 모래 언데드들은 터뜨리고, 부서진 골렘의 조각들을 오러 샷으로 파괴하고…….

한동안 정말 미친놈처럼 날뛰었다.

"다크 캐논!"

쾅! 쾅! 쾅!

발레리아의 시동어와 함께 검은색 빛줄기들이 쏟아지며 막 솟아나기 시작한 모래 언데드들을 공격했다. 또한 파괴된 몇몇 골렘들을 제외한 나머지 골렘들은 뒤이은 검은 빛줄기에 폭발하더니 모래 속에 잠겨들었다.

"휴우~"

긴 숨을 내쉬며 긴장했던 몸을 푸는 순간 곁으로 다가온 발레리아가 주의를 주었다.

"주인님, 뭔가가 모래 속에서 이동해 이곳으로 오고 있어요. 수가 적지 않으니 주의하시는 것이 좋을 것 같아요."

"알겠습니다."

조금 떨어진 곳에서 성기사들과 라멜폴로가 잔뜩 지친 모습으로 가쁜 숨을 몰아쉬면서 황당하다는 표정으로 나와 발레리아를 쳐다보고 있었다.

그때 뭔가가 내게로 다가오는 것이 느껴졌다.

스르륵.

미약하게 모래가 움직이는 소리가 들렸다.

"카카카카. 검은 죽음의 사막에 들어온 녀석들이 너희들이냐?"

소리도 없이 모래 속에서 모습을 드러낸 그 존재는 피둥피둥하게 살이 찐 늙은이였다.

마치 샘물이 솟듯 소리도, 흔적도 없이 모래 속에서 모습을 드러낸 늙은이는 우리 일행을 훑어보고는 어이없다는 표정을 지었다.

"내 귀여운 장난감들을 망가뜨린 녀석들이 너희들이냐?"

③

"넌 누구냐?"

푸르니에의 질문에 뚱보노인은 엉뚱하게 푸르니에의 차림을 찬찬히 살폈다.

시간이 지날수록 노인의 얼굴이 점점 일그러지더니 종내에는 하늘을 보고 미친 듯이 웃기 시작했다.

"크하하하! 제국의 황자, 제국의 황자가 감히 여길 찾아오다니? 게다가 메리스 공작, 뒤비니에 후작, 하이 프리스트 라멜폴로, 그리고 성기사들! 크하하하, 정말 잘 왔다. 정말 잘 와줬어. 너희들의 성의를 생각해서 모조리 죽여주마."

스르륵.

미친 듯이 웃던 뚱보노인의 몸은 모래가 떨어지는 소리와 함께 허공으로 솟았다. 아니, 그의 발밑에서 솟아난 존재 때문에 그가 갑자기 허공으로 치솟은 것처럼 보였다.

거대한 도마뱀의 머리가 솟아나는가 싶더니 곧이어 20여 미터는 족히 될 법한 동체가 모래 밖으로 드러났다.

"바질리스크? 트윈 헤드 오거에, 자이언트 트롤까지?"

"그뿐만이 아닙니다. 미노타우로스에다가 그레이트 스콜피온도 나타났습니다."

사람들은 갑자기 모습을 드러낸 몬스터들을 보고 놀라움을 감추지 못했다. 설사 그들이 아니었다고 하더라도 방금 나타난 몬스터들을 보면 기겁을 할 것이다.

나타난 몬스터들이 사막에 살지 않는 몬스터들임은 물론 먹이사슬의 최정점을 이루고 있는 존재들이며, 서로간에 천적 관계에 있어 절대 같은 장소에 동시에 나타날 수 없는 존재들이기 때문이다.

순식간에 나타난 백여 마리의 몬스터들이 일행을 완전히 포위하고 있었다.

"내가 누구 때문에 마탑에서 쫓겨났는데? 푸르니에 황자, 그리고 뒤비니에 후작, 너희들이 멍청하게 마탑의 마법사들이 하는 말만 믿고 날 마탑에서 쫓아내야 한다고 황제에게 주장하지 않았더냐? 덕분에 난 수십 년 동안 목숨을 걸고 익혀왔던 마나 서클을 파괴당했다. 그리고는 길거리의 개처럼 쫓겨나 다시 수십 년 동안 전국을 떠돌아 다녀야만 했다. 만약에… 만약에 내가 흑마법을 익히지 못했더라면 아마도 난 마탑에서부터 날 쫓아온 암살자에게 벌써 목숨을 잃었을 것이고, 제국의 모든 인간들에게 복수할 생각 또한 하지 못했겠지. 하지만 결국 난 흑마법을 익혔고, 마신과 계약해 상상을 뛰어넘는 거대한 힘을 얻었다. 으하하하!"

통쾌하면서도 처절하게 느껴지는 웃음을 터뜨리는 뚱보노인에게서는 왠지 쌓이고 쌓였던 진한 한 같은 것이 느껴졌다.

미친 듯이 웃던 뚱보노인은 한순간 무표정한 얼굴을 하더니 양손을 번쩍 들었다.

"귀여운 아가들아! 주인의 명령이다. 저들을 모조리 죽여라!"

쿠오오오옹~

으와와왕~

누가 먼저라고 할 것도 없이 몬스터들은 일제히 포효를 터뜨리며 일행을 향해 달려들기 시작했다.

성기사들 앞에는 메리스 공작과 푸르니에, 제우비스, 트렉슨이 서 있었고, 가장 뒤쪽에 뒤비니에 후작과 라멜폴로가 일행을 지원할 위치에 서 있었다.

저들의 실력이라면 금세 당하지는 않을 것 같아 가장 덩치가 큰 녀석을 우선적으로 해치워야겠다고 결정을 내렸고, 구환도에 마나를 주입했다. 그리고는 그대로 몸을 날렸다.

쿠오오옹~

내가 다가들자 바질리스크란 이름을 가지고 있던 거대한 도마뱀이 크게 입을 벌리고는 느닷없이 회색 연기가 섞인 숨결을 토해냈다. 호신강기로 막을까 하다가 일단은 몸을 피하기로 했다. 하지만 바질리스크의 숨결이 생각보다 빨라 옆구리의 옷자락 일부가 회색 연기에 스쳤고, 그 순간 옷이 딱딱하게 굳어지더니 곧 조각조각 바스러져 떨어져 나갔다.

"주인님, 바질리스크의 브레스에는 모든 사물을 돌로 만들어 버리는 석화독이 섞여 있어요. 스치기만 해도 돌이 될 수 있으니 조심하셔야 해요."

"그랬군요. 말씀 고맙습니다, 레이디 발레리아."

발레리아에게 감사의 인사를 한 다음 다시 바질리스크에게로 달려들었다. 그리고는 신전의 기둥만큼이나 거대해 보이는 바질리스크의 다리를 향해 구환도를 휘둘렀다.

"귀령난살!"

쩌러렁.

구환도에 매달려 있던 아홉 개의 강철 환이 서로 부딪치며 우렁찬 소리를 터뜨렸다.

바질리스크가 순간적으로 멈칫하는 사이 구환도가 바질리스크의 다리에 작렬했다.

채채채~챙~

요란한 소리와 함께 바질리스크의 다리에 수많은 흔적을 남겼지만, 실제 상처가 난 것은 몇 개 되지 않았을뿐더러 생긴 상처도 그저 겉가죽이 조금 긁혔을 뿐 깊은 상처는 아니었다. 비록 소드 오러로 공격한 것은 아니었지만 별다른 상처를 입히지 못한 것을 보면 가죽이 보통 질긴 것이 아닌 모양이었다.

"귀폭잔열!"

번쩍!

화려한 빛무리가 바질리스크의 다리로 날아갔고, 이번엔 소드 오러가 아닌 오러 블레이드였기에 조금 전의 파괴력과는 비교도 할 수 없었다.

난공불락처럼 보였던 바질리스크의 가죽은 더 이상 견디지 못하고 찢겨 나갔고, 근육이 잘리며 피가 튀더니 결국에는 다리 하나가 잘려 나갔다.

물론 바질리스크는 날 짓밟으려고 요동쳤지만 거대한 덩치를 가진 바질리스크가 날 밟는다는 것은 꿈에 불과한 것이었다.

"귀혼혈뢰!"

구환도의 끝에서 뿜어져 나온 마나가 허공에서 뭉치더니 붉은 구체로 변해 바질리스크의 머리로 떨어진 것은 순식간의 일이었다.

쾅!

크아앙!

완벽한 오러 샷이었다.

내가 임의적으로 만들어서 사용하던 오러 샷보다 훨씬 파괴력이 강했다.

석화 브레스를 연신 뿜어내던 바질리스크는 머리에 강력한 타격을 받고는 비명 같은 포효를 터뜨렸다. 흩날리는 모래바람 사이로 머리가 피투성이가 된 바질리스크의 모습이 보였다. 방금 내 공격에 쓰러졌을 것이라는 예상과는 달리 바질리스크는 여전히 사방으로 석화 브레스를 뿜어대고 있었다.

바질리스크의 석화 브레스에 스친 트윈 헤드 오거 한 마리가 당장 딱딱하게 굳어지더니 곧 석상으로 변해 버렸다.

다행히도 푸르니에들이 있는 곳에는 뒤비니에 후작뿐만 아니라 프리스트인 라멜폴로까지 있어서 일행을 방어하는 데는 문제가 없었다. 더구나 일행 앞에 있던 메리스 공작이 몬스터들을 제거하고 있어 금방 어떻게 되지는 않을 것 같았다.

그래도 일행의 안전을 위해서는 달려드는 몬스터들을 어느 정도는 제거해 주어야 할 것 같아 측면으로 나섰고, 그런 내 곁을 발레리아가 지켰다. 솔직히 나도 그 편이 편했다.

"귀뢰파천황!"

도를 통해 방출된 마나가 무서운 속도로 회전을 하자 주위의 모든 것들을 빨아들이며 바스러뜨리기 시작했다. 그렇지 않아도 작은 모래는 더욱 작은 조각으로 쪼개어져 완전히 분말이 되어 몬스터들을 덮쳤다.

콰콰콰~쾅!

폭음과 함께 모래 분말이 마나와 섞여 전면의 모든 것을 휩쓸어 버렸다.

절반 이상의 몬스터들이 삽시간에 피모래로 변해 흔적도 없이 사라졌고, 물론 바질리스크 역시 몸통의 절반 이상이 사라진 채 널브러져 있었다. 달려들던 몬스터들의 절반 이상이 사라지자 푸르니에와 다른 녀석들도 기운을 내 몬스터들을 상대하고 있었고, 발레리아와 뒤비니에 후작은 간간이 마법을 날려 일행을 돕고 있었다.

어느 정도 정리가 되었을 때 난 뚱보노인의 행방을 놓쳐 버렸음을 깨달았다.

미처 내가 그의 흔적을 찾기도 전에 그의 음성이 들렸다.

"이제 너희를 지옥으로 안내하겠다. 내 귀염둥이들아! 너희들의 적을 모조리 잡아먹어라."

스르르.

뚱보노인의 말이 끝나자마자 어떤 곳은 모래가 솟아났고, 어떤 곳은 모래가 지면보다 깊게 꺼지며 커다란 웅덩이를 만들었다. 솟구친 모래는 그 속에 뭐가 있는지 일행 주위를 맴돌았고,

일행 외곽에 생긴 웅덩이는 깊이만도 몇 미터에 달할 정도로 깊었다.

그중에서 가장 깊은 곳에 모습이 보이지는 않았지만, 위험하게 느껴지는 뭔가가 중앙에 버티고 있음이 느껴졌다. 일행에게 주의를 주지 않을 수 없었다.

"모두 조심해라. 모래 구덩이 근처로는 접근하지……."

"헉!"

"으악!"

미처 말이 끝나기도 전에 성기사 두 명이 잠시 휘청거리는가 싶더니 자신들 뒤에 생긴 구덩이로 굴러떨어지는 모습이 보였다. 근처에 있던 성기사들이 동료를 구하기 위해 황급히 손을 뻗어봤지만 성기사들은 이미 구덩이로 굴러떨어진 후였다.

주변에 갑자기 생기기 시작한 모래 구덩이를 쳐다보는 순간 바로 눈앞에서 모래에서 뭔가가 솟구쳐 오르는 것에 놀라 몸을 피하느라고 뒷걸음질을 치다가 그만 구덩이로 굴러떨어진 것이다.

만약 지면이 단단했다면 어떻게든 중심을 잡아 그곳을 빠져나왔겠지만 모래 위에, 그것도 경사진 모래 위에 서 있던 것이라 도저히 중심을 잡을 수 없었을 것이다.

미처 반응을 보이지 못한 것은 발레리아나 뒤비니에 후작 역시 마찬가지였다.

가장 몸이 날래고, 모래 구덩이 가장 깊은 곳에 이미 뭔가가 도사리고 있음을 알고 있던 내가 구할 수밖에 없었다.

"차앗!"

재빨리 몸을 날린 난 정신없이 굴러떨어지고 있던 두 명의 성기사들 뒷덜미를 잡고 일단 안전하게 모래 위에 착지했다. 그리고 그대로 다시 모래를 박차고 몸을 날렸다. 아니, 날리려고 했다. 하지만 모래를 박차는 순간 내 의도와는 달리 모래는 마치 늪처럼 내 몸을 빨아들여 순식간에 무릎까지 지면에 박혔고, 잠시 당황하고 있는 사이에도 몸은 계속해서 모래 속으로 빠져들고 있었다.

일단 잡고 있던 성기사들부터 구덩이 밖으로 던졌다.

"푸르니에! 받아!"

성기사들을 힘껏 던진 충격으로 몸은 더욱 빠르게 모래 속으로 빠져들었다.

모래찜질을 해본 사람들은 아마 알 것이다. 보잘것없어 보이는 모래가 얼마나 무겁고 인간의 행동을 제약하는지 말이다.

나 역시 다를 것이 없었다.

당황하기는 했지만 곧 방법을 찾을 수 있었다. 반발력을 이용하는 것이었다.

생각을 한 순간 양손에 마나를 모아 허리 양옆의 모래를 힘껏 내려치며 그 반발력을 이용해 모래에서 빠져나오려고 했다. 평소였다면 그 방법으로 모래에서 빠져나오는 것은 일도 아니었다.

그렇지만 모래는 여전히 내 하반신을 움켜잡은 채 놓아줄 생각을 하지 않았다. 아니, 충격 때문인지 몸은 조금씩 계속해서 빠져들어 갔다.

모래 아래에서 끌어당기는 힘 때문에 점점 몸이 빠져 이젠 가슴까지 빠져들었다.

　그때였다. 뭔가가 내 발 쪽으로 다가온다는 느낌과 함께 몸은 모래 속으로 완전히 끌려들어 갔다. 급한 마음에 일단은 발에 마나를 집중시켜 조금 아래쪽을 향해 마나를 폭사시켰다.

　쿵!

　비록 소리가 크지는 않았지만 폭음과 함께 몸이 조금 지상으로 솟구쳤다.

　이 방법을 이용하면 모래 속에서 빠져나올 수 있음을 깨닫는 순간 마나를 다리로 보내 그대로 폭발시켰다.

　쿠쿠쿠~쿵~ 쾅!

　내 몸이 모래에서 빠져나온 순간 요란한 소리와 함께 주위로 모래가 자욱하게 흩날렸다.

　"차앗!"

　파앙~

　나는 지면을 향해 힘껏 장력을 발출했고, 그 반발력으로 인해 허공으로 몸이 튀어 오르는 순간 내공을 끌어올려 경공을 발휘해 일행 곁으로 몸을 날렸다.

　지면에 내려서자마자 뭔가가 내게로 근접했기에 황급히 마나를 끌어올려 호신강기를 만들어냈다.

　쾅!

　뭔가가 호신강기와 부딪치는 것이 느껴졌고 버티려고 했지만 전해진 충격이 보통이 아니었다.

　재빨리 중심을 잡고 상대를 확인하고 보니 엄청난 크기를 가진 지렁이처럼 생긴 것이 입밖에 없는 머리를 흔들고 있었다.

몸의 일부밖에 드러나지 않았는데, 그것만 해도 족히 10미터는 되어 보였고, 드러난 몸 곳곳에는 작은 가시 같은 발톱이 몸 곳곳에 잔뜩 붙어 있었다.

입을 쩍 벌렸을 때 몇 겹의 원형으로 빼곡하게 난 이빨들이 꿈틀거리고 있었는데, 정말 무시무시하게 보였다.

"주인님, 피하세요. 캐논 파이어!"

발레리아의 말에 일단 옆으로 몸을 피하는 순간 커다란 불덩이가 대왕지렁이(?)의 입을 향해 날아갔고, 대왕지렁이는 눈도 없으면서 뭔가를 느꼈는지 더욱 크게 입을 벌려 그대로 불덩이를 삼켰다.

쾅!

크지 않은 소리와 함께 몇 줄기의 불길이 잠시 대왕지렁이의 다물어진 입 밖으로 삐져나오긴 했지만 내가 보기엔 너무나도 멀쩡해 보였다.

쾅! 쾅! 쾅!

성기사들을 비롯한 푸르니에 녀석들도 각각 소드 오러들로 대왕지렁이를 공격했지만 소리만 요란했을 뿐 대왕지렁이의 몸엔 흔적도 남기지 못했다. 대왕지렁이들도 아까의 바질리스크만큼이나 단단한 가죽을 지니고 있는 듯했다. 오직 메리스 공작의 오러 블레이드에만 약간의 상처를 입었을 뿐이다. 오러 블레이드에도 상처를 입지 않는다면 오러 샷의 위력을 시험해 보는 수밖에 없었다.

생각하는 순간 주먹만 한 크기의 오러 샷 세 개가 만들어졌고, 그사이 대왕지렁이는 20미터가 넘는 몸을 완전히 지상으로 빼냈다. 그리고는 잔뜩 몸을 수축시켰다.

"공격한다. 몸을 피해라."

내 경고에 일행은 안전해 보이는 후방으로 몸을 날렸다.

잔뜩 웅크렸던 몸을 일순간에 펴 허공을 가로지른 대왕지렁이는 간단히 나를 건너뛰어 후방으로 피한 푸르니에들과 성기사들을 노렸다.

"트리플 실드!"

"차앗!"

발레리아가 제자들 앞을 세 겹의 실드로 가로막는 순간 오러 샷 셋 모두를 대왕지렁이의 입을 향해 날렸다. 그리고 뒤비니에 후작이 다시 두 개의 실드를 쳤다.

눈이 없는 대신 감각은 뛰어난지 오러 샷이 머리 쪽으로 날아가자 대왕지렁이는 조금 전 캐논 파이어를 집어삼켰던 것처럼 조금도 망설이지 않고 오러 샷을 꿀꺽 삼켰다.

쿵! 쿵!

달려오던 탄력을 이기지 못한 대왕지렁이는 발레리아가 쳐놓은 실드에 부딪쳐 모래 위로 떨어졌다. 곧이어 삼켰던 오러 샷이 폭발을 일으키면서 대왕지렁이의 머리를 날려 버렸다.

쾅!

쿵!

머리가 날아갔음에도 불구하고 금세 죽지 않고, 모래 위에 널브러져 몸을 비비 꼬며 몸부림을 치고 있던 대왕지렁이는 곧이어 모습을 드러낸 다른 대왕지렁이들의 공격에 온몸을 뜯어 먹했다. 머리가 날아간 대왕지렁이는 곧 다른 대왕지렁이들의 뱃속으로 사라졌고, 동료의 시신을 다 뜯어먹은 대왕지렁이들은 곧 모래 속으로 모습을 감췄는데 어찌 된 일인지 기감으로도 쉽게 느낄 수 없었다.

"주인님, 조심하세요. 모래가 움직이고 있어요."

발레리아의 말에 전면을 살펴보니 언제부터인지 느릿하지만 끊임없이 일부의 모래가 마치 시냇물처럼 굽이쳐 흐르는 모습이 보였다.

"네년도 흑마법사라면 당연히 본좌에게 무릎을 꿇고 충성해야 할 것 아니냐?"

뚱보노인은 발레리아의 모습을 그제야 발견했는지, 발견하자마자 마치 어른이 꾸짖듯이 발레리아에게 외쳤다.

그런 뚱보노인은 흑마법사로 보기엔 흑마력이 별로였고, 리치라고 보기엔 너무 살이 찐 모습이었다. 아무런 대꾸도 하지 않는 발레리아의 모습은 왠지 뚱보노인을 의식적으로 무시하는 듯 보였다.

"다크 블레이드 스톰!"

콰콰콰콰!

발레리아의 시동어에 갑자기 주위에서 돌풍이 불기 시작했다. 그것도 단순한 바람이 아니라 칼날 같은 바람이 휘돌고 있어 살벌하기 이를 데 없는 바람이었다.

시커먼 돌풍은 곧 태풍으로 변했고, 주위의 모든 것을 빨아들이는 즉시 바람 속에 섞여 있는 바람의 칼날이 모든 것들을 분쇄시켜 버렸다. 모래는 말할 것도 없이 모래 속에 숨어 있던 대왕지렁이들과 구덩이를 파고 숨어 있던 벌레(?)들도 남김없이 분쇄시키며 뚱보노인을 향해 곧장 날아갔다. 살아남은 몬스터들도 예외는 아니었다.

"흥! 다크 인페르노 필드!"

뚱보노인이 외치는 순간 모래가 점점 달아오르더니 지면이 갈라지기 시작했고, 그곳으로부터 불길이 치솟기 시작했다. 그리고 얼마 지나지 않아 족히 몇 미터나 되어 보이는 불꽃이 천연의 방벽이 되어 발레리아의 공격을 가로막았다.

단순히 공격을 막은 것뿐만 아니라 점차 세력을 넓혀가며 주위를 온통 용암의 대지로 만들고 있었다.

"차앗!"

내가 갑자기 구환도를 집어던지자 잠시 긴장하던 뚱보노인은 구환도가 형편없이 빗나가 버리자 어이없다는 표정을 짓고는 곧 발레리아를 노려보며 신중한 표정으로 캐스팅을 했다.

단지 시동어를 외치기만 해도 근처 수백 미터가 온통 불바다로 변해 버렸는데, 정식으로 캐스팅을 한다면 대체 얼마나 대단한 마법일지… 도저히 그냥 두고 볼 수가 없었다.

해서 오러 샷을 만들고는 뚱보노인을 향해 그대로 날렸다.

각기 다른 방향, 다른 속도로 날아가도록 조절했다.

"아이언 실드!"

쾅! 쾅!

거무스름한 실드와 부딪친 오러 샷은 뚱보노인에게 별다른 충격도 주지 못한 채 그대로 사라져 버렸다.

내 공격이 무위로 돌아간 뒤 뚱보노인은 나를 향해 왼손을 뻗었고, 그런 노인의 손에는 검은색의 주먹만 한 구체가 모습을 보였다. 검은 구체는 뇌전의 기운을 가지고 있는지 간간이 번개의 기운이 보였다.

"다크 라이트닝 캐논!"

시동어와 함께 검은 구체는 꽤나 빠른 속도로 날 향해 날아들었지만 방심하고 있지 않았기에 신속하게 이동해 피할 수 있었다. 하지만 뚱보노인의 공격엔 목표 추적 기능이 있는지 이동하는 날 따라 공중에서 방향을 바꾸며 날아들었다.

재빨리 호신강기를 끌어올려 방어를 하면서 아까 던졌던 구환도를 조종해 뚱보노인을 공격하게 했다. 검은 구체를 조종해 날 공격하려던 뚱보노인은 오히려 본인이 공격을 당하자 대경실색하며 황급히 몸을 피했다.

"헉! 블링크!"

구환도가 막 뚱보노인의 머리를 자르기 직전 뚱보노인의 몸이 감쪽같이 사라졌다.

기감을 넓혀 그의 존재를 확인하려는 순간 뚱보노인의 공격이 코앞까지 다가왔다.

쾅!

몸을 뒤로 날려 충격을 완화시키는 동시에 뚱보노인을 찾았을 때 공격 준비를 마친 발레리아가 공격을 시작했다.

"다크 파이어 스톰!"

시동어를 외치자마자 불꽃에 싸인 거대한 회오리바람이 생겨났고, 회오리바람은 주위의 모든 것을 집어삼키며 세력을 키워갔다. 불길이 치솟고 있는 대지에서 힘을 얻어 더욱 강력한 열기를 뿜어냈다.

화끈거리는 열기를 느끼며 내가 뒤로 물러서자 회오리바람은 기다렸다는 듯이 뚱보노인을 향해 이동했다. 모든 것을 빨아들이며, 분쇄시키며 점점 세력을 키우는 동안 뚱보노인도 반격을 시작했다.

"더블 헬파이어!"

뚱보노인의 양손에 맺혀진 거대한 두 개의 불덩이는 발레리아가 만들어낸 회오리바람과 정면에서 부딪치며 어마어마한 충격파를 만들어냈고, 기를 쓰고 버티려고 했지만 속수무책으로 거의 20여 미터나 밀려났다.

성기사들과 나머지 일행은 말할 필요도 없었다. 거의 50여 미터나 날아갔다. 하지만 그것으로 끝이 아니었다.

어느 틈에 나타났는지 각종 몬스터들과 언데드들이 모습을 드러내서는 그들을 공격하기 시작한 것이다. 자신의 공격에도 발레리아가 멀쩡히 제자리를 지키고 있는 모습을 발견한 뚱보노인은 재차 공격할 준비를 했다. 하지만 이번에도 발레리아의 공격이 더 빨랐다.

"소환 발록!"

발레리아의 시동어가 끝나자마자 허공에 거대한 마법진이 생기더니 이전에 보았던 거대한 존재가 지상에 모습을 드러냈다. 군데군데 끓어오르고 있는 대지를 바라보던 발록은 만족한 표정으로 지상에 내려섰다.

"할 일은?"

"리치의 말살!"

"알았다."

발록은 발레리아의 지시가 끝나자마자 뚱보노인을 향해 불꽃
채찍을 휘둘렀다.

"헉! 블링크!"

깜짝 놀란 뚱보노인은 황급히 몸을 피했고, 발록이 쫓아오기
전 재빨리 캐스팅을 마치고는 힘차게 시동어를 외쳤다.

"더블 스펠! 서먼 발록! 어스퀘이크!"

쩌쩌쩌~쩍!

"조심해라!"

"크아아악!"

"사, 살려줘!"

"내 손을 잡아!"

한참 떨어져 있던 일행에게서 비명소리와 고함소리가 터져
나왔다.

믿을 수 없게도 발록 소환과 지진을 동시에 실현시킨 것이다.

이곳을 잠시 발레리아에게 맡기고 일행을 구해야 할지, 아니
면 그녀를 도와 뚱보노인을 처치해야 될지 금방 결정을 내릴 수
없었다. 하지만 이번 일을 해결하겠다고 나선 사람은 바로 나였
다. 엄밀하게 따지자면 발레리아는 나 때문에 이곳까지 온 것
아닌가?

미안한 마음 때문에 도저히 발레리아에게 그런 부탁을 할 수
없었다.

일행의 능력을 믿고 일단은 뚱보노인부터 처치하기로 결정을
내렸다.

발레리아와 뚱보노인의 공방은 계속되고 있었는데, 발레리아가 어떤 능력을 가지고 있는지 잘 알고 있는 나로서는 그녀와 팽팽하게 맞서고 있는 뚱보노인의 능력에 놀라지 않을 수 없었다. 사실 뚱보노인의 능력이라기보다는 그와 계약한 레기오네의 능력일 것이다.

　사실 마족과 계약하든, 마왕과 계약하든 흑마법사나 리치가 도달할 수 있는 최고의 경지는 8클래스라 할 수 있다. 그리고 발레리아와 뚱보노인은 같은 8클래스에 도달한 리치였다. 다시 말해 두 사람의 대결은 쉽게 끝나지 않을 테지만 왠지 나로서는 그 사실을 용납하기가 쉽지 않았다. 만약 플로네이서스가 근처에 있었다면 어떻게 마왕의 계약자가 마족의 계약자보다 강하지 못하냐고 한껏 비웃어주었을 것이다.

　수십 미터나 떨어진 상태에서 서로를 공격하는 것이었지만 그런 거리는 더 이상 그들에게 문제가 되지 않았다. 게다가 그들이 소환한 두 마리의 발록이 주위를 온통 엉망으로 만들며 싸우고 있어서 어느 정도 접근하지 않는 이상 뚱보노인에게 제대로 된 타격을 입히기도 쉽지 않았다. 하지만 뚱보노인은 발레리아에게만 신경을 쓰고 있었기에 그에게 접근하는 것은 어려운 일은 아니었다.

　최대한 은신한 채 뚱보노인에게로 접근하면서 언제든 오러 샷을 만들 수 있도록 준비를 했다. 무기도 집어던진 채 이제는 맨손으로 싸우기 시작한 발록들 때문에 용암처럼 끓어오르던 대지는 사방에 구덩이가 파이고 엉망으로 파혜쳐져 있었다.

　뚱보노인과의 거리가 20미터쯤 떨어졌을 때 뚱보노인은 발레리아와 토네이도 계열의 마법으로 서로 겨루고 있었다.

구환도로 오러 블레이드를 만들어서는 뚱보노인을 향해 날렸다. 그것과 동시에 오러 샷을 만들어 최대한의 속도로 구환도의 뒤를 바짝 뒤쫓았다.

"받아라!"

"헉! 더블 실드!"

쾅! 쾅! 쾅!

오러 블레이드에 싸인 구환도가 뚱보노인이 만든 첫 번째 실드를 파괴하고 두 번째 실드에 부딪친 후 날아간 것을 확인하자마자 오러 샷을 폭발시켜 두 번째 실드마저 없애 버렸다.

오른손에 오러를 씌운 후 뚱보노인의 목을 향해 힘껏 휘둘렀고, 그의 목이 단숨에 잘려 나갈 것을 믿어 의심치 않았다. 하지만 결과는 예상 밖이었다.

"블링크!"

휙!

뚱보노인은 기다렸다는 듯이 또다시 모습을 감췄고, 난 그의 흔적을 찾기 위해 기감을 확장시켜야 했다.

매번 느끼는 것이지만 마법사들의 이동 마법인 블링크와 텔레포트만큼은 정말 대단한 것 같다는 생각이 들었다.

수십 개의 오러 샷을 만든 후 내 기감에 뚱보노인이 걸리기만을 기다렸고, 수십 미터 떨어진 곳에 드디어 그의 기운이 느껴졌다.

매망으로 은신한 후 최대한 은밀하게 그에게 다가가 오러 샷을 날렸다. 아니, 날리려 했다. 하지만 뚱보노인의 공격이 더 빨랐다.

"헬파이어!"

주위를 두리번거리는 척하던 뚱보노인이 갑작스럽게 공격을 하자 난 깜짝 놀랐지만 타격을 최소화시키기 위해 본능처럼 호신강기를 일으키며 몸을 뒤로 날렸다. 동시에 이미 만들어두었던 오러 샷을 뚱보노인에게 날렸다.

"실드!"

쾅! 쾅!

내 호신강기와 뚱보노인의 실드에 동시에 서로의 공격이 작렬하면서 엄청난 폭발음과 충격이 전해졌다. 어느 쪽의 공격이 더 강하다고 하기 힘든 상황이었다.

뚱보노인의 공격은 강렬했지만 내 공격은 날카로웠기 때문이다.

오러 샷에 회전을 주어 관통력을 높였기 때문에 설사 뚱보노인이 리치라고 하더라도 막는 것이 쉽지 않을 것이다. 게다가 그 수 또한 적지 않으니 뚱보노인을 제압하는 데는 문제가 안 될 것이라 판단했다.

호신강기로 몸을 보호했음에도 불구하고 지독한 열기가 전해졌다.

불행 중 다행으로 몸을 뒤로 날리며 호신강기를 일으켰기 때문에 충격을 완화시킬 수 있었지만 충격파 덕분에 수십 미터를 날아가지 않을 수 없었다.

허공에서 몇 바퀴나 재주를 넘으면서 충격파를 허공에 흘리고서야 겨우 지상에 내려설 수 있었다. 하지만 이미 50미터 이상 날아간 후였다.

무엇보다 먼저 뚱보노인의 상태부터 살폈다.

바로 코앞에서 잔뜩 압축된 오러 덩어리가 폭발했으니 멀쩡하지는 않을 거라는 생각은 들었지만 왠지 그가 죽었을 거라는 느낌은 들지 않았다.

자욱하게 일었던 흙먼지가 가라앉은 후 온몸에 구멍이 뚫려 만신창이가 된 뚱보노인의 모습이 보였다. 머리도 반이나 날아갔고, 가슴과 허벅지에 커다란 구멍이 뚫려 있었지만 뚱보노인은 아무렇지도 않은 듯 나를 노려보고 서 있었다.

정말 꿈에서도 피하고 싶을 정도로 끔찍한 모습이었다.

절반이 날아간 얼굴에 신경과 이어진 눈알이 매달려 있는 모습은 몇 년 전에 먹은 음식을 게워야 할 정도로 역겨운 것이었다.

그런 상태임에도 죽지 않은 것을 보면 뚱보노인도 리치가 분명했다.

재차 그를 향해 몸을 날렸을 때 그가 양손을 번쩍 드는 것을 발견할 수 있었다.

동시에 그의 뒤에 십여 명의 인물이 나타났다.

몇 명은 마법사 복장을 하고 있었지만 열 명 정도는 검은 갑옷에 검은 망토, 그리고 검은 검을 들고 있었는데 그들에게서 풍기는 기운이 심상치 않았다.

특히 검은 투구 사이로 보이는 두 개의 붉은색 눈은 그들이 인간이 아님을 증명하는 것이었으며, 또한 모래 지대를 뒤덮고 있는 기운이 그들에게서도 느껴졌다. 아니, 그들에게서는 더욱 농축된 기운이 느껴졌다.

"주인님, 데스나이트들이에요. 그것도 상당히 강한."

"살아 있을 때 기사였던 자들이 흑마법사나 리치에게 영혼을 구속당해 지상에 소환된 언데드가 바로 데스나이트 아닙니까?"

"주인님의 말씀이 맞아요. 제가 보기에 저들은 일반적인 데스나이트들보다 훨씬 강해요."

"그렇습니까?"

발레리아의 말에 확실히 예전에 보았던 데스나이트와 비교해 보니 강하게 느껴졌다.

그때 뚱보노인의 음성이 다시 들렸다.

"내 대지에 살아 있는 모든 것들을 말살해라."

뚱보노인의 말에 마법사들은 금세 사라졌고, 뚱보노인의 앞을 가로막았던 데스나이트들이 나직하게 뭔가를 중얼거리자 바닥에서 모래가 솟구쳐 오르더니 차츰 모양을 만들기 시작했다. 칙칙한 색의 모래로 만들어진 말은 솟음과 동시에 데스나이트들을 태웠는데, 데스나이트들의 몸에서 나온 검은 연기가 말들에게 스며들면서 몸이 반투명하게 변했고 바닥으로 모래들이 떨어졌다.

모습이 변한 말들에게서는 데스나이트들과 같은 기운이 뿜어져 나왔다.

데스나이트들을 우선 발레리아에게 맡기고 뚱보노인을 노리려고 했지만 그런 내 의도는 시도도 해보기 전에 접어야 했다.

뚱보노인이 처음 나타났을 때처럼 지면으로 스며들어 사라졌기 때문이다.

닭 쫓던 개가 지붕 쳐다보는 꼴이 돼버렸다고나 할까?

몸을 회복시키기 위해서 사라졌다는 것은 충분히 짐작할 수 있는 일이었다. 또한 텔레포트나 블링크 같은 마법을 사용할 수 없을 정도로 몸이 망가졌다는 것 역시 짐작할 수 있었다. 하지만 문제는 내가 지하로 숨은 그를 쫓아갈 능력이 없다는 것이다.

내가 그가 사라진 곳을 바라보며 이를 갈 때 발레리아가 시동어를 외쳤다.

"뎀프 필드!"

시동어가 끝나자마자 모래에서부터 물기가 올라오기 시작하더니 종내에는 늪지처럼 물이 차올랐다. 발목까지 빠지는데다 바닥에 모래까지 깔려 있어 움직이기가 보통 힘든 것이 아니었다. 하지만 등평도수를 마음대로 펼칠 수 있는 나로서는 불편할 것이 전혀 없었다.

그런 생각을 하면서 데스나이트들을 보았는데, 그들이 걸치고 있는 갑옷 무게 때문인지, 아니면 다른 이유 때문인지 그들이 탄 말, 팬텀 스티드는 모래 습지에 발목까지 푹 빠져 있었다. 그런 상황이 불편한지 팬텀 스티드들은 네 발을 연신 이리저리 움직이고 있었다.

"팬텀 스티드는 마법에 의해 생겨난 생물이라 무게가 나가진 않지만 그들이 태우고 있는 데스나이트들의 갑옷 무게 때문에 이 늪지에서는 움직이기가 쉽지 않을 거예요. 주인님께서 잠시만 데스나이트들을 상대하고 계시면 그동안 주인님의 제자들과 다른 사람들을 구해올게요."

"그래 주시겠습니까? 그럼 일행을 좀 부탁드리겠습니다."

"금방 올게요, 주인님. 블링크!"

말과 함께 발레리아가 사라진 후 데스나이트들의 공격이 시작되었다.

데스나이트들은 생전의 기억을 아직도 가지고 있는지 팬텀 스티드들을 몰아 일렬로 늘어선 후 일제히 달려들었다.

그 모습을 보면서 구환언월도를 들고 소드 오러를 일으켜 데스나이트들이 좀 더 접근하길 기다렸다. 팬텀 스티드가 가장 빨랐을 때의 속도가 얼마나 빠른지는 모르겠지만 발레리아가 만들어놓은 늪지 때문에 그들의 움직임은 그리 빠르지 않았다.

장수를 잡으려면 그가 탄 말을 먼저 잡으라는 말도 있지 않은가?

챙!

구환언월도를 빠르게 회전시켜 데스나이트들이 휘두른 검들을 튕겨낸 후 힘껏 진각을 밟았다.

쾅!

진각의 반발력을 이용해 몇 미터 상공으로 몸을 띄운 난 그대로 태극혈라도법을 펼쳤다.

"귀곡참살!"

쩌르렁~

구환언월도의 도배에 매달려 있던 아홉 개의 철환이 서로 부딪치며 요란한 소리를 냈다. 예전에 발레리아가 그걸 보고 소닉 익스플로젼 웨이브라고 부르던 것이 잠시 기억났다.

소리를 이용한 공격이기 때문에 무기나 갑옷으로 방어하는 것은 불가능한 일이었다.

만약 인간들이었다면 당장 고막이 터지고, 죽음에 이를 내상을 입었을 것이다. 하지만 상대는 살아 있는 존재들이 아니었다.

비록 음파 공격에 어느 정도 타격을 받아 갑옷의 틈새로 검은 연기 같은 것이 조금씩 빠져나와 조금 약해진 것 같기는 했지만 데스나이트들은 흔들림없이 여전히 내게 검을 겨누고 있었다. 오히려 타격을 받은 것은 데스나이트들을 태우고 있던 팬텀 스티드들이었다.

음파 공격에 팬텀 스티드들의 몸이 세차게 흔들리더니 서서히 엷어지기 시작했고, 결국 완전히 사라져 버렸다.

어쩔 수 없이 늪지에 내려선 데스나이트들은 나를 중심으로 포위를 했다.

늪지 때문인지 그들의 행동은 그리 빠르지 않았다.

데스나이트들은 누가 먼저라고 할 것도 없이 검을 휘두르며 달려들었다.

챙챙챙!

불똥이 튀기며 무기들이 부딪쳤다가 떨어졌다.

내가 소드 오러를 만들자 데스나이트들도 소드 오러를 만들어 대응했다. 하지만 공격의 속도나 정교함은 내가 훨씬 빨랐다.

챙!

가장 앞쪽에서 달려들던 데스나이트의 검을 쳐올리는 동시에 구환언월도를 회전시켜 데스나이트가 걸치고 있는 갑옷의 가슴

부분을 공격했다.

쾅!

폭음과 함께 달려오던 데스나이트의 가슴 부분이 그대로 움푹 패이며 뒤로 날아갔다.

그사이 다가온 다른 데스나이트의 팔을 회전시킨 구환언월도로 후려치고, 그대로 찔러 또 다른 데스나이트의 머리를 날려버렸다.

쾅쾅!

강력한 타격이 작렬할 때마다 갑옷이 찌그러지고 투구가 일그러졌다. 하지만 데스나이트들은 잠시 움찔했을 뿐 여전히 날 향해 무기를 휘두르고 있었다.

몇 차례 더 데스나이트들과 접전이 있으면서 느낀 것이었지만, 나는 일순간에 데스나이트들을 제압할 수 없지만 데스나이트들 역시 날 제압할 수는 없었다.

쾅! 쾅! 쾅!

오러 블레이드를 만들어 공격을 하자 데스나이트들도 기다렸다는 듯이 오러 블레이드를 만들어 대항해 왔다. 무기끼리 서로 부딪칠 때마다 상당한 충격파가 주위로 번져 가며 바닥의 물과 모래들을 비산시켰다.

"건곤번천!"

빠르게 구환언월도를 회전시키며 수백 줄기의 오러 블레이드를 천공에서 지상으로, 또 지상에서 천공으로 난사했다. 그리고는 오러 블레이드는 남김없이 데스나이트들에게 작렬했다.

콰콰콰~쾅!

데스나이트들이 걸치고 있던 갑옷과 망토, 그리고 그들의 투구와 무기가 갈가리 찢기고 산산조각 나서 허공으로 날아가 버렸다. 하지만 산산이 흩어져 있던 갑옷과 투구, 무기가 한곳으로 모여들더니 금세 원래의 몸을 만들어 다시 날 포위했다.

마계의 기운이 잔뜩 퍼져 있는 이곳에서는 설사 데스나이트들을 파괴시킨다고 하더라도 곧 재생이 가능한 모양이었다. 상황이 이래서야 내가 아무리 데스나이트보다 무력에서 앞선다고 하더라도 결국 지쳐 쓰러지는 사람은 내가 될 뿐이었다.

언데드의 극성은 역시 신성력.

오른손으로는 오러 블레이드를 씌운 구환언월도를 휘둘렀고, 왼손으로는 생명의 기운을 함유한 오러 샷을 만들었다. 이번에도 생명력이 힘을 발휘해 주기를 바라며 폭발하는 데스나이트들을 유심히 살펴봤다.

쾅!

집중했기 때문인지 시간이 아주 천천히 흐르는 것이 느껴졌다.

데스나이트의 갑옷이 폭음과 함께 터져 나가며 커다란 구멍이 뚫렸고, 폭발하는 잔해들과 함께 검은색의 연기 같은 것이 주위로 퍼져 나가는 것이 보였다. 조금 전 단순히 폭발하며 갑옷에 구멍만 생기던 것과는 확연히 다른 모습이었다.

뿐만 아니라 금방 재생되던 이전과는 달리 구멍을 통해 계속해서 검은색 연기가 빠져나와 대기 중에 퍼지고 있었다. 동시에 공격받은 데스나이트가 확연하게 약해진 것이 느껴졌다.

역시 방법은 생명력을 활용하는 것뿐이었다.

제거할 방법을 안 이상 데스나이트들은 더 이상 내 상대가 될 수 없었다.

즉시 많은 수의 오러 샷을 만들어 데스나이트들의 투구와 심장을 향해 날렸다.

콰콰콰~쾅!

폭음과 함께 데스나이트들의 투구와 갑옷이 산산조각 나며 주위로 날았다.

투구와 갑옷으로 보호되고 있던 데스나이트의 실체가 외부로 노출되자 대기 중으로 흩어지기 시작했다. 게다가 오러 샷에 포함시킨 생명력 때문인지 단순히 상처를 입었던 조금 전보다 훨씬 빠른 속도로 대기 중에 흩어지기 시작했다.

한동안 귀찮던 데스나이트들이 사라진 후 주위는 갑작스럽게 적막이 찾아왔다.

기감을 넓혀 주위를 훑어보았지만 마기를 가진 존재는 감지되지 않았다.

그러다 일행을 까맣게 잊고 있었다는 것이 생각나 황급하게 일행이 있는 곳을 향해 전력으로 몸을 날렸다.

도착한 후 우선 푸르니에와 제우비스, 트렉슨부터 찾았다.

많이 지치고 약간의 부상을 입긴 했어도 크게 다친 것 같지는 않아 일단 안심이 되었다. 하지만 피해가 많았는지 서 있는 성기사들의 수는 겨우 다섯에 불과했다. 더구나 그들 일행 가운데 가장 강한 메리스 공작도 부상을 입어 걸치고 있는 의복 곳곳이 찢겨져 있었다.

그래도 상처가 보이지 않는 것을 보면 이미 라멜폴로가 신성력으로 치료한 모양이었다.

내가 도착했을 때는 하나같이 모래바닥에 주저앉아 가쁜 숨을 몰아쉬고 있었다.

주변을 둘러보니 갈라진 대지가 보였고, 전신이 갈가리 찢긴 성기사들의 시체가 사방에 흩어져 있었다. 일행을 돌보는 것이 힘에 겨웠는지 라멜폴로도 창백한 얼굴로 꽤나 지친 표정을 짓고 있었다.

"그 뚱땡이 늙은이는?"

"중상을 입혔지만 제거하진 못했다. 죽고도 남을 부상이었는데 죽지 않은 걸 보면 그 늙은이도 리치였던 모양이다. 모래 속으로 숨었는데 찾질 못했다."

"그럼 이젠 어떻게 하지? 네 능력으로 못 찾을 정도라면 숨어도 깊게 숨은 모양인데… 관두자니 여기까지 온 게 아깝고, 계속 싸우자니 싸울 수 있는 사람들이 부족할 것 같은데 말이야. 어떻게 하는 게 좋겠냐?"

"힘들겠지만 여기까지 왔으니 아예 해결을 보는 게 좋을 것 같다."

"우리 전력으로 될까?"

"끝까지 해봐야지."

내 대답에 푸르니에는 물론 나머지 일행은 하나같이 피곤한 표정을 짓다가 곧 깊은 한숨들을 내쉬었다. 하지만 곧 기운을 차리고 하나둘 자리에서 일어났다.

"어차피 우린 이곳에 오기로 결정을 내렸을 때부터 목숨을 내놓기로 했다. 예상치 못한 공격 때문에 비록 일부 동료를 잃긴 했지만 그렇다고 바뀐 것은 아무것도 없다. 우리는 제국에 혼란을 일으킨 리치를 제거하기 위해 이 자리까지 왔다. 하지만 원흉은 우리의 예상보다 훨씬 강했고, 그 결과 우린 절친한 동료들을 잃어야만 했다. 반드시 살 수 있을 거라고, 책임지지도 못할 말은 하지 않겠다. 하지만 누군가가 죽어야 한다면 너희들보단 내가 먼저 죽을 것이며, 저승에서 너희들의 자리를 마련하고 기다리겠다."

메리스 공작의 말에 성기사들은 결의에 찬 표정으로 고개를 숙였다.

"공작님을 따라 제국의 영광을 위해 저희들의 목숨을 바치겠습니다."

"제국의 영광을 위해!"

"제국의 영광을 위해!"

누군가의 선창에 나머지 성기사들도 힘차게 외치고는 검을 치켜들었다.

성기사들이 전의를 불태우는 동안 심한 부상을 입고 바닥에 쓰러져 있던 성기사들은 은밀하게 스스로의 급소에 대거를 박아 넣으며 조용히 숨을 몰아쉬었다. 그리고는 눈을 감았다.

아무도 몰랐을 거란 내 예상과는 달리 라멜폴로는 그런 기척을 감지했는지 가만히 눈을 감고는 나직하게 중얼거렸다. 성기사들을 추도하는 듯 보였다.

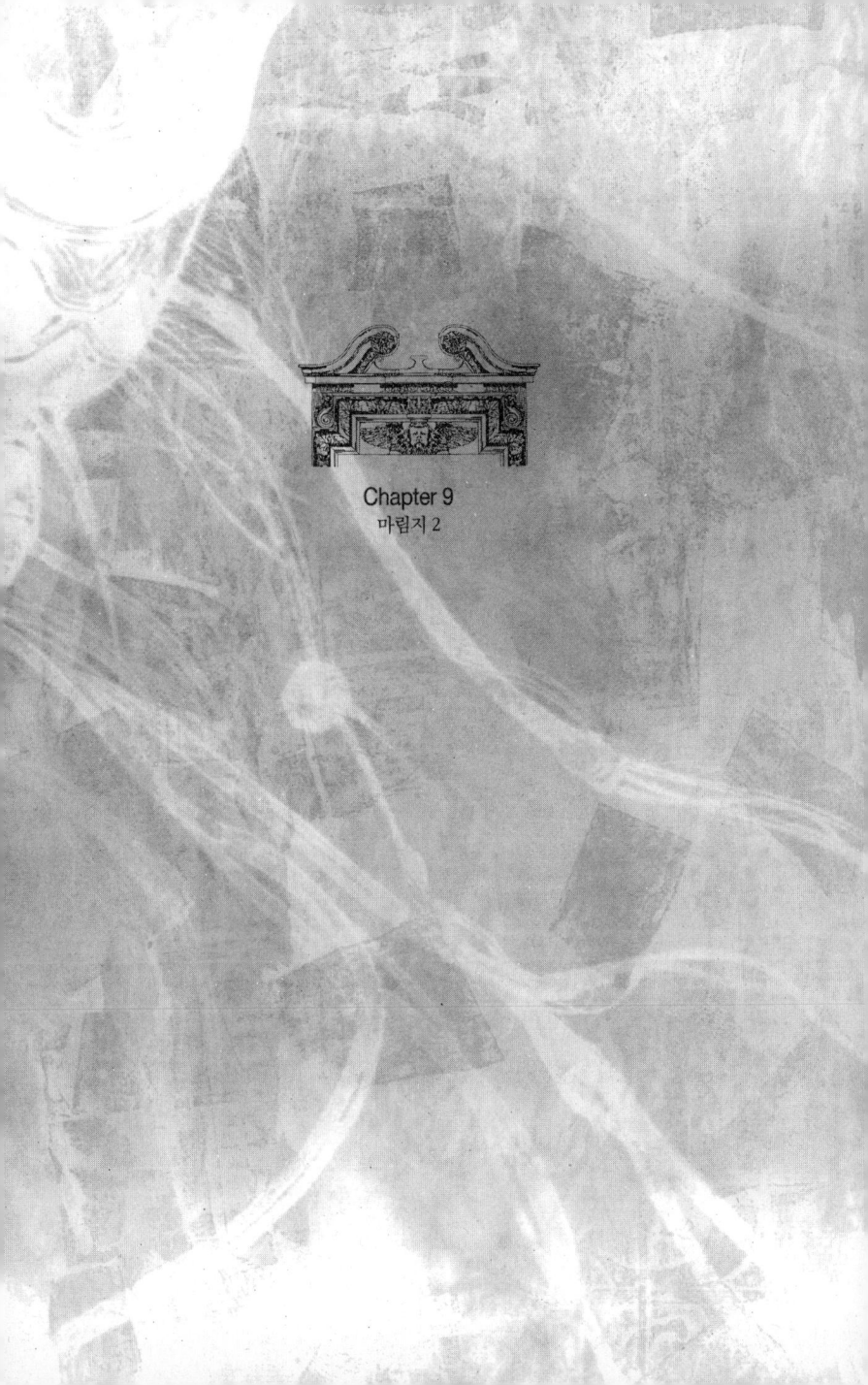

Chapter 9
마림지 2

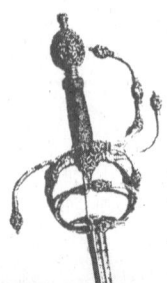

The Duel of Master
마스터 대전

1

일행과 함께 칼린 무예트 자작의 성으로 향했다.

리치와 싸우는 동안 날은 완전히 밝아버렸다.

다시 그 지긋지긋한 태양이 떠올랐고, 이미 말들은 몬스터와 싸울 때 다 죽었기 때문에 어쩔 수 없이 영주의 성이 있는 곳까지 걸어가는 수밖에 없었다. 발목까지 빠지는 모래를 걷는다는 것은 적들과 싸우느라 체력을 한계까지 써버린 일행들로서는 지옥과 같은 고통을 계속 느껴야만 하는 것이었다. 하지만 다른 방법이 없었다.

얼마나 걸었는지 기억하기도 힘들 정도로 오랜 시간 동안 걷고 또 걸었다.

내 짐작으로는 거의 사흘 동안은 꼬박 걸은 것 같았다.

식량은 발레리아가 아공간 창고에 가지고 있던 음식과 물로 해결할 수 있었지만 지속적으로 체력을 깎아먹고 있는 이 지독한 열기와 발을 딛기도 힘들 정도로 뜨거운 지열만은 어쩔 수가 없었다.

뒤비니에 후작과 내가 번갈아 일행의 체온을 식혀주었고, 라멜폴로는 일행의 체력이 떨어질 때마다 회복시켰지만 제대로 쉬지 못한 탓인지 쉽사리 지쳤다.

처음 이곳에 왔을 때 우려했던 것처럼 지독한 더위와 모래언덕들이 일행의 체력을 지속적으로 깎아먹고 있었다. 정작 적과 싸우는 것보다 이동하는 것이 훨씬 더 힘든 일이었다.

그렇게 다시 나흘이 흘렀을 때 우리는 마침내 칼린 무예트 자작의 성에 도착했다.

자작의 성은 주위보다 높은 곳에 위치하고 있었는데, 주위가 온통 모래뿐이라 과거의 모습은 알 도리가 없었다.

숨 막힐 정도로 뜨거운 햇살이 내리쬐는 칙칙한 모래언덕 위에 우뚝 서 있는 성의 모습은 가히 지옥의 성이라 해도 과언이 아니었다.

"드디어 도착했군."

푸르니에의 말에 일행은 누가 먼저라고 할 것도 없이 그 자리에 주저앉았다.

사람들의 표정에는 무사히 도착했다는 안도감과 리치와 다시 싸워야 된다는 불안감이 공존하고 있어 꽤나 복잡해 보였다.

"며칠 동안의 강행군 때문에 체력이 많이 떨어졌으니 이곳에서 체력을 최대한 회복한 다음 자작의 성으로 가는 것이 좋을 것 같은데… 다른 사람들의 생각은 어떻소?"

메리스 공작의 말에 생각할 것도 없다는 듯 푸르니에가 동조했다.

"사실 아저씨가 그 말을 하지 않았어도 지금은 꼼짝할 힘도 없어요. 다들 그렇지?"

푸르니에의 말에 성기사들은 대답할 힘도 없는지 고개를 끄덕였다.

"푸르니에 황자님의 말씀대로 하는 것이 좋겠습니다. 그럼 전 지금부터 저곳에서 발로키님께 기도를 올리겠습니다."

말을 마친 라멜폴로는 일행과 조금 떨어진 곳에서 무릎을 꿇고 경건한 모습으로 기도를 하기 시작했다. 그리고 뒤비니에 후작 역시 명상을 통해 마나를 보충했고, 푸르니에를 비롯한 제자 녀석들도 운공을 통해 마나를 보충하기 시작했다.

발레리아에게 부탁을 한 후 나도 마나와 생명력을 보충했다. 그러면서 생명력의 효율적인 사용을 위해 고심했다.

효율적인 사용이 꼭 검일 필요가 있는 것일까?

신성력과 비슷한 생명력을 마나처럼 한계 이상으로 모을 수 없는 것일까?

한계는 없다라는 생각을 하면서 운공에 집중을 하는 동안 난 기이한 경험을 했다.

주위에서 몰려든 기운들이 어느 순간 밝게 빛나기 시작하더니 곧 내 몸을 둘러싸기 시작했다. 그리고는 내 몸을 허공으로 떠오르게 만들었다.

동시에 난 문득 마음이 편해지는 것을 느낄 수 있었다.

한없는 자유를 느끼던 난 불현듯 내가 마음만 먹으면 그것이 어떤 일이든 해낼 수 있을 것이란 생각이 들었다.

'모여라, 생명력!'

생각을 하는 것만으로 근처에 퍼져 있던 생명력이 일제히 내 몸으로 모여드는 것이 느껴졌다. 주변의 얇고 넓게 퍼져 있던 생명력이 생각만으로 모여들었는데, 약 2백여 미터쯤 떨어진 곳에 엄청나게 밀집된 생명력이 있음을 깨달을 수 있었다.

그동안 보이지 않았던 카르카스의 기운이었다.

생명력이 모이는 것을 느끼던 난 내 자신이 어느샌가 허공을 날고 있는 것을 깨달았다.

언젠가 경험을 했던 것처럼 육탈(肉脫)을 다시 경험한 모양이었다.

다만 이전과 다른 것은 내가 이곳까지 온 이유라는 것이 너무나도 하찮게 여겨진다는 점이었다.

마족을 소환해 낸 리치나 지상에 강림한 레기오네란 마족도 크게 보면 세상을 구성하는 여러 가지 요소 가운데 작은 일부분에 불과하다는 생각이 든 것이다.

물론 그로 인해 많은 수의 생명들이 죽거나 다치겠지만 작은 인과율이 모여 좀 더 큰 인과율을 만들고, 그런 것들이 모여 세계를 움직이는 커다란 규칙이 된다는 것을 순간적으로 깨달은 것이다.

인과율(因果律)의 규칙을 파괴한 자는 영혼마저 소멸된다는 것 역시 깨닫게 되었다.

이론(異論)의 여지가 없는 절대 규칙.

창조주의 절대 의지라고 해야 할까?

그것을 깨닫는 순간 난 지상의 모든 것으로부터 자유로워졌다.

처음엔 혈육으로부터 자유로워졌다.

부모님들을 떠올리는 순간 그들이 어떠한 인연으로 내 부모가 되었는지, 나와 어떤 인연이 있었는지가 한순간에 떠올랐음은 물론 한순간에 이해가 되었다.

로안나와의 인연도 마찬가지였다.

나에겐 최초의 연인이었지만 그녀의 전생은 가슴 아플 정도로 고난의 연속이었다.

가난한 집에 태어난 것도 수십 번이었고, 가뭄에 굶어 죽은 것도 수십 번이었다.

가난 때문에 남에게 죽임을 당한 것도 역시 헤아릴 수 없을 정도였다.

불행한 결혼 생활을 한 것도 수십 번이었고, 주정뱅이 부모들 때문에 고생을 한 것도 역시 수십 번이었다. 시샘 많은 형제, 자매들 때문에 고생을 하기도 했고, 못된 친구들 때문에 불행하게 산 것도 한두 번이 아니었다.

그런 생을 거듭하고 거듭하다 지금의 생을 살고 있는 것이다. 물론 본인은 그런 사실을 전혀 모르겠지만 말이다.

그녀의 생에서 나를 만났을 때보다 행복했던 시절은 존재하지 않았다.

그런 여러 가지 과거의 일들이 그녀의 이름을 떠올리는 순간 단숨에 깨닫게 되었다.

아마도 내가 육체의 한계를 벗어났기 때문이 아닌가 싶었다.

만약 몇 가지 남은 미련의 고리만 끊어버린다면 그 순간 인간이 아닌 존재가 될 수 있다는 생각이 들었다. 도교에서 말하는 우화등선(羽化登仙)이나 세인들이 말하는 양신출화(陽神出化)의 경지가 아닌가 짐작할 뿐이었다.

결정할 것은 이대로 인연의 고리를 끊을 것인가? 아니면 다시 육신으로 돌아갈 것인가를 결정해야 하는 것이다. 하지만 이대로 지상을 떠날 순 없었다. 다시 말해 난 지상에 머물면서 내게 맡겨진 일을 처리한 뒤 로안나와 결혼해 자식들을 낳고 오래오래 살고 싶었다.

영원한 존재가 되기보단 인간으로 다른 사람들과 부딪치면서 살기를 원했다.

결정이 내려져 다시 몸으로 돌아가려고 할 때 멀리서 느닷없이 마기가 치솟는 것이 느껴졌다.

황급히 운공을 마치고 눈을 떠보니 조금 전 느낌대로 영주의 성 상공에 먹구름이 몰려들며 소용돌이치는 것이 보였다.

미약했던 기운이 무섭게 증폭되어 모습을 감춘 뚱보리치보다 더 강하게 느껴졌다.

그런 기운을 느낀 것인지 메리스 공작, 하이 프리스트 라멜폴로, 뒤비니에 후작이 차례대로 눈을 떴다. 푸르니에와 제자 녀석들도 정신을 차렸고 그때까지 지쳐 있던 성기사들은 라멜폴로가 신성력으로 기력을 회복시켜 줬다.

잠시 서로의 얼굴을 쳐다보던 일행은 누가 먼저라고 할 것도 없이 영주의 성을 향해 발걸음을 옮겼다.

가는 도중 발레리아가 조용히 말을 건넸다.

"주인님, 물어보고 싶은 것이 있어요."

"뭔가요, 레이디 발레리아?"

"조금 전 운공을 하셨을 때 혹시 특별한 경험을 하진 않으셨나요?"

내가 그런 경험을 한 것을 그녀가 어떻게 알았을까?

"그렇습니다만… 어떻게 알고 있는 겁니까?"

"역시 그랬군요. 실은 조금 전 주인님의 존재감이 느껴졌다가 갑자기 완전히 사라졌어요. 깜짝 놀라 주인님이 앉아 있는 곳을 봤지만 주인님은 분명히 숨을 쉬고 계셨어요. 하지만 마치 돌이나 흙처럼 아무것도 느낄 수 없었어요. 분명히 숨을 쉬고 계셨지만 단순히 공기가 이동한다는 것일 뿐 주인님의 생명도, 그 많던 마나도 하나도 느낄 수 없었어요. 다만 절대 주인님께서 돌아가셨을 리 없다는 생각 때문에 그냥 지켜볼 수밖에 없었어요. 그러다 주인님께서 눈을 뜨신 거예요. 제 개인적인 생각으로는 주인님께서 무슨 변화를 겪고 계셨기 때문이 아닌가 판단이 되어서 여쭤본 것이에요."

"제가 뭔가가 바뀌었습니까? 전 별로 변한 것 같지 않은데……"

내 말에 발레리아는 고개를 가볍게 저었다.

"제가 리치가 되었기 때문인지 흑마력에 반하는 기운은 누구보다 확실히 느낄 수 있어요. 지금 주인님의 전신에서 풍기는 기운은 프리스트만이 가지고 있는 기운이 틀림없어요."

"어떤 이유로 헬링턴 후작이 그런 기운을 가지고 있는 것인지는 알 수 없지만 지금 후작에서 느껴지는 힘은 자연의 신인

엥겔로슨을 믿고 따르는 형제들에게서 느껴지는 기운과 거의 흡사합니다. 똑같다고 하지 않은 것은 뭔가 미묘하게 다르기 때문입니다. 더욱 순수한 기운 같기도 하고, 더욱 무궁한 힘을 가진 것 같기도 하고."

발레리아의 말이 끝나기 무섭게 근처에 있던 라멜폴로가 발레리아의 말을 거들고 나섰다. 두 사람의 말을 들으면서 내 몸 곳곳을 살펴봤지만 이전과 달라진 것은 별로 없었다. 다만 단전에 한정되었던 마나가 전신에서 느껴진다는 것과 머리에 모인 생명력의 양이 좀 더 늘었다는 것뿐이다.

"저로서는 레이디 발레리아와 프리스트 라멜폴로께서 무슨 말씀을 하시는지 잘 이해가 되지 않는군요. 전 평상시대로 운공을 했고 눈을 떴을 뿐입니다. 그리고 이전과 크게 달라진 것도 없고요."

대화를 마친 난 누군가가 성의 상공으로 떠오르는 모습을 확인할 수 있었다.

재빨리 일행에게 신호를 보냈다.

"정지!"

일행이 정지하자 기다렸다는 듯이 누군가의 음성이 들렸다.

"흐흐흐, 드디어 여기까지 왔구나. 그렇지 않아도 기다리고 있었다. 바디 체인지!"

며칠 전 모래 속으로 도망쳤던 뚱보리치였다.

뚱보리치의 외침에 그의 몸이 폭발을 하듯 피분수가 피어났고, 산산조각 난 육신이 사방으로 흩어졌다. 그리고 모래 위에 떨어진 핏속에서 뭔가가 숏구쳐 오르기 시작했다. 일전에도 보왔던 모래 언데드들이었다.

다만 이전에 보았던 언데드들과 다른 점은 뚱보리치의 피 때문인지 간간이 붉은색의 모래 언데드들의 모습이 보였는데, 그것들이 다른 모래 언데드들을 지휘하는 것 같았다. 그리고 모래 속에서 솟아나는 것은 인간형 언데드뿐만이 아니었다.

갖가지 몬스터들의 모양은 물론, 맹수와 마수 모양을 한 것들도 있었다. 그리고 그들뿐만이 아니었다. 모래 골렘의 모습도 보였고 데스나이트들의 모습도 적지 않게 보였다.

조금 전 내가 느꼈던 어마어마한 흑마력의 크기만큼이나 모습을 드러낸 모래 언데드의 수도 많았다. 며칠 전에 보았던 모래 언데드들은 그야말로 장난이라고 할 정도로 엄청나게 많은 수의 언데드들이 모습을 드러낸 것이다.

우리는 모두 합쳐 봐야 열하나밖에 되지 않았지만 우리가 상대해야 할 적은 최소 5천이 넘었다. 게다가 신성력이 아니면 소멸시키는 것도 불가능한 것들이다.

일행 가운데 최후까지 살아남을 수 있는 사람은 나와 발레리아뿐이었다. 물론 마족과 싸우고도 살아남을 수 있을지는 알 수 없지만 말이다.

그야말로 물밀듯 밀려오는 언데드의 물결에 일행 모두가 기막혀 멈춰 섰던 자리에서 꼼짝도 하지 못하고 있을 때였다.

"제국의 용사들아! 세상을 혼란스럽게 만드는 사악한 것들을 해치워라! 돌격!"

갑자기 들린 음성에 깜짝 놀라 고개를 돌려보니, 우리 눈에 보인 것은 족히 천 명은 될 듯 보이는 숫자의 무리였다. 그리고 그들 가운데 일단의 무리가 낙타를 탄 채 기다란 렌스를 앞세우고는 무시무시한 속도로 달려오고 있었다.

비록 탈 것이 말에서 낙타로 바뀌긴 했지만 풀 플레이트 메일과 갖가지 무기로 중무장한 성기사들이 틀림없었다.

눈 깜짝할 사이에 그들이 일행 곁을 스치고 지나간 후 다시 일단의 무리가 우리 곁으로 다가왔다. 어리둥절함을 감추지 못하고 있던 푸르니에를 비롯한 일행은 다가오는 무리들 가장 앞쪽에 서 있는 긴 수염의 노인을 보고 깜짝 놀랐다. 그리고는 복장을 다듬고는 황급히 달려가 그의 앞에 무릎을 꿇고 손에 입을 맞췄다.

"베오니오스 성하, 이런 곳에서 성하를 뵙게 되다니… 무한한 영광입니다."

"푸르니에 황자 전하, 예가 너무 과하십니다. 어서 일어나십시오."

손수 푸르니에를 일으켜 준 노인은 눈부신 백발에, 배까지 늘어뜨린 수염을 가지고 있었는데, 처음 느껴진 것은 온화함과 부드러움이었다. 그러면서도 함부로 대하기 힘든 위엄과 신성한 기운 또한 느껴졌다.

"교황 성하, 이렇게 흉험한 곳에 어쩐 일로 오셨습니까?"

"제국의 안녕을 위해 황태자 전하는 물론 황자 전하께서 이렇듯 고생하고 있음을 알면서도 정작 인간을 위해 봉사를 맹세한 프리스트가 어찌 안락한 곳에만 있을 수 있겠습니까? 더구나 황자 전하께서는 몇 되지 않는 사람들만으로 결사대를 이끌고 계시지 않습니까? 황태자 전하께 이야기를 황자 전하의 이야기를 전해 듣고 성기사와 프리스트, 그리고 마법사들로 구성된 1차 지원대를 구성해 온 것입니다."

"교황 성하께서 이렇게 오셨으니 저희에겐 정말 큰 힘이 될 것입니다. 그런데 1차 지원대라고 하시면 다른 사람들이 또 오는 것입니까?"

"이미 각 교단을 나선 하이 프리스트들이 프리스트들을 이끌고 대지를 정화하면서 이곳으로 오고 있습니다."

"프리스트들만으로 구성되어 있으면 적들의 공격에 피해가 극심할 텐데……."

걱정스러워하는 푸르니에의 말에 베오니오스는 빙그레 미소를 지었다.

"걱정하지 않으셔도 될 겁니다, 황자 전하. 실력이 뛰어난 기사단이 그들을 철저하게 호위하고 있을 테니 마음을 놓으셔도 될 겁니다. 게다가 그 숫자도 적지 않으니 별다른 피해 없이 이곳까지 올 수 있을 겁니다. 황태자 전하의 염려 때문이라도 꼭 그렇게 될 것이니 걱정하지 않으셔도 될 겁니다."

베오니오스의 부드러운 말에 안심을 한 푸르니에는 성을 바라봤고, 갑작스러운 상황에 그제야 정신을 차린 일행도 그를 따라 영주의 성으로 고개를 돌렸다.

성의 상공에 모습을 드러냈던 리치는 새로운 적이 나타나자 양손을 쳐들었다.

"너희들의 주인인 나 젤로스의 명령이다. 모습을 드러내라."

리치의 말이 끝나자마자 성의 상공을 덮고 있던 먹구름 사이에서 번개가 번쩍이더니 네 줄기의 낙뢰가 성으로 떨어졌다. 그리고 낙뢰가 떨어진 곳에 검은 로브를 뒤집어쓴 존재들이 모습을 드러냈다.

"마왕 레기오네님의 앞을 가로막으려는 장애물들이다. 치워라."

"명을 받들겠습니다."

성벽에 늘어선 검은 로브들은 성 밖을 향해서 양손을 내뻗었고, 그들의 손에 뿜어져 나온 검은 기류가 모래에 닿자 곧 모래 언데드들은 물론 스켈레톤, 듀라한, 좀비, 레이스, 스펙터, 데스나이트들이 마구 쏟아져 나오기 시작했다.

차지공격으로 수백 마리의 모래 언데드들을 해치우고 돌아온 성기사들은 프리스트들의 축복을 받고는 다시 돌진할 준비를 하고 있었다. 이미 프리스트들의 축복을 받아 별다른 타격을 입지는 않았지만 프리스트들은 자신이 책임지고 있던 성기사들에게 또다시 축복을 내려주었다.

성기사들 뒤에 포진하고 있던 마법사들은 마법을 발현할 준비를 마친 채 성기사들이 공격하기만을 기다리고 있었다.

"기사들 전체 준비! 차지!"

성기사들 가운데 가장 중앙에 있던 자의 큰 외침에 렌스를 앞으로 세운 성기사들이 일제히 전면을 향해 달려갔다. 기사들이 타고 다니던 전마보다 당연히 늦을 것이라는 내 예상과는 달리 낙타는 전마와 거의 비슷한 속도로 달려갔다.

신성력이 부여되었기 때문인지 렌스에 꿰뚫린 모래 언데드들은 그대로 허물어졌고, 성기사들은 거치적거리는 것들을 모조리 해치우며 그대로 전진했다. 성기사들이 지나간 곳엔 훤하게 길이 뚫렸고, 옆에서 달려들던 모래 언데드들은 뒤에 있던 마법사들의 마법에 폭발을 일으켰다. 뒤이어 다가온 프리스트들이 대지를 정화시킨 탓에 언데드들은 부활을 할 수도 없었다.

성기사들과 마법사, 프리스트들이 전진한 곳 주위에는 아무 것도 없었다.

그 모습만 보면 그들만으로도 이곳에 나타난 언데드들을 모두 해치울 수 있을 것 같았다. 하지만 정작 강한 적들은 아직 나서지도 않은 상태였다.

모래 언데드들은 신성력에 스치는 순간 허물어져 버리지만 듀라한과 데스나이트는 신성력에, 강력한 물리적인 타격이 있어야만 제거가 가능한 언데드였다. 게다가 레이스와 스펙터는 물리적인 타격은 받지 않으니 마법사들에게 위험할 것은 말할 필요도 없었다.

낙타로 전장을 휩쓸고 있는 성기사들의 뒤를 쫓기엔 그들의 속도가 너무나 빨랐다.

그래서 마법사들이 가운데 서고 프리스트들이 그들을 호위하는 평소와는 전혀 다른 진형을 운영하고 있었다. 공격 거리에 있는 갖가지 모래 언데드들은 마법사들이, 공격 거리 안으로 들어온 언데드들은 프리스트들이 신성력으로 해치우면서 조금씩, 그렇지만 꾸준하게 전진했다.

성기사들과 마법사들, 그리고 프리스트들이 언데드들에 비하면 압도적으로 강했지만 그들이 해치워야 할 적은 많아도 너무 많았다.

한 가지 내가 잘못 생각한 것이 있었다.

리치가 언데드들을 소환하거나 만들어내거나 하는 데는 당연히 한계가 있을 것이라 생각했다. 하지만 리치가 불러낸 검은 로브들은 마치 마르지 않는 흑마력의 샘이라도 가지고 있는지 계속해서 언데드들을 소환하거나 만들어내고 있었다.

처음 2, 3천 마리였던 언데드들은 지원대들이 해치우는 것보다 더 빠른 속도로 수를 늘려 이제는 최소 3만 마리가 넘어 보였다.

말이 3만이지, 그 넓은 모래 위에 갖가지 모양의 언데드들이 가득 메우고 있고, 언데드들이 움직일 때마다 마치 모래 전체가 움직이는 듯 보여 절로 한숨이 나왔다.

"제우비스, 트렉슨. 너희 둘은 황자 전하와 메리스 공작 전하, 그리고 나머지 분들과 함께 저들의 대열에 합류하도록 해라. 내 예상으로는 잠시 후 저들의 본격적인 공격이 시작될 것이고 그렇게 되면 너희는 물론 저들 역시도 위험할 수 있다. 신성력으로 처치할 수 있는 언데드들도 있지만 무력이 있어야만 처치할 수 있는 언데드들도 있으니 너희가 돕도록 해라."

"알렉스, 넌 어떻게 하려고?"

"저 리치를 처치해야지. 미안하지만 다시 한 번 일행의 안전을 부탁드리겠습니다, 레이디 발레리아."

"주인님, 제가 생각하기엔… 저분들을 돕는 것보다는 차라리 언데드들을 계속 만들어내고 있는 저 리치의 부하들을 처치하는 것이 더 나을 것 같은데… 그래도 주인님께서 일행 분들을 보호하라고 하신다면 주인님 말씀대로 할게요."

그녀의 말마따나 발레리아가 재빨리 리치의 부하들을 해치운 다면 지원대와 함께하는 것보다 오히려 더 나을 것 같았다. 내가 고개를 끄덕이자 발레리아는 즉시 내 뒤로 와 섰고, 일행은 내게 목례를 보내고는 즉시 출발해 프리스트와 마법사 무리에 섞여 들어갔다.

모든 언데드들을 한꺼번에 해치울 수는 없더라도 당장 위험에 처할 것 같지는 않아 발레리아에게 부탁을 했다.

"레이디 발레리아, 레이디 발레리아가 말한 리치의 부하들을 맡아주십시오. 리치는 제가 맡도록 하겠습니다. 리치의 부하를 일순간에 제압하는 것이 힘들다면 한동안만이라도 그들을 맡아 주시면 그동안 제가 리치를 어떻게든 처리하겠습니다. 가능하시겠습니까?"

내 물음에 발레리아는 영주의 성벽에 서 있던 검은 로브를 걸치고 있던 자들을 쳐다봤다.

"물론이에요, 주인님. 최대한 빨리 리치의 부하들을 해치우고 주인님을 도울게요."

"저보다는 차라리 저들을 도와주시겠습니까? 리치를 해치울 방법이 있습니다."

"주인님의 말씀을 따를게요. 더블 스펠, 플라이! 서먼 발록!"

대답을 한 발레리아는 허공으로 떠올라서는 발록을 소환해 냈다.

소환된 발록은 발레리아의 명대로 모래 언데드보다는 그들을 만들어내고 있던 리치의 부하들을 향해 날아가며 불꽃 채찍을 휘둘렀다.

그 모습을 보며 난 성을 향해 전력으로 몸을 날렸다.

간간이 모래 언데드들이 날 향해 모래로 이뤄진 무기를 휘둘렀지만 자연스럽게 만들어진 호신강기를 뚫을 수는 없었다.

지면을 밟은 난 그 반발력을 이용해 그대로 성벽을 뛰어넘었다.

성벽 위에 있던 리치의 부하들은 갑자기 들이닥친 발록과 싸우느라 정신이 없었고, 발레리아는 사방에서 몰려드는 모래 언데드들을 향해 마구 마법을 난사하고 있었다.

성안으로 들어선 난 리치의 흔적을 먼저 찾았다.

성의 상공을 뒤덮고 있는 먹구름 때문인지, 사방에서 느껴지는 흑마력 때문인지 리치의 흔적은 좀처럼 찾을 수 없었다. 일일이 성안을 뒤질 수도 없었고, 그렇다고 모조리 때려부술 수도 없으니 난감하지 않을 수 없었다.

내가 잠시 고민하는 사이 뭔가가 접근하는 것이 느껴졌다.

재빨리 오러 샷을 준비한 내 눈에 뜨인 것은 바스타드 소드를 든 듀라한들이었다.

듀라한들은 날 발견하자마자 다짜고짜 바스타드 소드를 휘두르며 공격했고, 난 바스타드 소드를 피해 즉시 오러 샷을 날렸다.

쾅!

가장 앞쪽에서 달려들던 듀라한 한 마리가 뒤로 날아갔다. 하지만 그뿐이었다.

너무나 멀쩡히 몸을 일으킨 듀라한이 왼손으로 자신의 머리를 들고, 오른손으로는 바스타드 소드를 휘두르는 모습에 순간적으로 오러 샷의 파괴력이 줄어든 것은 아닌가 의심이 들 정도였다.

황급히 몸을 피하면서 다른 듀라한들에게도 오러 샷을 날렸지만 기껏해야 쓰러뜨리는 것뿐 상처를 입히거나 제거하는 것은 불가능했다. 신성력이 아니면 처치가 불가능한 것인지를 잠시 고민하던 난 다시 여러 개의 오러 샷을 만들어 날렸다.

동시에 날린 탓인지 오러 샷 가운데 하나가 듀라한의 몸이 아닌 옆구리에 끼고 있던 머리에 작렬했다.

펑!

끼아악!

멀쩡하리라는 내 예상과는 달리 듀라한의 머리는 처절한 비명을 남기곤 모래처럼 부서져 내렸다.

뜻밖의 결과였지만 나로서는 환영할 만한 일이었다. 한시라도 빨리 리치를 제거해야 하는 상황에서 듀라한들에게 빼앗길 시간이 있을 리 만무했다.

재빨리 오러 샷을 만들어 듀라한들의 머리를 노렸다.

조금 전 오러 샷을 몸으로 막아내던 듀라한들이라고는 믿을 수 없을 정도로 허무하게 쓰러졌고, 곧 모래로 변해 흔적도 없이 사라졌다.

주위를 둘러봤지만 더 이상의 언데드들의 모습은 찾을 수 없었다.

그 자리에서 즉시 기감을 넓혔다.

10미터… 30미터… 100미터…….

점차 넓히던 기감에 막대한 흑마력이 드디어 감지되었다.

위치는 150미터쯤 떨어진 건물의 2층이었다.

흑마력의 기운이 막대한 것이나 기운의 특성이 뚱보리치의 기운과 똑같았다.

즉시 몸을 날려 기운이 느껴지는 곳으로 향했다.

도착한 곳은 성의 중앙 홀이었는데, 정면에 보이는 가장 상석에 놓인 커다란 의자엔 검은 로브를 걸친 바싹 마른 인간 하나가 앉아 있었다. 리치가 틀림없었다.

내가 들어왔음에도 로브를 걸친 리치는 앉은 자리에서 꼼짝도 하지 않았다. 하지만 그가 내뱉는 말을 들어보면 내가 나타난 것이 의외였던 모양이다.

"리치 계집이 올 줄 알았는데 제일 어린 녀석이 나타나다니… 뜻밖이구나."

"레기오네란 놈은 어디 있느냐?"

"호오~ 네 녀석이 레기오네님을 알고 있다니… 조금은 놀랄 일이구나. 하지만 너 같은 녀석이 감히 주인님의 존체를 배알할 자격이 된다고 생각한단 말이냐? 정말 어처구니가 없구나."

"말해줄 수 없다? 개가 맞으면 언젠가 개 주인이 나서겠지."

즉시 오러 샷을 만들어서는 리치에게 접근했다. 하지만 리치도 이미 준비를 하고 있었는지 내가 접근하자마자 블링크란 마법으로 몸을 피했다.

방심하지는 않았지만 느닷없이 상대가 사라지는 것에는 좀처럼 적응이 되지 않았다.

기감으로 흑마력이 집중된 곳을 향해 오러 샷을 날렸지만 모습을 드러낸 리치는 간단히 방어막을 만들어 막아냈다.

쾅쾅!

폭음이 일어나며 근처에 있던 먼지가 일제히 피어올라 시야를 차단했다.

그 틈을 이용해 리치에게 접근하려고 했지만 리치의 반응은 또다시 내 예상을 무색하게 만들었다.

"블링크!"

황급히 기감으로 리치를 찾으려고 했을 때 리치의 외침이 들렸다.

"파이어 스피어!"

자욱하게 일어난 먼지를 뚫고 맹렬하게 불길을 내뿜는 불꽃 창 두 개가 날아들었다.

재빨리 지면을 박차고 뒤로 몸을 피하자 불꽃 창도 허공에서 궤도를 틀며 다시 내게 날아들었다. 어쩔 수 없이 호신강기를 끌어올림과 동시에 오러 샷을 날렸다.

쾅쾅!

불꽃 창은 박살나며 조각들을 사방으로 날려보냈고, 사방으로 날아간 불꽃들은 주변에 있던 집기와 커튼들을 태우며 실내를 순식간에 불구덩이로 만들어 버렸다.

돌로 만든 벽에, 돌로 만든 바닥임에도 불구하고 주위는 온통 불길에 휩싸였다.

리치나 나나 이 정도 불에 행동의 제약이 있을 리 만무했다.

불길을 뚫고 접근한 난 주먹에 오러를 씌운 후 리치의 머리를 향해 휘둘렀다.

당연히 머리를 날려 버릴 수 있을 거라고 생각했지만 결과는 전혀 달랐다.

그런 느린 주먹에 맞을 리 있겠느냐는 듯 단순히 허리를 뒤로 젖히는 것만으로 간단하게 주먹을 피했다. 아마도 몸을 빠르게 움직이게 만드는 헤이스트라는 마법을 사용한 것 같았지만 난 더 빠르게 움직이며 주먹과 발을 날렸다.

수십 발의 주먹과 발이 날아갔고, 리치는 피하려고 했지만 내 움직임은 그의 움직임을 압도했다.

미처 뒤로 몸을 피하기 전 주먹은 그의 머리에 작렬했고, 발 길은 옆구리와 무릎 뼈를 박살 냈다. 물론 리치는 실드를 펼쳐 내 공격을 막으려고 했지만 이미 주먹과 발에 오러 블레이드를 두른 후였기 때문에 실드는 주먹 한 방에 간단하게 파괴되었다.

펑! 펑!

폭음과 함께 리치의 머리가 절반이나 날아갔고, 옆구리가 패었으며, 다리가 파괴되어 잘려 나갔다. 바닥에서 버둥거리던 리치는 무슨 말을 하려고 했지만 입이 절반 이상이나 날아갔기 때문에 음성은 하나도 흘러나오지 않았다.

더 이상 망설일 필요가 없었다.

머리를 자르고 팔과 다리를 잘랐다. 그리고 지금까지 해왔던 것처럼 극음지기로 리치의 잔해들을 얼렸다. 몇 번이나 거듭해서 몸속은 물론 다른 부위까지 꽁꽁 얼렸다.

이번에도 리치는 반항 한 번 하지 못한 채 얼음 속에 갇혀 버렸고, 난 그 모습을 보면서 곧 모습을 드러낼 레기오네를 기다렸다.

잠시 기다리는 동안 그냥 무작정 기다릴 것이 아니라 밖에서 난전을 벌이고 있는 아군을 도와야겠다는 생각이 들었다.

생각과 함께 밖으로 향하려는 순간 내가 제압했던 리치에게 이상이 느껴졌다.

리치의 내면에 잠재되어 있던 흑마력이 갑자기 요동을 치더니 무서울 정도로 팽창하는 것이 감지된 것이다.

재빨리 리치의 잔해에서 물러나서 리치를 쳐다봤다.

쩌쩌쩌~쩍!

미세하게 금이 가더니 곧 요란한 소리를 내며 얼음이 깨져 나갔다.

동시에 몇 조각으로 잘려 있던 리치의 몸에서 검은 기류가 뿜어져 나와 주위를 몽땅 암흑 천지로 만들어 버렸다. 뿐만이 아니었다. 검은 기류에 닿은 것은 그것이 무엇이든 칙칙한 색의 모래로 변하기 시작한 것이다.

그것보고 검은 기류가 닿지 않는 최대한의 거리까지 물러났다.

리치가 있던 건물은 곧 허물어져 내렸지만 건물의 잔해 역시 금세 모래로 변해 버렸다.

뜻하지 않은 상황에 긴장하지 않을 수 없었다.

몇십 미터를 뒤덮고 있던 검은 기류가 생겨났을 때처럼 갑자기 줄어들더니 종내는 완전히 사라졌다. 그리고 드러난 것은 어딘가를 향해 엎드린 상태에서 머리를 조아리고 있는 리치의 모습이었다.

"더할 나위 없이 위대하신 검은 사막의 지배자, 마계의 왕 레기오네님을 배알하나이다."

"쓸모없는 놈. 내가 모래를 다스릴 수 있는 권능까지 주었건만 텅 빈 성 하나 지키지 못해 이렇게 소란스럽게 만들다니…… 어서 나가 조용하게 만들어라. 만약 다시 한 번 날 실망시킨다면 네 라이프베슬은 내가 직접 부숴 버리고, 네놈의 영혼을 마계로 끌고 가서 영원한 고통을 안겨주겠다."

"한 번만 용서해 주십시오, 주인님. 지금 즉시 저 벌레 같은 것을 쓸어버리고 와서 주인님께 죄를 청하겠습니다. 플라이!"

두려움에 떠는 음성으로 대답을 한 리치는 즉시 성 밖을 향해 날아갔다.

비록 모습이 보이지는 않았지만 리치의 주인을 찾을 필요도 없었다.

모래바닥 저 밑에서부터 상상할 수도 없이 거대한 힘을 가진 존재가 지상으로 올라오는 것이 느껴졌기 때문이다.

파악!

엄청난 양의 모래를 사방으로 흩날리며 뭔가가 모래를 뚫고 지상으로 올라왔다.

"크하하하! 감히 내 노예가 하는 일을 엉망으로 만든 놈이 너냐?"

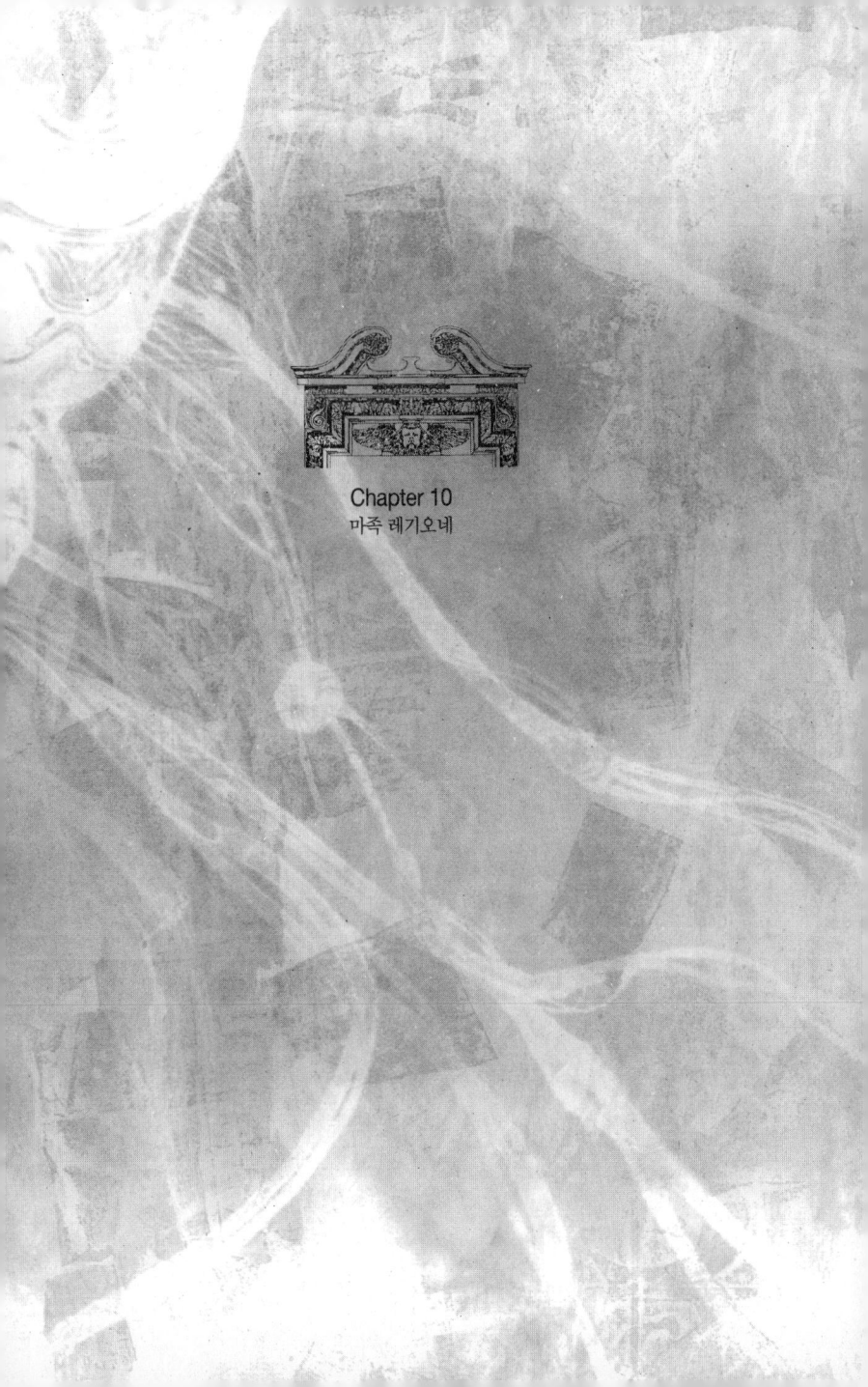

Chapter 10
마족 레기오네

The Duel of Master
마스터 대전

1

"**네**가 마왕을 사칭하는 레기오네라는 마족이냐?"

"난 이 검은 사막의 지배자, 이 사막의 왕 레기오네 파요니카 아블리스다."

태연하게 대꾸를 하며 지상으로 내려서는 레기오네의 모습을 보면서 난 조금은, 아주 조금은 감탄을 했다.

2미터 정도의 키에 잘 발달된 전신 근육, 그리고 스파이크가 달린 갑옷 같은 외형에 한 쌍의 거대한 날개를 가지고 있었는데, 그 날개는 대부분의 마족이 가지고 있는 박쥐 형태의 날개가 아니라 보통 날짐승의 날개를 가지고 있었다.

어찌 되었건 간에 잘생긴 얼굴에 근육질의 몸, 그리고 폼 나는 날개까지 가진 놈이었는데, 보는 사람을 몸서리치게 만드는 음울한 기운과 칙칙한 몸 색깔만 아니었으면 천족이나 신의 사자라고 해도 충분히 믿을 만한 놈이었다.

무엇보다 하찮은 벌레 보는 듯 한 싸늘한 놈의 시선은 정말 마음에 들지 않았다. 그렇지만 놈에게서 느껴지는 기운만큼은 정말 소름끼칠 정도로 강렬했다.

인간의 소환을 받으면 육체를 가지고 지상으로 강림하는 것이 아니기 때문에 원래 자신이 가지고 있던 힘 가운데 일부만을 사용할 수 있다고 알고 있다. 그럼에도 불구하고 플로네이서스는 지상 최강이라는 드래곤 족의 로드인 카르카스를 우습게볼 정도의 힘을 가지고 있는 듯했다.

플로네이서스에 비할 수는 없겠지만 레기오네도 최상급 마족이라고 했으니 상당한 힘을 가지고 있음은 짐작하고 있었지만 설마 이렇게까지 강하리라고는 상상도 하지 못했다.

얼마 전 발레리아가 자신이 가지고 있던 힘을 개방한 적이 있을 때 깜짝 놀란 적이 있었는데, 발레리아나 조금 전 사라진 리치 정도는 비교한다는 것이 미안할 정도로 레기오네는 거대한 힘을 가지고 있었다.

지면을 디딘 발에 힘을 주고는 녀석을 노려보았다. 하지만 녀석과 대화를 나눌 상황도 아니었고, 또 녀석을 어떻게 할 것인가도 이미 결정을 내린 후였기 때문에 내가 할 행동은 한 가지뿐이었다.

녀석에게 달려들며 오러 샷을 만들었고, 만들어지자마자 녀석의 전신을 향해 날렸다.

갖가지 궤적을 그리며 날아가는 오러 샷을 보고 내 공격이 성공할 것을, 그리고 레기오네가 제아무리 최상급 마족이라고 해도 적지 않은 타격을 받을 것을 믿어 의심치 않았다.

"숏아라!"

쾅! 쾅! 쾅!

레기오네의 말 한마디에 모래들이 마치 살아 있는 생명체처럼 솟구쳐서 벽으로 변해 오러 샷을 막았고, 오러 샷은 모래에 가로막혀 맥없이 폭발하고 말았다.

재차 오러 샷을 날리려고 해도 또다시 모래벽에 가로막힐 것이 뻔했기에 직접 모래벽을 뚫고 레기오네에게 접근해 공격하는 것이 지금으로선 최선의 방법이었다.

쾅!

오러 샷이 폭발을 일으킨 곳을 향해 호신강기를 일으킨 상태에서 부딪쳤다.

폭음과 함께 모래벽을 관통했는데, 그 충격이 보통이 아니었다.

근처까지 접근하는 데는 성공했지만 레기오네가 내가 접근하는 것보다 더 빨리 뒤로 물러서는 바람에 근접 전투를 벌이려는 것에는 완전 실패했다.

어쩔 수 없이 오러 샷을 만들었는데, 레기오네도 거의 동시에 모래를 향해 손짓했다.

그러자 서너 덩이의 모래들이 허공으로 떠오르더니 공 모양으로 뭉치기 시작했다. 그리고는 곧장 날 향해 날아왔다.

오러 샷을 날릴 사이도 없을 정도로 레기오네의 공격은 빨랐다.

황급히 오러 샷을 해체하고 호신강기를 극도로 끌어올렸다.

쾅!

가슴 부분으로 날아온 모래 덩이를 피한 후 반격하려고 했지만 전해진 충격이 너무나 컸다. 폭발음이 들린 후 몸은 전해진 충격을 상쇄시키기 위해 뒤로 밀려나며 충격을 줄이는 데 최선을 다했지만 거의 10여 미터나 밀리고서야 겨우 멈출 수 있었다.

"재미있는 기술이구나. 오러를 갑옷처럼 둘러? 그럼 이것도 한번 막아봐라."

녀석의 손짓에 다시 모래 덩이들이 날아왔다.

레기오네의 가벼운 손짓에 난 내상을 입을 만큼 큰 충격을 이미 받았다. 그런데 그런 공격이 다시 날아온 것이다. 강한 힘의 공격을 강하게 맞받아치는 것은 그야말로 멍청한 놈들이나 하는 짓이라고 제자들에게 말해놓고 내가 그런 짓을 하고 있었다니…….

재빨리 몸을 회전시켜 레기오네의 공격을 흘리며 녀석에게로 다가갔다.

동시에 수십 개의 오러 샷을 만들어 녀석에게 날렸고, 그중의 몇몇 오러 샷은 은밀하게 허공으로 날려 녀석의 빈틈을 노렸다.

레기오네의 손짓 한 번에 다시 모래 장벽이 펼쳐졌고, 오러 샷은 모래 장벽에 작렬하면서 헛되이 폭발하고 말았다. 하지만 어차피 내 목적은 녀석에게 접근하는 것이었기 때문에 공격의 성공 유무는 중요한 것이 아니었다.

쾅! 쾅!

사방으로 비산하는 모래를 뚫고 드디어 녀석을 직접 타격할 수 있는 거리까지 접근하는 데 성공했다.

무엇보다 녀석에게는 날개가 있었기 때문에 날개를 쓸 시간을 주면 안 된다는 생각에 마나를 한껏 실은 주먹을 녀석의 머리를 향해 휘둘렀다.

녀석에게 타격을 입히려는 목적도 있었지만 무엇보다 내 노림수는 녀석의 날개였다.

휘익!

바람을 가르는 내 주먹을 보고 녀석은 당연히 피할 것이라고 생각했다. 하지만 녀석의 반응은 달랐다.

그냥 내 주먹을 맞은 것이다. 그것도 오러가 가득 실린 주먹을 관자놀이에 말이다.

퍽!

둔탁한 소리와 함께 질긴 가죽 갑옷을 두들긴 것 같은 촉감이 들었다.

고개가 약간 기울어지긴 했지만 그냥 그뿐이었다.

녀석은 꼼짝도 하지 않았고, 주먹에서 전해진 충격은 오러 블레이드로 주먹을 감쌌음에도 불구하고 온몸이 저릿할 정도로 강한 충격이 전해졌다.

첫 번째 공격이 성공하지 못하면 재차 공격을 해야 함에도 상대의 멀쩡함 때문에 너무 놀라 공격할 기회를 놓치고 말았다. 뿐만 아니라 기습하기 위해 허공에 띄워놓았던 오러 샷도 어느샌가 흩어져 사라지고 없었다.

관자놀이에 주먹이 꽂힌 채 날 쳐다보는 레기오네의 얼굴에는 가소롭다는 표정뿐이었다.

"흥! 이게 네가 노렸던 것이냐? 정말 가소롭구나."

쾅!

말이 끝남과 동시에 녀석이 손을 내뻗는 것을 발견했고, 다음 순간 폭음과 함께 지독한 고통이 느껴졌다. 마치 수백, 수천 킬로그램의 무게에 짓눌린 것 같은 지독한 고통과 숨을 제대로 쉬기 힘든 답답함을 느껴야 했다.

어느 정도 정신을 차렸을 때 난 허공을 날아가고 있었다.

이 기분을 뭐라고 해야 할까?

마치 마취가 된 것처럼 정신은 들었는데 몸이 말을 듣지 않는 느낌?

혹은 아침에 잠자리에서 눈을 떴음에도 제대로 정신을 차리지 못하는 상황?

미처 중심을 잡고 내려설 자세도 갖추지 못한 상태에서 난 그대로 지상에 처박혔다. 만약 바닥이 보통 땅바닥이었다면 그 충격만으로도 난 죽음에 이를 정도의 큰 충격을 받았을 것이 분명했다.

큰 충격을 받긴 했지만 그나마 지면이 모래라서 정말 다행이었다.

내가 충격을 참으며 억지로 몸을 일으키려고 했을 때 내 눈에 보인 것은 칙칙한 색의 발이었다. 외형은 인간의 발처럼 보였는데, 한 가지 다른 것은 짐승의 발톱처럼 보이는 날카로운 발톱이었다.

발을 발견하는 순간 그 발은 내 가슴을 맹렬하게 걷어찼다.

쾅!

미처 피하고 자시고 할 시간적인 여유도 없었다.

난 또다시 10여 미터를 날아가 모래 구덩이에 처박혔다.

"크윽!"

나로서는 익숙하지 않은 신음이 절로 흘러나왔다.

"컥!"

가슴에서 시작된 지독한 통증은 마침내 피를 토하게 만들었다.

지금까지 자부심을 가지고 이뤄왔던 모든 것들이 레기오네의 발길 한 방에 와르르 무너진 것이다.

창피하고 괴롭다는 생각을 할 사이도 없었다. 피하는 것이 먼저였다.

남은 마나를 손으로 보내 그대로 지면을 때렸다.

쾅!

반발력을 이용해 뒤로 몸을 날려 겨우 지면에 내려설 수 있었다.

그런 내 모습을 레기오네는 그저 물끄러미 쳐다보고 있을 뿐이었다.

서둘러 호흡을 진정시키며 주위의 마나를 끌어들여 내상을 치료했다.

실질적으로 소모된 마나는 없었지만 가슴 부분의 통증은 겨우 진정만 시켰을 뿐이라 만약 또다시 충격을 받게 된다면 그땐 아마도 재기불능이 될 것이다.

"제법 재주가 있는 줄 알았더니… 역시 인간은 별 볼일 없는 족속들이야. 귀찮군, 이만 죽어라!"

녀석의 말과 함께 수십 개의 모래 덩이들이 떠오르는 것을 보고 재빨리 지면을 박차고 뒤로 물러섰다.

몸을 피하는 날 따라 모래 덩이들이 따라왔고 평상시보다 많은 양의 오러들을 농축시켜 오러 샷을 만들었다. 그리고 지체없이 모래 덩이들을 향해 오러 샷을 날렸다.

쾅! 쾅! 쾅!

폭음과 함께 날아오던 모래 덩이들이 일제히 허공에서 폭발했다.

모래들이 사방으로 날리면서 시야를 제한하기는 했지만 흩날리는 모래는 문제가 되지 않았다. 일반적으로 사용할 때보다 훨씬 많은 마나를 사용해야 했지만 상대의 공격을 막을 수 있다는 것을 확인하고 나니 이제는 상대가 마냥 두렵지만은 않았다.

한 손으로는 오러 샷을 만들고, 다른 손으로는 주위의 마나를 빨아들였다.

오러 샷을 의지로 통제하면서 다시 접근전을 시도했다.

이번엔 오러 블레이드로 주먹과 발을 보호하면서 공격을 펴봤다.

내 공격을 심상치 않다고 생각했는지 레기오네는 슬쩍 고개를 피했는데, 주먹을 둘러싼 오러 블레이드에 스쳤는지 뺨이 길게 찢어졌고, 그 상처를 통해 피처럼 흑마력이 빠져나갔다가 곧 대기 중에 흩어졌다.

"흥! 감히 대항을 하겠다는 것이냐?"

슉!

녀석이 갑자기 달려들었다.

그러면서 손을 휘둘렀는데, 손톱에서 흑마력으로 만든 오러 블레이드 같은 것이 솟아나 있었다. 녀석이 손을 뻗으려는 기색이 보여 황급히 뒤로 피했지만 어느새 라이트 레더 아머의 가슴 부분에서 시원한 바람이 느껴졌다.

고개를 숙여 살펴보니 어느새 칼날 같은 녀석의 손톱에 당해 쩍 벌어져 있었다.

녀석의 접근전 실력을 만만하게 생각했다가 큰일 날 뻔한 것이다.

언제 당할지 모른다는 생각이 들자 마치 얼음물에 빠진 것처럼 온몸에 소름이 오싹 끼쳤다. 잠시라도 방심한다면 그 순간이 마지막일 수 있는 것이다.

손과 발은 오러 블레이드로 감싼 채 공격을 했고, 전신 모공을 통해 주위의 마나를 끌어 모아야 했다. 물론 아직 체내에는 상당한 양의 마나가 남아 있었지만 언제 마나가 떨어질지 모르니 함부로 사용할 수 없었다.

펑! 펑! 펑!

오러 블레이드로 감싼 주먹이 허공을 가를 때마다 공기가 터져 나갔다.

이미 육체적인 능력은 한계에 이르렀다고 생각했었는데, 내 생각이 틀렸던 모양이다.

물론 공격이 성공하지는 못했지만 한계에 도달했다고 생각했던 내 공격이 아주 조금씩이지만 분명히 빨라지고 있었다.

처음엔 한껏 여유를 부리며 몸을 피하던 레기오네도 결국엔 방어를 하기 위해 손을 들어야만 했다. 그런 녀석의 손은 흑마력으로 보호한 채여서 마치 손이 커진 것처럼 보였다.

펑!

오른쪽 귀 옆에서 공기가 터져 나가며 날카로운 소리가 들렸다.

잠깐 귀가 먹먹했지만 상태가 나아질 때까지 기다릴 여유도 없었다.

휘익!

공기를 가르는 소리에 확인할 사이도 없이 고개를 숙였다.

거의 동시에 세찬 바람이 뒷머리를 스치고 지나갔다.

그대로 몸의 중심을 앞으로 쓰러뜨리면서 팔로 중심을 잡고, 물구나무 자세로 발에 오러 블레이드를 감싼 채 녀석의 얼굴을 공격했다.

퍼퍼퍼~펑!

최초의 공격은 성공했지만 레기오네가 워낙 빠르게 뒤로 물러서는 바람에 나머지는 헛되이 허공을 가르고 말았다.

물러섰던 레기오네는 더욱 빠르게 달려들며 손톱을 휘둘렀다.

휙! 휙! 휙!

레기오네가 공격을 할 때마다 칼날 같은 바람이 내 곁을 스치고 지나갔다.

홀뢰보의 묘리대로 이리저리 이동하며 레기오네의 공격을 피하긴 했지만 완전히 피하긴 힘들었다.

칙!

최대한 빠르게 피했지만 녀석의 마지막 공격이 마침내 내 몸에 상처를 남기고 말았다.

녀석의 공격을 막다가 왼쪽 팔 윗부분에 상처를 입고 만 것이
다.

다행히도 상처는 깊지 않았고, 또 지금은 굳이 혈도를 제압해
서 지혈을 하지 않고 의지만으로 지혈이 가능하다는 것이 이전
보다 나아졌다면 나아진 점이었다.

지혈을 하면서도 녀석에 대한 공격을 멈추지 않았다.

치명상을 입을 가능성이 크긴 했지만, 떨어져서 싸우는 것은
녀석에게 확실하게 타격을 입힐 수 있는 가망성이 더 줄어들기
때문에 선택의 여지가 없었다.

팡팡! 쾅쾅!

공격이 허공을 가를 때마다 압축된 공기가 터져 나갔고, 녀석
의 흑마력과 부딪칠 때마다 폭음과 충격파가 주위로 퍼졌다.

충격파로 인해 허공으로 떠오른 모래는 나와 레기오네가 움
직일 때마다 휘감겼다.

내 오러와 녀석의 흑마력이 실린 모래는 일반 무기로는 흉내
내지 못할 파괴력을 가지고 주위의 모든 것을 휩쓸었다. 그렇지
않아도 부서지고 무너진 건물들은 이제 원형을 알아볼 수도 없
을 정도로 부서지고 바스러졌다.

그렇지만 그런 것에 신경을 쓸 여유가 없었다.

지금만 해도 녀석의 팔꿈치가 내 눈앞을 스치고 지나갔다.

휘익!

몸을 뒤로 눕힌 상태에서 녀석의 복부를 향해 발길질을 했다.

당연히 피할 줄 알았던 레기오네는 자신이 받은 타격쯤은 아

무엇도 아니라는 듯 무시한 채 회수하던 내 다리를 공격했다.

재빨리 다리를 회수하고는 즉시 자세를 낮춰 몸을 회전시켰다. 그리고는 녀석의 발목을 걸어찼다.

무척이나 무거울 거라 생각했던 내 예상과는 달리 녀석은 허공으로 떠올랐고, 난 바로 일어나 녀석에게 달려들어서는 녀석의 등에 매달렸다.

동시에 주먹에 오러 블레이드를 만들고는 관통력을 높이기 위해 오러 블레이드를 맹렬하게 회전시키고는 그대로 녀석의 날개를 향해 힘껏 내려쳤다.

퍽!

지금까지 내 주먹을 튕겨내던 그 힘이 순간적으로 사라진 것인지는 모르겠지만 지금까지와는 다른 소리와 함께 주먹이 녀석의 등을 파고들었다.

치명상이라고 부를 수는 없지만 녀석과 싸움을 시작한 이후 처음 녀석에게 상처라고 부를 수 있는 부상을 입힌 것이다.

또 한 가지 부수적인 성과라면 주먹을 휘둘렀던 궤적에 녀석의 날개 중 하나가 있었고, 날개의 뿌리 부분에 주먹이 스치며 꽤 심한 부상을 입힌 것이었다.

치사할 수도 있지만 현재 내 행동이 정당하냐 아니냐를 따질 형편이 아니었다.

재차 녀석의 상처를 향해 주먹을 내려쳤다.

퍽!

"크아악!"

한 번도 듣지 못했던 녀석의 울부짖는 소리가 들렸다. 하지만 그 소리가 내게는 지상의 어떤 음악보다 더 아름답게 들렸다.

주먹이 들어갈 만큼 상처가 커진 지금, 기회는 지금뿐이라는 생각에 전사를 통해 얻은 힘을 힘껏 뻗었다.

휙!

주먹이 허공을 가르며 나는 소리에 공격이 성공할 것을 믿어 의심치 않았다.

휘리릭!

주먹이 상처에 닿기 전 레기오네가 맹렬하게 몸을 뒤틀었고, 난 떨어지지 않기 위해 그의 몸에 매달릴 수밖에 없었다. 황급히 손을 뻗어 녀석을 잡으려 했고, 우연히 잡힌 것은 녀석의 상처 입은 날개였다.

우지직!

황급히 잡아당겼기 때문인지, 아니면 그만큼 상처가 심했던 탓인지 녀석의 날개는 힘없이 찢겨졌고, 난 맹렬하게 몸을 회전시켜 겨우 모래에 내려설 수 있었다.

처음엔 찢겨진 부위에서 흑마력이 빠져나오더니 시간이 지나자 날개 전체가 조금씩 바스러지면서 공기 중에 흩어져 버렸다.

내 손에 들린 찢겨진 날개를 쳐다보는 레기오네의 표정은 무표정 그 자체였다.

툭!

내가 지면에 날개를 떨어뜨렸지만 레기오네는 미동도 하지 않았다.

우지직!

돌연 남은 날개를 제 손으로 뜯어난 레기오네는 마치 모래 위에 뿌려진 물처럼 빠르게 모래 속으로 가라앉았다.

상처 입은 적을 그대로 보내주는 것만큼 어리석은 일이 없다는 생각에 녀석이 서 있던 곳으로 달려갔다. 하지만 이미 모래 속으로 모습을 감춘 녀석을 찾을 방법은 없었다.

"흐읍!"

깊게 심호흡을 하고는 마나를 발로 보내며 녀석이 사라진 곳을 향해 힘차게 지면을 밟으며 전각을 펼쳤다.

쾅!

당장 발목까지 모래에 파묻혔지만 그 충격은 그대로 지면 속으로 전해졌다. 하지만 레기오네가 충격을 받았을지는 알 수 없었다.

기감을 넓혀 레기오네의 흔적을 찾아봤지만 모래라는 특성 때문인지 감지되는 지역은 극히 좁았다. 지면 속도 겨우 4, 5미터밖에 감지되지 않았다.

좀 더 깊은 곳을 살피려고 했지만 그렇게 간단한 일이 아니었다. 그러다 문득 천리지청술이 생각났다.

즉시 지면에 귀를 대자 모래 속에서 소리가 들려왔다.

마나를 이용해 소리를 모으자 평소보다 깊은 20여 미터 깊이의 소리까지 들을 수 있었다. 하지만 어디에도 레기오네의 흔적은 찾을 수 없었다.

좀 더 주위를 둘러봤지만 레기오네의 흔적은 여전히 찾을 수 없었다.

여기서 계속 레기오네의 흔적을 찾을 것인지, 아니면 아쉽지만 레기오네를 찾는 것을 포기하고 여전히 치열하게 싸우고 있을 성 밖의 동료들을 구할 것인지를 결정해야 했다.

그런 생각을 하는 순간 이미 결론은 나 있었다.

현재의 내 능력으로 레기오네의 흔적을 찾을 수 없는 이상 이 곳에 계속 있는 것은 멍청한 짓이라는 것이 내 판단이었다. 하지만 그렇다고 그냥 갈 수는 없는 일이었다.

구환언월도를 결합한 난 주위의 마나를 끌어들일 수 있을 만큼 최대한 체내로 받아들였다. 그리고는 전력으로 태극참마도법의 마지막 초식을 펼쳤다.

"태극… 파천황!"

지면을 박차고 허공에 몸을 띄운 난 구환언월도에 최대한의 마나를 집어넣은 다음 발아래로 보이는 모래밭을 향해 전력으로 휘둘렀다.

번쩍!

콰콰콰콰콰~쾅!

섬광과 함께 구환언월도의 도극에 맺힌 검고 흰 두 개의 마나가 무섭게 회전을 일으키며 모래밭에 꽂혔다. 마지막 공격으로 모래밭에 뚫렸던 구멍이 무섭게 커진다고 느꼈을 때 엄청난 폭음과 함께 회오리바람이 일어나며 주위의 모래를 무섭게 빨아들였다.

나 역시 모래밭과 충돌한 공격의 반탄력 때문에 수십 미터를 날아가야만 했다.

2

턱.

겨우 지면에 내려섰을 때 난 어느샌가 입 안이 비릿해졌음을 깨달았다.

퉤!

바닥에 침을 뱉으니 침이 아니라 벌써 굳기 시작한 핏덩이였다.

아마도 마지막으로 공격할 때 일어난 반발력 때문에 억눌렀던 내상이 도진 모양이었다.

억지로 내상을 참으며 주위를 둘러보니 천여 명이 넘던 지원군들의 수가 겨우 백여 명이 남았을 뿐이었고, 상처를 입지 않은 사람은 찾아볼 수 없을 지경이었다.

성기사들보다 오히려 프리스트들과 마법사들이 더 많이 살아남은 것이 의외라면 의외였다. 물론 그들도 직접적으로 모래 언데드들의 공격을 받았는지 고통을 참고 있는 듯 보이는 사람들의 숫자가 적지 않았다.

그들은 둥글게 모여 휴식을 취하고 있었는데, 어디에도 모래 언데드들의 모습은 보이지 않았다. 또한 아까 리치가 소환했던 부하 마법사들의 모습도 보이지 않았다.

그들에게 다가가 보니 푸르니에와 메리스 공작, 그리고 두 제자 녀석들은 많이 지치긴 했어도 다행히 모두 무사했다.

또한 조금 떨어져 있던 발레리아도 무표정한 표정을 짓고 있었지만 지쳤는지 평소에 느껴지던 것에 비해 흑마력이 많이 줄어 있었다.

"알렉스! 어서 와. 레기오네란 녀석하고는 어떻게 됐어?"

"상처를 입히는 데는 성공했는데… 모래 속으로 숨어버려서 어떻게 할 수가 없었어."

"너도 부상을 입은 것 같아 보이는데… 괜찮아?"

"내상을 입긴 했지만 스스로 치료할 수 있으니까 걱정하지 않아도 돼."

"레기오네란 놈이 언제 나타날지 모르잖아. 차라리 프리스트께 상처를 봐달라고 하는 게 빠를 것 같다. 잠깐만 기다려."

말을 마친 푸르니에는 근처에서 기도를 드리고 있던 베오니오스에게로 다가가 조용히 귓속말로 뭔가를 전했다. 그리고 얼마 후 기도를 마친 교황이 내게로 왔다.

"내부 장기에 상처를 당하셨군요. 치료를 할 테니까 잠시만 그렇게 서 계십시오. 창공의 신 발로키시여, 여기 당신의 적을 물리치다 부상을 당한 어린 아들이 있습니다. 당신의 가없는 사랑으로 이 어린 전사에게 큰 힘을 부여해 주시길 바라옵니다. 리커버리!"

기도를 마친 베오니오스 교황이 내 어깨에 손을 올렸는데, 하얗게 빛나고 있던 그의 손으로부터 어떤 힘이 전해져 마치 종이가 물을 빨아들이듯이 온몸으로 퍼졌다. 동시에 내상을 입었던 가슴과 복부가 시원해지고 상쾌해지는 것을 느끼며 내상이 깨끗하게 사라진 것을 알 수 있었다.

내상뿐만 아니라 육체적인 피로까지 깨끗하게 사라졌다. 동시에 전신에 활력까지 가득 차는 것을 확실히 느낄 수 있었다.

"발로키께서 가장 낮은 곳에서 우뚝 일어선 자만이 세상에 드리운 어둠을 거둘 수 있을 거라는 신탁을 오래전에 내리셨습니다. 실로 오랫동안 그 신탁에 대해 고민을 했었지요. 하지만 알 수 없었습니다. 그러다 얼마 전 또 다른 신탁을 받았는데, 어둠을 거둘 영웅은 비틀린 시간을 통과한 자라는 말씀이 있으셨습니다. 하지만 어리석은 저로서는 그 말씀이 어떤 의미인지 도무지 알 도리가 없었습니다."

조용히 말을 하는 베오니오스의 얼굴에는 희미하지만 회의와 죄책감이 어려 있었다.

"이 모든 것이 다 제가 어리석어 미리 알아내지 못했기 때문입니다. 발로키께서 미리 주의를 주셨음에도 제대로 대비하지 못하다니… 이 모든 것이 어리석은 저의 죄입니다. 이곳에 도착해 귀하를 보는 순간 발로키께서 이 어리석은 종에게 하신 모든 말씀이 이해되더군요. 제가 귀하를 도울 수 있는 것은 이 미약한 잔재주뿐입니다. 부디 힘을 내서 이 땅에 드리워진 어둠을 거둬주시길 진심으로 바랍니다."

갑작스러운 베오니오스의 인사에 나도 황급히 고개를 숙여 답례를 했다.

"제가 얼마나 도움이 될지는 모르겠지만… 최선을 다하겠습니다."

콰콰콰콰~

그때 폭음과 함께 지축이 흔들렸다.

모여 있던 사람들의 시선이 일제히 폭음이 들린 곳으로 향했다.

콰콰콰콰~ 꽝!

그곳에선 요란스러운 소리와 함께 대지가 흔들리면서 영주의 성이 모래 속으로 사라지고 있었다.

성곽은 눈 깜짝할 사이에 사라졌지만 대지는 계속해서 흔들리고 있었다.

혹시 지진이 난 것이 아닐까 하는 생각에 주위를 둘러보았지만 다행히도 지진은 아닌 것 같았다. 하지만 그 자리에 모여 있던 사람들은 하나같이 주위를 둘러보면서 불안한 표정을 감추지 못하고 있었다.

쿠쿠쿠~

지축이 더욱 세차게 흔들리는가 싶더니 성곽이 사라진 곳으로부터 거대한 모래 구릉이 솟구쳐 오르기 시작했다. 그리고는 솟구친 모래들이 뭉치기 시작해서 키가 20미터는 족히 되어 보이는 샌드 골렘이 모습을 드러냈다.

쿠어어~ 쿵쿵!

하늘을 향해 가슴을 두드리며 울부짖던 샌드 골렘은 우리 쪽을 향해 곧장 달려왔다.

쿵! 쿵! 쿵!

놈이 걸을 때마다 모래가 흙탕물처럼 사방으로 튀었다.

"성기사들 전면, 그 뒤에 프리스트와 마법사 순으로 선다. 마법사들 공격 준비!"

메리스 공작의 명령에 살아남은 일행은 일사불란하게 늘어섰다. 그리고 마법사들은 일제히 캐스팅을 하기 시작했다.

그들의 모습을 지켜보던 발레리아도 공격 준비를 하고 있었는데, 그녀의 능력을 말해주듯 그녀는 캐스팅없이 곧바로 마법을 날렸다.

"익스플로젼 애로우!"

그녀가 외친 시동어에 허공에서 렌즈만큼 커다란 화살 셋이 모습을 드러냈고, 생겨나자마자 곧장 샌드 골렘을 향해 날아갔다.

콰콰쾅!

샌드 골렘의 가슴과 복부에 작렬한 화살은 엄청난 폭발을 일으켰다.

폭발의 충격을 견디지 못한 것일까?

샌드 골렘은 중심을 잃은 듯 기우뚱하더니 그대로 뒤로 넘어갔다.

쿵!

"와! 와!"

샌드 골렘이 쓰러지자 일행은 일제히 환호성을 터뜨렸다.

마법사들은 긴장을 늦추지 않으면서도 기쁨을 감추지 못하고 있었다. 하지만 난 그들처럼 기뻐할 수가 없었다.

모래 속 깊은 곳에서부터 거대한 힘을 가진 뭔가가 솟아오르는 것이 느껴졌기 때문이다.

"레이디 발레리아, 일행을 부탁드립니다. 레기오네란 놈이 다시 나타나는 것 같습니다."

"저도 도울게요, 주인님."

"일단 일행을 돌봐주십시오. 저 샌드 골렘, 왠지 심상치 않을 것 같습니다."

"알겠어요, 주인님. 저 사람들이 안전해지면 주인님을 돕겠어요."

그녀의 말을 들으며 난 허공으로 몸을 띄웠다. 그리고는 재빨리 구환언월도로 태극참마도법의 마지막 초식을 다시 한 번 전력으로 펼쳤다.

"태… 극… 파… 천… 황!"

구오오오~

주위의 대기가 무섭게 구환언월도로 몰려들었다가 레기오네가 솟아오르는 것으로 짐작되는 곳을 향해 일직선으로 내리꽂혔다.

쾅! 콰르르르~!

폭음과 함께 공격이 내리꽂힌 곳이 약간 솟아오르는 것 같더니 엄청난 폭발을 일으키며 수십 미터에 이르는 커다란 웅덩이가 파였다.

이번에도 반탄되는 충격 때문에 약간 충격을 받았다. 하지만 이미 경험이 있기 때문에 충격을 최소화시킬 수 있었다.

흔들린 내부 장기를 진정시키며 기감으로 레기오네의 흔적을 찾았다.

파앗!

엄청난 양의 모래들이 사방으로 비산하며 레기오네가 지상으로 모습을 드러냈다.

모습을 감췄을 때와 비교하면 이번에 완전 중무장을 한 것처럼 보였다.

마치 갑옷이라도 되는 양 두터운 각질이 상체를 완전히 감싸고 있었는데, 그것의 곳곳에 뾰족한 스파이크가 튀어나와 있어서 무시무시하게 보였다. 하지만 어디에도 조금 전에 내 공격에 당한 듯한 모습은 보이지 않았다.

잠시 막 몸을 일으키는 샌드 골렘을 흘낏 본 레기오네는 곧 내게로 시선을 돌렸다.

"조금 전 네놈을 너무 하찮게 여겼던 것을 인정하지. 네놈을 비록 잠깐 동안이긴 하지만 내 적수로 인정해 주지. 부디 오랫동안 상대를 해주면 고맙겠다."

쾅!

지면을 박찬 레기오네는 날 향해 곧장 날아왔는데, 흑마력을 이용해 공격할 것이라는 내 예상과는 달리 그대로 주먹을 휘둘러 왔다.

황급히 호신강기로 공격을 막았다.

쾅!

허공에서 공격을 받았기 때문에 충격을 받자 내 몸은 그대로 뒤로 날아갔다.

마음먹은 대로 허공에서 움직일 수 있는 레기오네와는 달리 움직임이 자유롭지 못한 나로서는 차라리 지상에서 싸우는 것이 유리하다는 생각이 들어 즉시 지상으로 내려섰다.

내려서자마자 레기오네는 마치 한 마리 독수리처럼 날 향해 곧장 내리꽂혔다.

나는 호신강기로 보호하는 것은 물론 그 전면에 다시 반탄강기를 펼쳤다.

쾅!

반탄강기에 녀석의 주먹이 부딪치며 튕겨지는 것이 똑똑히 보였다.

　기회가 왔다는 생각에 즉시 반격했다.

　물론 손과 발에는 오러 블레이드를 둘렀다.

　쾅! 쾅! 쾅!

　공격하던 팔이 레기오네에게 막히자 폭음과 함께 충격파가 주위로 전해졌다. 하지만 레기오네의 공격 역시 내게 가로막혔다. 그렇게 공격을 주고받았지만 그 누구도 공격엔 성공하지 못했다.

　레기오네의 공격은 비록 변화나 속임수는 없었지만 육체가 낼 수 있는 스피드를 한계까지 사용해야만 겨우 막을 수 있을 정도로 무지막지하게 빨랐다.

　겨우겨우 레기오네의 공격을 막고, 간간이 공격하기를 반복하던 난 어느 순간 이미 육체를 한계까지 개발시켰다고 생각해 왔던 내 생각이 얼마나 어리석은 생각인지 알 수 있었다.

　지금 이 순간에도 내 육체는 조금씩 진화하고 있었던 것이다.

　쾅! 쾅! 쾅!

　나야 지상에서의 싸움이 익숙할 대로 익숙했지만 레기오네는 그렇지 않은지 동작이 컸고 뭔가 모르게 어색함이 느껴졌다. 아직까지는 상상도 못할 빠른 스피드 때문에 눈에 띌 정도까지는 아니었지만 녀석과 직접 손발을 맞대면서 싸우다 보니 저절로 느껴진 것이다.

　물론 지금은 녀석에게 집중하지 못하면 당장 위험한 상황이기에 녀석에게 집중할 수밖에 없었지만, 약간의 계기만 있으면 지금의 전황을 내 쪽으로 유리하게 만들 수 있을 것 같았다.

지금도 난 녀석을 공격하거나, 그 공격을 막으면서도 다른 한 쪽으로는 주위의 마나를 끌어들이고 있었다. 그렇지 않았다면 벌써 마나가 고갈되어 녀석에게 패하고 말았을 것이다.

두 가지 일을 동시에 한다고 딱히 양심신공이라고 부를 것까지는 없었지만 묘용이 비슷한 것만은 사실이었다.

싸움이 거의 30분 이상이 흘렀을 때 겨우 주변을 살필 수 있는 여유가 생겨 재빨리 기감으로 일행을 살펴봤다.

일행의 수는 3할 이하로 줄어 겨우 20여 명만이 처절한 사투를 벌이고 있었다.

얼마 전에 나타났던 거대한 샌드 골렘은 여전히 맹위를 떨치고 있었고, 어느 틈에 나타났는지 헤아릴 수도 없을 정도로 많은 모래 골렘들이 일행을 덮치고 있었다.

단순히 육박전을 벌이던 이전까지와는 달리 이번에 등장한 골렘들은 레기오네의 능력을 가지고 있는 것인지 모래를 이용해 원거리에서 공격을 하는 통에 일행이 무기력하게 당할 수밖에 없었던 것이다.

물리적인 공격을 막아낼 수 있는 사람은 성기사와 마법사들밖에 없었는데, 그들로서도 수많은 모래 골렘들의 공격을 막는다는 것은 애초부터 불가능한 일이었다. 게다가 거대한 샌드 골렘은 발레리아 말고는 맡을 사람이 없어 일행은 일방적으로 나중에 나타난 샌드 골렘들에게 당할 수밖에 없었다.

처음엔 골렘들이 던지는 모래 덩이들의 공격을 성기사는 방패로, 마법사들은 실드마법으로 방어를 했지만, 실력이 떨어지는 성기사들이나 마법사들은 속수무책으로 당했다. 그런 와중에 프리스트들이 무사할 리 만무했다.

살아남은 프리스트들의 수는 겨우 다섯 명.

교황 베오니오스와 하이 프리스트 라멜폴로, 그리고 하이 프리스트들로 보이는 세 명의 중, 장년 사내가 서로에게 의지한 채 겨우 서 있었다. 살아남은 성기사들의 수도 겨우 10여 명뿐이었는데, 그들 역시 서 있는 것이 고작일 뿐일 정도로 중상을 입은 상태였다. 마법사들도 중상에 신음하고 있었다.

발레리아가 멀쩡한 모습으로 샌드 골렘들 처음 나타났던 커다란 샌드 골렘과 그 샌드 골렘이 만들어낸 작은 샌드 골렘들의 공격을 효과적으로 막아내고 있긴 했지만 그녀 역시 멀쩡한 것만은 아니었다. 쉴 새 없이 마법을 난사하고 있었지만 그녀의 기세는 처음과 비교해 거의 절반 이하로 약해진 것을 느낄 수 있었기 때문이다.

최대한 샌드 골렘들의 공격을 막고는 있었지만 그녀 혼자서 모든 공격을 막아내기란 불가능한 일이었다. 더구나 간혹 파괴되었다고 생각했던 골렘들이 순식간에 원래의 모습을 되찾아 다시 발레리아를 공격하고 있어 그녀도 결코 안전한 것만은 아니었다.

결국은 내가 레기오네를 얼마나 빨리 처리하느냐가 관건이었다. 하지만 과연 레기오네를 이길 수 있을지는 자신이 없었다.

진화하고 있다고는 하지만 내 육체는 이미 한계를 벗어난 지 오래였다.

설사 오늘의 싸움에서 승리를 거둔다고 하더라도 회복하는 데 상당한 시일이 걸릴 것이 분명했다.

쾅! 쾅! 쾅!

레기오네 녀석과의 대결을 하다 보니 상대적으로 키가 작은 내 공격 범위가 짧을 수밖에 없었다. 해서 강철봉을 결합해 녀석을 공격했었는데, 아무리 오러 블레이드로 감싸 보호를 한다고 해도 레기오네 녀석과 몇 번 부딪치자 볼썽사납게 휘어지고 말았다.

강철봉을 집어던진 난 다시 구환도를 오러 블레이드로 감싼 후 공격을 감행했다. 물론 무기를 사용한다고 좀 더 유리할 것도 없었지만 무기를 사용했던 버릇을 완전히 버리지는 못한 모양이었다.

쾅! 쾅!

역시나 예상한 대로였다.

구환도를 오러 블레이드로 감쌌음에도 불구하고 레기오네와의 충격을 견디지 못해 도신에 금이 가기 시작한 것이다. 이제 한두 번만 더 충격을 받는다면 유리처럼 깨져 나갈 것이 분명했다.

빨리 결정을 내려야 했다.

어차피 깨져 나갈 것이라면 마지막 순간까지 적을 공격하는 데 사용하는 것이 지금까지 사용해 왔던 구환도에 대한 예의가 아닌가 생각되었다.

언제 부서질지 모를 무기를 사용하는 다른 방법이 있을 리 만무했다. 하지만 이전부터 생각해 두었던 것이 있었다.

"파뢰진멸(破雷塵滅)!"

챙!

주입한 엄청난 양의 마나를 견디지 못한 구환도는 날카로운 울음을 남기고 깨져 나가며 내가 휘두른 대로 무서운 속도로 전면을 휩쓸었다. 오러 블레이드에 휩싸인 채 날아가는 구환도의 파편은 하나하나가 치명적인 흉기나 다름없었다.

"앱솔루트 다크 포스!"

깜짝 놀란 레기오네가 황급히 흑마력으로 방어막을 만들었지만 구환도의 파편 가운데 몇 개는 방어막을 뚫는 데 성공했다.

공격이 성공한 것을 확인할 사이도 없었다. 내 공격과 거의 동시에 날카롭고, 차갑고, 은밀한 무엇인가가 모래밭을 뚫고 솟구쳤다.

"컥!"

뭔가에 복부를 꿰뚫렸다.

견딜 수 없는 지독한 뜨거움 때문에 저절로 신음이 흘러나왔다.

어렸을 때 늑대한테 당한 이후로 이런 고통은 처음이었다.

복부를 내려다보니 모래로 만들어진 렌스만큼이나 긴 창이 복부를 꿰뚫고 있는 것이 보였다. 공격이 성공했다고 잠시 방심했던 것이 실수였다.

쾅!

모래창의 뿌리 쪽을 파괴하자 금세 힘을 잃고 모래로 변해 버렸다.

대충 마나로 모래를 밀어내고는 주위의 혈도를 막아 우선 지혈부터 했다.

"컥!"

레기오네를 공격하기 위해 팔을 드는 순간 상처의 근육이 당겨 팔을 제대로 들 수 없었다. 배를 움켜잡고 뒤로 물러서면서 난 나도 모르게 레기오네를 쳐다봤다.

내 눈에 비친 레기오네의 모습을 뭐라고 표현해야 할까?

망가진 목각인형?

아니면 개가 물어뜯은 헝겊인형?

신체 곳곳이 뜯겨 나가고 구멍이 뚫린 모습이 보였다.

비틀거리는 레기오네를 보면서도 신체적인 고통 때문에 공격할 수 없는 현재 내 처지에 너무나 화가 치밀어올랐다.

분노가 극에 이르는 순간 난 허공에 떠오른 날 발견했다.

극도의 평화를 느꼈을 때에서야 유체이탈을 경험했던 것과는 너무나 다른 상황이었지만 지금도 분명히 유체이탈을 경험하고 있었다. 하지만 한 가지만은 잊지 않았다.

레기오네를 공격해야 한다는 것, 또한 내게는 그 방법이 있다는 것.

분노가 극에 달하긴 했지만 레기오네를 공격할 수 있는 것은 내 뇌리에 모아두었던 생명력밖에 없다는 것을 잊지는 않았다.

"영혼의 검!"

설명은 길었지만 내가 복부에 상처를 입은 후 불과 1, 2초 만에 벌어진 공격이었다.

나야 목청이 터져라 외치며 한 공격이었지만 레기오네는 자신의 몸을 복원시키느라 내 존재는 느끼지 못한 것 같았다.

너무 다급했던 탓에 미처 달마삼검의 묘리 같은 것은 생각할 여유도 없었다. 하지만 생검이자 활검인 것만은 확실했다.

생명력으로 이뤄진 흰색의 검이 레기오네의 몸을 수직으로 가르는 순간 그의 몸이 멈춰진 것을 느낄 수 있었다. 동시에 그의 몸을 이루고 있던 흑마력이 움직임을 멈추고 서서히 사라지기 시작했다. 레기오네의 신체 안에서 흑마력의 존재가 급격하게 약해지고 있는 것이 느껴졌다.

천천히 몸을 일으키면서 오러 샷을 준비해 만약의 사태에 대비했다.

한껏 일그러진 레기오네의 얼굴이 보였고, 잠시 후 그의 몸이 사라지기 시작했다.

퍽!

둔탁한 소리와 함께 레기오네의 심장이 꿰뚫는 소리가 들렸고, 어느 틈엔가 레기오네 뒤에 서 있는 플로네이서스가 보였다.

검게 물든 플로네이서스의 오른손에는 벌떡거리고 있는 검은색의 뭔가가 들려 있었다.

인간의 심장과는 다른 모습이었지만 아마도 심장이 아닌가 싶었다.

레기오네의 몸이 완전히 허공으로 사라지고도 플로네이서스는 여전히 같은 자세로 서 있었다. 하지만 자세히 보니 그의 몸은 미세하게 떨리고 있었다.

마치 격정을 이기지 못하겠다는 듯 말이다.

그리고 어느 순간.

"크하하하! 드디어 무한의 심장이 내 손에 들어왔다. 무한의 심장 카리테야가! 크하하하!"

미친 듯이 웃음을 터뜨리던 플로네이서스는 갑자기 오른손을 자신의 심장에 처박았다.

픽!

손이 심장에 박힌 후 플로네이서스는 보기 안쓰러울 정도로 부들부들 떨기 시작했다.

심상치 않은 일이 벌어질 거라는 생각에 난 고통을 참으며 살아남은 사람들과 황급히 뒤로 물러나기 시작했다. 그리고는 마나를 이용해 20여 명을 허공으로 띄운 후 전력으로 그 자리를 피했다.

영문도 모르고 나에게 끌려온 일행이 날 쳐다볼 때 난 잔뜩 웅크린 채 지면에 무릎을 꿇고 고개를 숙이고 있는 플로네이서스를 주시했다.

부들부들 떨던 플로네이서스의 몸을 갑자기 생긴 돌풍이 휘감기 시작했고, 날리는 모래 때문에 그를 제대로 보기 힘들어졌다.

돌풍은 곧 회오리바람으로 변했고, 시간이 지날수록 그 위력을 더해만 갔다.

"빌어먹을, 놈이 드디어 대마왕으로 각성에 성공하는 모양이구나."

언제 왔는지 카르카스가 잔뜩 인상을 찌푸리고 있었다.

"대마왕으로 각성?"

"그렇다. 그렇지만 대마왕 발레키우스가 최후의 순간 남긴 세 가지 물건 모두를 가지고 있지 않다면 대마왕으로의 각성은 불가능할 텐데… 어떻게 각성할 수 있는 거지?"

"지금까지 플로네이서스가 물건을 찾고 기뻐했던 적이 몇 번 있었던 것 같은데… 그거면 대마왕으로 각성할 수 있는 것 아닌가?"

"증폭의 마창 테코라와 지금 발견한 무한의 심장 카리테야가 대마왕 발레키우스가 남긴 물건인 것은 맞다. 하지만 조금 전에 말한 대로 발레키우스가 남긴 물건 세 가지를 모두 가지고 있지 못하다면 대마왕으로의 각성은 절대 불가능하다."

"대마왕이 남겼다는 세 가지 물건 중에 두 개만으로는 불가능하다면 플로네이서스가 나머지 하나를 원래부터 가지고 있었던 것 아니야? 복잡하게 생각할 필요 없잖아?"

"플로네이서스가 흑마룡의 눈 포미스를 원래부터 가지고 있었다고? 크음. 그럴 수도 있겠군. 더구나 대마왕 발레키우스가 평소에 애용했던 암흑의 망토 브뢰엄까지 있으니 플로네이서스는 대마왕 발레키우스의 힘을 고스란히 이어받았을 테고… 각성하는 데는 전혀 문제가 없겠군."

카르카스의 얼굴은 심각하다 못해 잔뜩 일그러져 있었다.

"이미 벌어진 일에 대해서 걱정하는 것은 정말 멍청한 짓이란 것도 모르나? 벌어진 일에 대해서 걱정하기보다는 본인이 할수 있는 일부터 하는 것이 어때? 괜히 쓸데없는 일에 힘 빼지 말고 말이야. 걱정이란 것이 마음먹은 대로 되지는 않는 거지만……."

쾅!

말이 채 끝나기도 전 폭음이 들려왔다.

"앱솔루트 실드!"

카르카스의 나직한 시동어에 일행 모두를 감싸는 거대한 방어막이 생겼고, 나와 일행은 엄청난 충격파가 사방을 휩쓰는 것을 확실히 볼 수 있었다. 엄청난 모래 폭풍이 일행이 있는 곳은 물론 사방을 휩쓸었다.

모래 폭풍이 지나간 후 카르카스가 만든 실드가 사라졌고, 그 후 플로네이서스가 있던 곳으로부터 검은 먹물을 풀어놓은 것 같은 암흑이 사방을 향해 폭발적으로 밀려와 주위를 온통 암흑으로 만들어 버렸다.

일전에도 이런 경험을 해본 적이 있었는데, 끈적끈적함마저 느낄 정도로 이번의 암흑은 너무도 어두웠다. 또한 흑마력의 특색인 음습함과 뼛골 시린 냉기마저 어려 있었다.

카르카스의 앱솔루트 실드도, 내 호신강기도, 교황이 펼친 홀리 포스 실드도 모래에 스며드는 물처럼 스며들어서는 우리의 시야를 완전히 빼앗겨 버렸다.

손만 뻗으면 만질 수 있는 카르카스의 모습이 보이지 않을 정도로, 정말 지독하기 이를 데 없는 암흑이었다.

암흑이 지속된 시간이 얼마나 되었는지 짐작되진 않았지만, 한순간에 암흑이 생겼을 때처럼 일순간에 사라졌다. 아니, 플로네이서스가 있던 곳으로 빨려들었다.

수백 미터는 족히 떨어져 있던 플로네이서스가 한순간에 우리 앞으로 다가왔다.

플로네이서스의 모습은 이전과는 확연하게 달라져 있었다.

일단 외모를 보면 3미터 이상 되는 키와 검은색 근육질의 탄

력있는 몸매에는 망토를 휘감고 있었다. 특히 이마에서 뻗어 나와 앞으로 휘어진 한 쌍의 커다란 뿔은 감히 범접하기 힘든, 보기만 해도 위압감에 절로 몸이 움츠러들고 고개를 숙일 수밖에 없는 힘이 어려 있었다. 하지만 그것도 그의 전신에서 뿜어져 나오는 기세에 비하면 아무것도 아니었다.

일행 가운데 플로네이서스의 기세를 마주하고 멀쩡히 서 있는 사람은 카르카스와 발레리아, 그리고 나밖에 없었다.

교황 베오니오스와 메리스 공작마저 무릎을 꿇었을 정도니 다른 사람들은 말할 필요도 없었다. 일행 대부분이 무릎을 꿇거나 그 자리에 엎드려서 일어서지 못하고 있었다.

"흐흐흐, 고맙다고 해야 하나? 네 녀석 덕분에 편하게 대마왕의 유물을 찾을 수 있었으니 말이다. 좋다. 네 녀석의 소원이 뭐냐? 네가 원하는 것을 들어주마. 어디 말해봐라."

갑작스럽게 플로네이서스의 기운이 내게로 향하지만 난 대답보다도 일단은 그 앞에 당당하게 서 있는 것이 우선이었다. 각성을 한 플로네이서스의 기운은 그야말로 무지막지할 정도로 강했다. 강해도 너무나 강했다.

덜덜거리며 떨리는 무릎을 억지로 세우며 플로네이서스를 쳐다봤다.

"내 소원은 둘이다."

"하나도 아니고 둘이라? 말해봐라."

"먼저 레이디 발레리아를 네 종속자의 신분에서 풀어줘라. 그리고 나머지 하나는 너희 마족들의 강림을 인간들의 능력으로는 불가능하도록 막아주길 바란다."

"네가 원하는 것이 그것뿐이냐?"

"그렇다. 그리고 아량을 베풀 수 있다면 내가 사는 곳에다 마계로 갈 수 있는 게이트를 설치해 주길 바란다."

"게이트?"

내 말을 이해하지 못하겠다는 듯 플로네이서스가 반문했다.

"솔직하게 말해 레이디 발레리아를 네 속박에서 풀어주기 위해 나 역시 나름대로 노력해 네게 도전하겠다고 했지만… 지금의 네 모습을 보니… 그건 내 지나친 욕심이었던 것 같다. 감히 도전할 생각을 한다는 것 자체가 너에게 무례를 저지르는 것이라는 것을 인정한다. 물론 넌 내 수준에 맞춰 상대를 해주겠다는 것이겠지만 솔직히 그것 자체가 자존심이 상한다. 대신 오늘 강해질 수 있는 방법을 찾았으니 대결을 조금만 더 늦춰주었으면 한다."

"그 말은 지금 당장은 아니더라도 내게 도전을 하겠다는 말이냐?"

어이가 없다는 듯 플로네이서스가 반문했다.

"물론이다. 내 스스로 강해지려는 길을 선택한 이상, 상대가 인간이든 아니든 그것이 중요한 것이 아니다. 얼마 전까지 내가 이룬 것이 내가 할 수 있는 최선이며 최고의 경지라고 생각해 왔지만, 오늘 레기오네와 싸우면서 깨달은 것은 아직도 내게 제대로 발전시키지 못한 것이 많다는 것이다. 다시 말해 부족한 것을 채워 앞으로 너에게 도전하겠다."

내 말에 플로네이서스는 가소롭다는 표정을 감추지 않았다.

"흐흐흐, 지금의 내 모습을 보고도 그런 말을 하다니… 용기를 잃지 않아 기특하다고 해야 할지, 아니면 만용을 부리는 것 같아 한심하다고 해야 할지…… 솔직히 결론을 내리기 힘들구나. 하지만 네가 나에게 도전할 생각을 버리지 않았다면 기꺼이 너의 도전을 기다려 주마. 그리고 네가 원했던 두 가지 조건 모두 받아들이겠다."

말과 함께 허공을 향해 치켜들었던 플로네이서스의 손에서는 검붉은색의 심장 하나가 어느새 모습을 드러내고 있었다. 그리고는 곁에 서 있던 발레리아의 가슴 부분을 향해 손을 뻗었다.

"크윽!"

갑작스러운 플로네이서스의 행동에 발레리아는 고통스러운 신음을 토해냈다.

잠시 후 발레리아의 가슴에서 플로네이서스가 손을 뗐는데 그곳에는 어떠한 상처도 남아 있지 않다. 그렇지만 심장의 박동 소리는 분명히 들을 수 있었다.

언제나 창백하고 무표정했던 그녀의 얼굴도 어느 틈엔가 발갛게 변해 있었고, 또한 언제부턴지 눈물을 흘리고 있었는데, 그녀는 그런 사실을 전혀 모르는 듯 보였다.

"방금 내 종속자에게 심장을 돌려주면서 충분한 양의 흑마력을 주었으니 네가 원할 때 마계로 통하는 게이트를 만들어줄 수 있을 거다. 그리고 내 종속자는 인간 최초로 대마왕과 계약한 존재이며, 인간사 최초 9클래스 마스터의 마법사가 되어 세상의 유일한 존재로 역사에 기록될 것이다. 그리고 네가 원했던 마족의 강림은 앞으로 향후 천 년 동안 내가 막을 것이다. 하지만 마족의 중간계 강림 역시 천족이나 신이 중간계에 올 수 있는 것처럼 절대자 오팀께서 정하신 규칙 가운데 있다는 것을 잊지 마라."

말을 마친 플로네이서스는 천천히 허공으로 떠올랐고, 허공을 향해 손을 뻗는 순간 검은색의 구멍이 뻥 뚫렸다.

아마 조금 전에 말한 마계와 연결된 게이트가 아닌가 싶었다.

시동어도 없이 손짓 한 번에 게이트를 만드는 것을 보면 플로네이서스가 대마왕이 되었다는 것을 다시 한 번 깨닫게 되었다.

플로네이서스가 게이트로 사라진 후 대지를 뒤덮고 있던 모래들이 서서히 원래의 밝은 황금빛을 되찾고 있었다. 모래들이 완전히 밝은 색으로 돌아오는 순간 모래가 사라지며 주위의 모든 경치들이 원래 모습으로 돌아왔다.

비록 잎들이 다 떨어지긴 했지만 나무들도 있었고, 누렇긴 했지만 풀밭도 있었다.

허물어져 모래 속으로 사라진 영주의 성은 어쩔 수 없었지만 영주의 성 옆에 있던 마을도 모습을 드러냈고, 지금까지 보이지 않았던 조엘 산맥도 아스라이 보였다.

사람들만 없었지, 거짓말처럼 모든 것이 원래대로 돌아온 것이다.

레기오네가 만들었던 결계가 완전히 사라진 모양이었다.

"잠깐만 그대로 계십시오. 큐어! 리커버리!"

어느 틈에 다가왔는지 교황 베오니오스가 내게 치료와 체력 회복을 위해 신성력을 베풀어주었다.

"이제 끝난 건가?"

푸르니에는 말을 마치고는 털썩 주저앉았다.

그가 주저앉자 근처에 있던 사람들도 맥이 풀린 듯 모두들 그 자리에 주저앉았다.

"축하합니다, 레이디 발레리아."

"예?"

"다시 인간으로 돌아오신 것을 축하드립니다, 레이디 발레리아."

그제야 내 말이 이해가 되었는지 발레리아는 감격스러워하며 울음을 터뜨렸고, 난 그런 그녀를 안아주며 어깨를 두드려 그녀를 진정시켜 주었다.

"흑흑흑, 제가 건강을 찾을 수 있었던 것도, 마왕과 계약을 할 수 있었던 것도, 또 그래서 복수를 할 수 있었던 것도, 다시 인간으로 돌아올 수 있던 것도 모두 주인님 덕분이에요. 이 은혜를 어떻게 해야 다 갚을 수 있을까요? 흑흑흑."

발레리아는 눈물을 감추지 못했다.

잠시 후 난 맥이 빠져 주저앉아 있던 푸르니에 곁에 앉았다.

"푸르니에, 나와 제자들, 그리고 레이디 발레리아는 이만 돌아갈게."

"벌써? 뭐 때문에? 이제 황성으로 복귀하면 넌 그야말로 영웅 대접을 받으면서 편히 쉴 수 있을 텐데… 왜 벌써 가려고 하는 거야? 바쁜 일이라도 있는 거야?"

"바쁜 일은 없지만 집을 나선 지 벌써 몇 달이나 됐잖아. 부모님들도 걱정이 되고, 국왕 폐하께 일이 끝났다는 보고도 해야 하잖아."

"그거야 그렇지만… 만약 네가 그냥 칼린 왕국으로 돌아간다면 황제 폐하께서 무척 섭섭하게 생각하실 거야."

"네가 잘 말씀드리도록 해. 솔직히 집에도 별일이 없는지 궁금하지만 로안나가 걱정하고 있을 게 신경 쓰여서 말이야."

내 말에 푸르니에 녀석은 갑자기 음흉한 미소를 짓더니 내 어깨를 툭 쳤다.

"흐흐흐. 자식, 그랬구나. 레이디 로안나가 보고 싶어서 간다고 했구나. 진작 말하지. 알았다. 황제 폐하께는 내가 말씀을 드릴 테니까 걱정하지 말고 가도록 해라. 그리고 나도 좀 쉬고 난 후에 찾아갈 테니까 푸대접하면 알아서 해."

"고맙다. 레이디 발레리아, 칼린 왕국으로 이동을 부탁드려도 되겠습니까?"

"물론이에요, 주인님. 주인님의 성이 있는 헬링턴 영지로 이동할까요?"

"아닙니다, 우선 국왕 폐하를 먼저 찾아봬야 할 것 같습니다. 그런 후에 고향으로 갈 겁니다. 그리고 앞으로는 저를 수인님이라 부르지 마시고, 자유롭게 사시도록 하십시오. 아마 이 부탁이 제가 레이디 발레리아에게 드리는 마지막 부탁일 겁니다."

"아니에요, 주인님. 부디 절 은혜도 모르는 계집으로 만들지 말아주세요. 제가 앞으로 몇 번을 다시 태어난다고 하더라도 주인님께서 저에게 베푸신 은혜에 대한 보은은 불가능할 거예요."

"제가 몇 번이나 말씀드렸지만 절대 그렇게 생각하실 필요가 없습니다. 과거에 많은 고생을 겪으셨으니 앞으로는 자유롭게 원하신 삶을 살도록 하십시오. 그리고 만약 과거의 가문을 되찾고 싶으시다면 언제든 말씀만 하십시오. 제가 최대한 돕도록 하겠습니다."

내 말에 발레리아는 부드러운 미소를 지었는데, 그냥 보기만 해도 저절로 마음이 따스하고 행복해지는 듯했다.

"그랜트 마나 포스!"

발레리아가 지면을 향해서 시동어를 외치자 일부의 흙이 오색찬란한 색을 띠었다.

"메이킹 워프 홀!"

이어진 시동어에 색이 변했던 흙이 허공으로 떠오르며 둥글게 펼쳐지자 곧 검은색의 구멍이 생겼다.

"제우비스, 트렉슨, 먼저 출발해라."

"예, 마스터. 모두들 고생 많으셨습니다."

남아 있던 사람들에게 인사를 한 둘은 워프 홀 안으로 사라졌고, 나도 남아 있던 일행에게 작별인사를 한 후 발레리아와 함께 워프 홀로 들어갔다.

③

전에 텔레포트를 할 때와 같은 느낌은 들지 않았다.

너무나 조용해 주위를 둘러보다 순찰을 돌고 있던 병사들과 눈이 마주쳤다.

앞에서 그들을 인도하던 기사는 갑자기 나타난 우릴 발견하고 깜짝 놀라 곧 검을 뽑아 들었다.

"모두 그 자리에서 꼼짝하지 마라. 웬 놈들이냐?"

"이분은 국방장관이신 알렉시스 헬링턴 후작 각하시오. 무례를 저지르지 마시오."

제우비스가 한 발 앞으로 나서서 말하자 깜짝 놀란 기사는 황급히 검을 거두었다.

"죄, 죄송합니다, 후작 각하. 여긴 어쩐 일로……?"

"국왕 폐하께서 내리신 비밀 임무를 해결하고 지금 돌아오는 길이시오. 즉시 폐하께 보고를 해야 하니 안에 전갈을 넣어주시오."

"알겠습니다. 내성까지 제가 모시겠습니다."

앞장서서 우리들을 안내하던 기사는 병사들 가운데 한 명에게 귓속말을 전했고, 병사는 한발 앞서 내성으로 달려갔다.

잠시 후 우리는 국왕에게 안내되었고, 난 간략하게 라크로스 제국에서 있었던 일들을 설명하고 물러나려 했다. 국왕 역시 국위 선양(?)을 하고 돌아온 내게 왕궁에서의 휴식을 제의했지만 정중히 사양하고 물러났다.

왕궁을 나온 난 즉시 폴츠머 영지로 향했다.

부모님께 복귀 인사를 드리고, 로안나와의 나름 감격스러운 만남을 가질 수 있었다.

이것으로 길지도 짧지도 않은 나의 여행은 끝이 났다.

에필로그
못다 한 이야기

The Duel of Master
마스터 대전

영지로 돌아온 후 내가 가장 먼저 한 일은 물론 로안나와의 결혼이었다.

국왕은 물론 라크로스 제국의 푸르니에 황자와 평소 안면이 있었던 사람들에게 청첩장을 발송했다.

엄청나게 많은 사람들—각국의 사절단까지 와서 엄청 복잡했다—이 참석한 가운데 주례는 칼레도니아 국왕의 요청에 따라 새롭게 페락스 교단의 교황이 된 소이드린 교황이 하게 되었다.

과거의 평범하지 않았던 모습을 기억하던 나로서는 솔직히 걱정이 되었지만 내 걱정과는 달리 평범하지만 엄숙하게 결혼식을 마칠 수 있었다.

여러 가지 우여곡절을 겪고 난 후 난 햇살이 따스한 봄에 로안나를 내 아내로 맞이할 수 있었다.

오래 사는 것이야[長壽] 더 살아봐야 알 수 있는 것이지만 결혼은 내가 환생하면서 간절하게 원했던 두 가지 소원 가운데 하나였는데, 드디어 그것을 성취한 것이다.

꿈과 같은 신혼 생활을 하면서 영지로 받은 곳을 개척하며 영지민들이 늘어나길 기다리는 시간이 한동안 계속되었다.

물론 그 사이에도 많은 일들이 있었다.

우선 제우비스와 트렉슨이 모두 자작으로 봉해졌다.

그들에게 하사된 영지가 내 영지 인근이라 귀족이 된 후에도 자주 만나게 되었다.

발레리아도 백작이 되었다.

여자가, 그것도 흑마법사가 작위를 가지기는 아마도 세상이 만들어진 이후로 처음이 아닌가 싶다. 또한 제우비스와 트렉슨 두 사람의 소개로 제법 뛰어난 실력을 가진 류나스란 용병과 결혼을 하게 되었다.

뿐만 아니라 나와 로안나가 결혼한 지 3년 만에 태어난 장녀 카를레나, 약칭 카니의 대모가 기꺼이 되어주었다.

발레리아가 설치해 준 텔레포트 게이트를 통해 한 달에 한 번씩 국왕을 찾아 국정을 처리할 때는 제외하곤 언제나 영지에서 지냈기 때문에 사람들은 내가 영지에서 칩거하고 있다고 생각했지만 사실은 그렇지 않았다.

발레리아가 은밀한 곳에 설치해 준 워프 게이트를 통해 은밀하게 마계에 몇 번이나 다녀왔다. 아마 내가 인간들 가운데 살아서 마계를 방문한 최초의 방문자일 것이다.

마계에서 한 일?

당연히 목숨을 걸고 내 무력을 시험했었다.

플로네이서스에게 도전을 하려면 당연히 내 진짜 실력부터 확인을 해야 했기 때문이었다.

전투가 경험할수록 전적이 쌓여갔지만 전적은 637전 190승 447패로 초라했다.

만약 내게 원할 때 언제든 내 영지로 돌아올 수 있는 방법이 없었다면 아마 오래전에, 그것도 마계에 도착해서 얼마 지나지 않아 목숨을 잃었을 것이다. 전적 중 패배한 전투의 대부분은 이때 만들어진 것이다.

처음엔 마계의 짐승인 마수조차 이기는 것이 쉽지 않았다.

마수라는 것들이 내 생각과는 달리 단순한 마계의 맹수들이 아니었다.

전투 도중 갑자기 투명해진다거나 불을 토하거나 몸이 나눠졌다.

처음 그런 마수들을 대했을 때 얼마나 놀랐는지 모른다.

마계와 영지를 오가며 경험과 실력은 점점 늘었고, 마계에서 지낼 수 있는 시간도 점점 늘어날 수 있었다.

패배의 대부분은 이때의 전적이었다.

그러다 마침내 마족들과 만나게 되었고, 그들 가운데 가장 강하다는 마족들과 싸우게 되었다. 그러면서 알게 된 것인데 마족들은 정말 싸우기를 좋아하는 종족이었다.

설사 그 대가가 자신의 죽음이라고 하더라도 그들은 상대와 싸우는 것을 멈추지 않았다.

싸움을 통해 난 점점 강해졌고, 마침내 최상급 마족을 만나서 싸워 승리를 거둘 정도까지 되었다. 마계에서의 최상급 마족은 과거에 싸웠던 레기오네와는 비교도 되지 않을 정도로 강했다. 그런 존재에게 이길 정도까지 되었지만 아직 마계의 군주들과 싸울 실력은 되지 않았다.

나이가 어느덧 50이 넘은 지금도 마계에 종종 다녀오지만 아직도 마계의 군주는커녕 최상급 마족 둘만 모여도 열세에 몰리는 실정이었다.

대마왕의 자리에 오른 플로네이서스가 내 존재를 아는지 모르는지는 알 수 없지만 그에게 도전하는 길은 멀고도 멀었다.

딸 둘과 아들 하나를 두었는데, 딸들은 모두 기사가 되어 군대에 투신했고, 아들은 행정을 담당하는 장관을 보좌하고 있었는데, 조금만 더 나이를 먹게 되면 행정장관을 맡게 될 것이라는 것이 사람들의 판단이었다.

지금도 아내와 그 아이들만 생각하면 저절로 입가에 미소가 지어진다. 또한 원했던 모든 것, 아니, 대부분을 이루며 행복하게 살았다.

유일하게 남은 것은 플로네이서스를 상대하는 것인데, 그것도 지금 그만두려면 얼마든지 그만 둘 수 있었지만 왠지 미련이 남았다.

아마도 그것이 내가 살아 있는 동안 달성하고 싶은 또 하나의 삶의 목표가 아닌가 싶다.

지금도 난 이틀 후의 마계 방문을 앞두고 있다.

저번에 최상급 마족과 싸울 때 이기긴 했지만 좀 더 쉽고 빠르게 이길 수 있는 방법이 있음을 깨닫고 나름대로 고민을 했고, 또 성과도 있었기 때문에 충분히 자신이 있었다.

인간이라면 누구라도 가지고 있는 의지라는 것에 대해 좀 더 알고 개발을 하다면 지금보다 몇 배는 더 강해질 수 있지 않을까 하는 생각이 들었다.

또한 내가 가지고 있는 마나의 파괴력을 높이기 위해 흑마력을 받아들여 마나에 섞어볼까 하는 생각도 가지고 있다.

난 생각을 정리하며 지그시 눈을 감고 이틀 뒤에 있을 최상급 마족 돌로네와의 전투에 대해 몰두해 갔다.

〈大尾〉

■작가 후기

먼저 작품이 늦어져서 죄송하다는 말을 드리겠습니다.

빠르게, 재미있게, 그리고 완성도 있게 쓰고 싶은 것은 아마도 모든 작가들이 꿈꾸는 것일 겁니다.

저 역시 그렇게 하고 싶었지만 아직까지 재주가 미천해서 이렇게 종결이 늦어지게 되었습니다. 해서 한동안은 집필을 쉬고 재충전을 해야 한다는 생각을 하고 또 했습니다.

언제 다시 시작하게 될지는 모르겠지만 좀 더 새롭고 재미있는 작품으로 독자 여러분을 만날 수 있었으면 좋겠군요.

다시 한 번 여러분께 죄송하다는 말을 드리겠습니다.

다시 찾아올 그때까지 강건하시길 빌겠습니다.

War Mage

워메이지

김재한 퓨전 판타지 소설

사람들이 인식하는 상식의 세계 이면,
짙은 어둠이 드리워진 그곳에 사는 괴물들이 있다.

문명이 드리운 그림자 속에서, 전투기계들과
인간의 사념으로부터 태어난 마물들이 격돌한다.
마법과 주술이 난무하는 초현실적인 전장,
소년은 그곳에 서는 대가로 인생을 잃었다.
운명의 노예가 되어 가족과 인성을 잃어버린 소년, 진유현.

총염(銃炎)과 검광(劍光)이 뒤얽히는
어둠의 거리에서, 운명의 족쇄를 끊고 나온
소년의 눈이 살의를 발한다.

유행이 아닌 자유추구 -
WWW.chungeoram.com
Book Publishing CHUNGEORAM

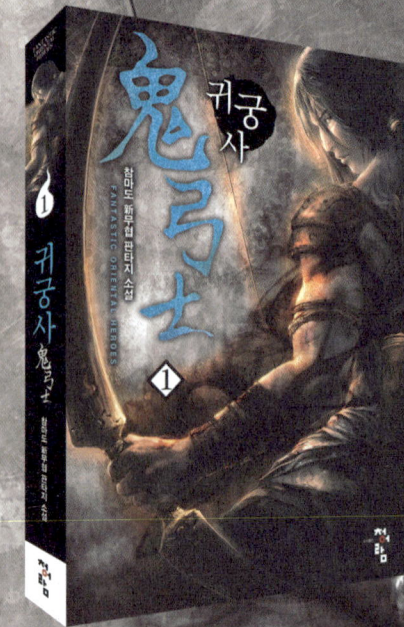

참마도 新무협 판타지 소설

鬼弓士
귀궁사

**참마도 작가!! 그가 『무사 곽우』에 이어
다섯 번째 강호 이야기를 새롭게 풀어내다!!**

"길의 중앙에서 멋지게 서서 당당히 걸어가래.
사람으로 태어난 이상 그 누구도 당당하게 살아갈 권리는 있다고 말이야."

단야의 오른손이 꽉 쥐어졌다. 별것도 아닌 말이다.
하나 이토록 마음에 남는 소리는 없었다.
사람으로 태어나서……

요물, 괴물.
나이를 먹지 않는 월홍과 얼굴이 징그럽게 망가진 단야.
그들 앞에 펼쳐진 강호란……!

유행이 아닌 자유추구 -
WWW.chungeoram.com
Book Publishing CHUNGEORAM

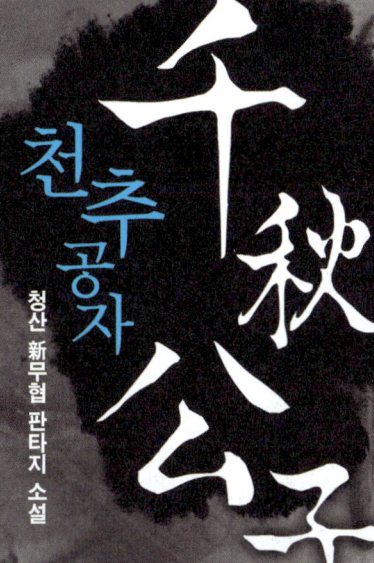

천 추 공 자

청산 新무협 판타지 소설

운명을 뛰어넘는 담대한 도전!

황제마저 농락한 숭문세가의 공자 문천추(文千秋).
용문에 이르기 전까지 그는 시문과 서화를 즐기며 대하를 누비는
한 마리 커다란 잉어였다.
그러나 운명은 그를 용문(龍門) 앞에 이끌었다.
용문의 드센 물살을 거슬러 올라 용(龍)이 될 것인가,
아니면 용문점액의 상처를 입고 추락할 것인가.

죽음의 하늘 사중천(死重天)!
오로지 파괴와 살육만을 일삼는 사마악(邪魔惡)의 결집체.
사중천의 어둠은 태양마저 가리며 천하를 뒤덮는다.
마침내 죽음의 하늘과 맞서는 용 울음소리.

천추(千秋)에 빛날 문무제일공자의 호쾌한 행보가 시작되었다.

유행이 아닌 자유추구 -
WWW.chungeoram.com
B O O K   P u b l i s h i n g   C H U N G E O R A M

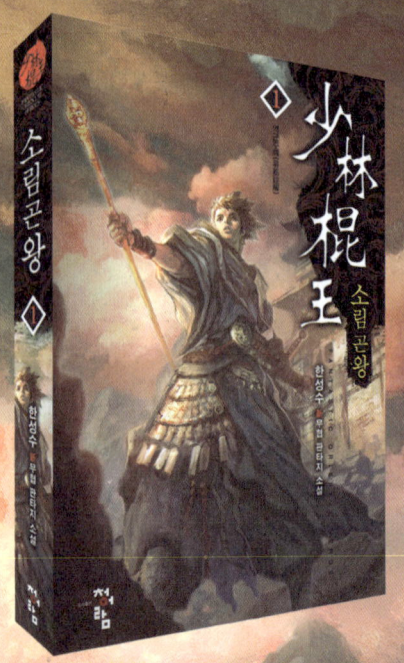

少林棍王
소림곤왕

한성수 新무협 판타지 소설

감동의 행진을 멈추지 않는 작가 한성수!
구대문파 시리즈의 두 번째 이야기 『소림곤왕』!!
그 화려한 무림행이 펼쳐진다

"너는 지금부터 날 사부님이라 불러야만 하느니라.
소림사의 파문제자인 나, 보종의 제자가 되어서 앞으로 군소리없이 수발을 들고 모진
고통을 이겨내며 무공 수련을 해야만 한다."

잡극계의 천금공자 엽자건!
소림의 파문제자 보종의 제자가 되다!!

역사와 가상,
실존의 천하제일인과 가상의 천하제일인에 도전하는 주인공!
이제부터 들어갑니다. 부디 마음껏 즐겨주시기 바랍니다.
- 작가 서문 中에서.

유행이 아닌 자유추구 -
WWW.chungeoram.com
Book Publishing CHUNGEORAM